D1003016

Mark Twain

LAS AVENTURAS DE TOM SAWYER

Copyright © EDIMAT LIBROS, S. A.
C/ Primavera, 35
Polígono Industrial El Malvar
28500 Arganda del Rey
MADRID-ESPAÑA
www.edimat.es

ISBN: 978-84-9764-698-7
Depósito legal: M-18486-2011

Colección: Clásicos de la literatura
Título: Las aventuras de Tom Sawyer
Autor: Mark Twain
Traductor: Cesión Editorial Ramón Sopena
Título original: *The Adventures of Tom Sawyer*
Introducción: Juan Rey
Diseño de cubierta: Juan Manuel Domínguez
Impreso en: Artes Gráficas Cofás

IMPRESO EN ESPAÑA – *PRINTED IN SPAIN*

MARK TWAIN

LAS AVENTURAS DE TOM SAWYER

Por Juan Rey

Biografía

Bautizado como Samuel Langhorne Clemens, Mark Twain nació el 30 de noviembre de 1835 en la pequeña ciudad rivereña de Florida, en Missouri, apenas a 200 millas del territorio indio. El sexto hijo de John Marshall Clemens y Jane Lampton. Twain creció en el ambiente de aquel pequeño pueblo hasta la edad de cuatro años, cuando su familia puso en la marcha a Hannibal sus esperanzas de mejora. Twain, por linaje, era un sureño cuyos ancestros familiares eran originarios de Virginia, pero lo que se encontraría la familia Clemens en Hannibal era algo diferente de lo que constituía sociológicamente el «profundo sur»: aquello era un compendio del espíritu de la frontera y la tradición sureña, un estilo de vida que Twain reflejaría en su última etapa de escritor, incluyendo *Las aventuras de Tom Sawyer*. En Hannibal había pocos esclavos negros, puesto que de ninguna manera las pequeñas granjas se podían comparar con las grandes plantaciones de los sureños ricos. Su papel tenía que ver más con el de criados que con el de esclavos en sentido estricto, aunque su «status» era, desde luego, el de esclavos.

Mientras crecía en una ciudad poco corriente de 2.000 habitantes, Twain fue un muchacho travieso, un poco el prototipo de su propio personaje, Tom Sawyer. Aunque su salud se vio perjudicada desde una edad temprana, a los nueve años era un pilluelo fumador que dirigía una pequeña pandilla de gamberros y que, por encima de todo, detestaba la escuela.

Sus años escolares terminaron formalmente a los 12 años, cuando su padre falleció. Entró a trabajar como aprendiz en una imprenta, para luego colocarse con su hermano Orion en el *Hannibal Journal*, el periódico local. Aquello sirvió para que Twain conociera a fondo el negocio periodístico, en el que desarrolló una rápida carrera. Ascendió a editor secundario y comenzó a escribir con éxito sobre temas humorísticos de la frontera, algo que estaba de moda en el periodismo que florecía en aquellos tiempos: hacía chistes, bromas satíricas y relatos cortos.

En los siguientes años la imposibilidad de prosperar económicamente hizo que Twain se decidiera a abandonar Hannibal, en junio de 1853, para trasladarse a San Luis. Pero en lugar de instalarse allí, decidió iniciar un vagabundeo profesional como periodista entre Nueva York, Philadelphia, Washington, e Iowa. Finalmente, decidió cumplir uno de sus sueños de la infancia y se convirtió en piloto de río.

Bajo las enseñanzas de Horace Bixby, el piloto del *Paul Jones*, Mark Twain se hizo piloto de río a la edad de 24 años, llegando a ser uno de los mejores de su tiempo. Entonces ganaba un sueldo bastante alto y se encontraba muy a gusto con su profesión, viajando de ciudad en ciudad sin terminar de establecerse en ninguna. Pero en 1861 comenzó la Guerra Civil y sus días en el río terminaron bruscamente.

De vuelta a Hannibal, Twain supo que se estaban organizando fuerzas militares en ayuda del gobernador Jackson, y decidió alistarse como soldado confederado. Sin embargo desertó pronto, y junto con miles de hombres que querían evitar el reclutamiento se encaminó al oeste. En su marcha hacia Nevada, 12 años después de la Fiebre del Oro las intenciones primeras de Twain eran viajar y trabajar en la ricas minas de oro y plata, pero tras el fracaso de sus prospecciones, la escasez de recursos le empujó nuevamente a tomar la pluma y a volver a escribir.

En el seno del *staff* de la Virginia City Territorial Enterprise, Twain se convirtió en un estable reportero/humorista, y en 1863 adoptó el seudónimo que le haría famoso: «Mark Twain», es un término de los navegantes del río que indica que las condiciones de navegación son seguras. En 1869 se publicaría su primer libro de artículos sobre viajes titulado *The Innocents Abroad*, que fue recibido con malas críticas, algo que desanimó mucho a Twain en sus proyectos literarios. Los años que siguieron se dedicó a escribir artículos, pronunciar conferencias y a trasladarse entre San Francisco, New York, y Missouri. Su suerte cambiaría, sin embargo, cuando conoció a Olivia Langdon, con la que se casaría el 2 de febrero de 1870. En noviembre del mismo año nació, prematuramente, su primer hijo, Langdon Clemens.

La familia Clemens contrajo pronto deudas, pero mientras tanto *The Innocents Abroad* alcanzó, en su primer año, 67.000 copias vendidas, así que la American Publishing Company encargó a Twain otro libro. Olivia le convenció para trasladar su domicilio a Hartford, Connecticut, donde Twain escribiría *Roughing It*, sobre la época posterior a la Fiebre del Oro, y que se publicó en 1872.

Con el nacimiento de su primera hija, Susan Olivia, en marzo del mismo año, la familia Clemens parecía prosperar en todos los sentidos. Pero poco después, la muerte de Langdon, a causa de la difteria, y el escaso éxito de *Roughing It* incrementaron sus dificultades. Por su parte Twain vivía con el peso de sentirse culpable de la muerte de su hijo.

Después de viajar a Europa y dar nuevas conferencias, un nuevo giro en la carrera de Twain se produciría con la publicación de *The Gilded Age*, una novela escrita en colaboración con Charles Dudley Warner acerca de la corrupción y el despilfarro de los fondos públicos. Publicado en 1873, *The Gilded Age*, fue el primer trabajo extenso de ficción de Twain y le sirvió para insertarse en el mundo literario como un escritor más que como un periodista.

Después del éxito de *The Gilded Age*, Twain comenzó un periodo en el que se concentró plenamente en la escritura. En 1880 nació su tercera hija, Jean, y cuando Twain alcanzó la cincuentena ya era considerado como un escritor y un empresario de éxito. Su popularidad se disparó con *Las aventuras de Tom Sawyer* (1876), *Príncipe y Mendigo* (1882) y *Las aventuras de Huckleberry Finn* (1885). En aquellos momentos, ya era considerado como uno de los grandes escritores de personajes en la comunidad literaria.

Twain murió el 21 de abril de 1910, habiendo sobrevivido a sus hijos Langdon, Susan y Jean, así como su esposa, Olivia. En su despedida final, era ya considerado no sólo un gran autor literario, sino una personalidad que definió toda una era en la historia de los Estados Unidos.

Mark Twain en su tarea del escritor

Mark Twain fue un escritor que produjo una obra tan variada y con temáticas tan opuestas entre sí que resulta difícil deducir la presencia de una idea o un elemento que cohesione el fondo de todas ellas. Sin embargo, si se examina la obra en su conjunto, y el proceso de maduración de su escritura, sí se aprecia la existencia de un tema común en toda ella: es la integridad moral. No es la idea central de ninguno de sus trabajos en concreto, pero su presencia se deja sentir cuando se repasan sus novelas, sus ensayos y sus relatos cortos.

El trasfondo de las obras de Twain suele consistir en el mensaje de un honesto aunque vulnerable hombre que se reconoce habitante de un mundo en el que rige una regla básica: «dime cómo consigues tu condumio y sabré cuales son tus opiniones». Este aforismo popular, que Twain pondrá en boca de un esclavo negro de Hannibal, Missouri, es una clave del pensamiento de Twain que vierte en muchos de sus escritos, y supone una mirada crítica y pesimista sobre los seres humanos, vistos como puros animales políticos. Twain la escribe como una abierta acusación, pero no es él quien la hace sino el esclavo de Hannibal. Al tiempo que reprende a los seres humanos por eludir sus responsabilidades, él mismo reconoce que hace lo propio, que también tiene su culpa, y que tiene «dos grupos de opiniones: unas privadas, otras públicas; unas secretas y sinceras, las otras utilitaristas y viciadas».

Hay algo de Twain que debemos retener: sus ideas acerca de la prosperidad y de cómo alcanzarla. Samuel Clemens fue un hombre hecho a sí mismo y un empresario de fortuna. Su matrimonio con Olivia Langdon le dio seguridad económica, pero además su propio éxito como escritor le proporcionó recursos propios para invertir y ganar dinero fuera de la literatura. Lo hizo en productos tecnológicamente avanzados para la época, como por ejemplo en la Paige Compositor, una nueva máquina tipográfica, y otros inventos por el estilo. Su iniciativa de vender sus novelas mediante suscripción muestra cómo no sólo era un literato más, sino un emprendedor que miraba por la salud económica de la familia y la suya propia. Hay que decir que la venta por suscripción era mal vista por los editores, que la consideraban poco adecuada, por su vulgaridad materialista, para la producción literaria. Sin embargo era la que más beneficios producía, y en el caso de Twain éstos fueron bastante cuantiosos.

Es interesante comprobar como muchos de los personajes de Twain son, de una manera u otra, hombres también hechos a sí mismos. Tomemos por ejemplo a Hank Morgan, el yanqui en la corte del Rey Arturo, a Tom Canty de *Príncipe y Mendigo* o el mismo Tom Sawyer. Todos ellos alcanzan la prosperidad gracias a su propio esfuerzo, su ingenuidad o su nobleza de carácter, ayudados por una pequeña dosis de buena suerte. Twain parece deleitarse con personajes de esta clase, emprendedores para los que el triunfo económico «sano» es una forma de éxito que va más allá de lo puramente material. A través de historias como éstas, Twain parece decir que el dinero es un buena cosa, que tus beneficios dependen de tu habilidad, y que, en general, el paradigma liberal funciona adecuadamente. Sin embargo, tal cosa no le impide exponer algunas ideas que podrían parecer contrarias en obras como *Un legado de 300.000 dólares* o en *El hombre que corrompió Hadleyburg*. Se trata, en ambos casos, de hablar de las nefastas consecuencias de la rápida ganancia de una considerable fortuna, y del poder corruptor de la ambición por conseguir riqueza.

Estas historias parecen presentar una paradoja temática: La riqueza, ¿es buena o mala? Sin embargo no es de eso de lo que quiere escribir Twain. No pretende teorizar sobre la moral de la prosperidad. La prosperidad, la riqueza, son pretextos para desarrollar un tema de mucho mayor interés para Twain, como es la integridad. En los relatos en los que los protagonistas conservan su integridad moral, la prosperidad se presenta de forma positiva, como producto de la habilidad de aquellos, de su capacidad de adaptarse a las dificultades y superarlas, en definitiva de su superioridad intelectual. Por tanto, la ganancia económica se producirá como extensión y reflejo de su propia prosperidad «moral» de su «riqueza» interior. Si, por el contrario, los personajes sacrifican su integridad moral en pos de la riqueza, ésta mostrará su lado más amargo y disolvente, de la misma forma que si les llega por puro azar. Lo que no se ha ganado con el propio esfuerzo y con el uso noble de la inteligencia sólo puede producir la victoria del dinero sobre la integridad.

Twain conoció tanto la prosperidad como las deudas, y supo que la fortuna vendría de su trabajo, así como el fracaso de las decisiones mal tomadas. Pero cuando perdió su dinero, no sacrificó su integridad. Salvó lo verdaderamente importante: su nombre. Por eso, aunque los editores de Twain, Charles L. Webster and Company, se declararon en quiebra en 1894, él se negó a declararse en bancarrota personal, con lo que habría salvado su patrimonio, sino que afrontó sus responsabilidades deudoras con honestidad, a costa de tener que empezar de nuevo. Pero fue precisamente esa actitud con la que se ganó a su público para siempre.

La integridad como valor supremo no aparece en Twain tan sólo cuando trata el tema de la prosperidad material. Una de las paradojas más sobresalientes de los escritos de Twain se encuentra en su producción de los últimos años, justamente aquellos en los que se muestra más cínico y más oscuro. En ese momento, sus temas son la débil y corrupta naturaleza del género humano y las diatribas contra lo que Twain considera un comportamiento social inmoral, cuya más obvia expresión es el imperialismo. Aunque pueden encontrarse en toda su producción literaria, en su etapa final se acentuó su presencia hasta el punto de sobrepasar la reputación de humorista del autor.

Efectivamente, Twain aparece completamente desilusionado con el ser humano, al que considera débil, veleidoso y acrítico. En su obra *Corn-Pone Opinions* Twain ataca a los hombres por su tendencia a adoptar las opiniones sociales prevalentes sin ningún sentido crítico. La idea básica es, como dijimos antes, que las opiniones de un hombre son dependientes sobre la forma en la que consigue su sustento, es decir sus opiniones son determinadas por sus condiciones materiales. Por ejemplo, un esclavo en el sur no podría tener las mismas opiniones de un abolicionista porque eso supondría su muerte segura. Sin embargo, este tipo de opinión condicionada no es mala en sí misma. Se trata de una tendencia inalterable de hombres. Twain no postula la toma de decisiones del tipo «honradez o muerte», ni en los factores abrumadores que fuerzan tus opiniones. Su crítica se dirige más la aceptación irreflexiva de todos los paradigmas sociales. Twain arremete contra el conformismo, contra las opiniones que buscan simplemente la aceptación social y que a veces sólo persiguen el interés del negocio. Reconoce no obstante que, en la mayoría de los casos, se trata de un interés inconsciente, no calculado.

Aquí hay una ardorosa condena del ser humano, de la que el propio Twain no se excluye. Twain nos dice que la naturaleza humana tiende a conformarse, no por interés, sino por alguna razón no definible. Esta cínica observación de la naturaleza humana es el sobrio y filosófico pensamiento del hombre que escribió las aventuras de Tom Sawyer. Pero incluso en las aventuras de Tom Sawyer, puede encontrarse el germen de esta idea: la voluble manera con que los ciudadanos primero expulsan y casi linchan a Muff Potter, solamente para dar la vuelta a sus opiniones cuando consigue probar su inocencia, le sirve para verter ácidos comentarios sobre la hipocresía social.

En *Mi primera mentira y cómo salí de ella*, Twain también desgrana sus observaciones sobre la naturaleza humana. Esta vez se concentra en la mentira. El propósito de Twain es mostrar cómo, frente a la mentira que se dice, existe la mentira que se «hace», la mentira de la afirmación silenciosa. Esta mentira silenciosa es presentada por Twain con el ejemplo de la esclavitud. Cuenta cómo en el norte, durante los días tempranos de la agitación de la emancipación, los abolicionistas no recibieron casi ninguna ayuda. Ignorados por la prensa, por el gobierno, por la opinión pública, los abolicionistas no encontraron a nadie que dialogara con ellos. Twain define la mentira de la afirmación silenciosa como aquella que consiste en que «no hay nada en lo que la gente inteligente pueda estar interesada». Nadie estaba dispuesto a hablar contra la esclavitud, contra la idea moralmente repugnante de que alguien pueda privar a otro hombre de la vida o de la libertad por el color de su piel. Esta era, en sí misma, una idea tan retorcida y anticristiana que todos los ciudadanos deberían haberse alzado en armas contra ella. Sin embargo los ciudadanos no se sentían concernidos y subordinaban sus criterios morales a la afirmación silenciosa de que nada había en tal situación que les convocase en contra de ella.

Manteniendo la mentira de la afirmación silenciosa se sacrifica la integridad. Si alguien sabe de algo que funciona mal en la sociedad y no hace nada para corregirlo o evitarlo, entonces está sacrificando lo mejor de sí mismo. El propio Twain se sentía partícipe de esa forma de pensar, tan visible en la América de hoy, pero al menos él alzaba la voz para denunciarlo.

En *The war prayer*, Twain hace observaciones similares sobre los hombres: son volubles, mantienen la mentira de la afirmación silenciosa. En esta historia, un mensajero del mismo Dios viene hablar a una congregación para demostrarles la naturaleza anticristiana de su rezo, para poner en palabras la parte de su rezo que está implícita: que es una súplica a Dios «que es la fuente del amor» para que cause la destrucción, el dolor y la muerte a sus enemigos.

La frase que pone fin a la historia no deja espacio para un mensaje positivo, ni para la pedagogía, ni para la integridad: «Se creyó que el hombre estaba loco, porque lo que decía no tenía sentido». Con esta declaración Twain condenaba a toda la humanidad por no poder comprender su hipocresía o su incapacidad para poner su integridad y sus principios morales por encima de la mentira de la afirmación silenciosa. Es significativo que Twain no deseaba que esta historia fuese publicada durante su vida porque, como él dijo, «esa es la auténtica verdad, y solamente los hombres muertos pueden decir la verdad en este mundo». Twain creyó que esta historia, que condenaba incondicionalmente a la humanidad, era la verdad absoluta. Incluso admite que revela más verdad que cualquier otra cosa que había escrito antes cuando él retiene su publicación porque esta vez dice la «verdad entera». Twain no tenía ninguna fe en la capacidad de seres humanos como un conjunto. No tenía ninguna ilusión en sociedad. No esperaba nada más que las acciones y pensamientos menos nobles de la gente.

Twain escribió también requisitorias contra el imperialismo, tanto el que practicaba, incipientemente, su propio país (en Filipinas) como el europeo, especialmente la brutal e inhumana versión que practicaba el rey Leopoldo de Bélgica en el Congo. En estos casos estaba dispuesto a pasar por encima de su cinismo y de su falta de fe en la humanidad para, una vez más, intentar llevar un mensaje positivo que obtuviera eco en sus conciudadanos. Y lo que ocurrió fue que la prensa estadounidense, aunque se hacía eco de las opiniones de Twain, guardaba un significativo silencio sobre lo que estaba ocurriendo en el Congo, y ello por una razón tan «comprensible» como que entre los inversionistas estadounidenses en el Congo se encontraban personas como J.P. Morgan, John D. Rockefeller, Thomas Fortune Ryan y Daniel Guggenheim. *King Leopold's Soliloquy*, la obra en cuestión, no fue publicada hasta épocas relativamente recientes por editoriales distintas del Partido Comunista de EE.UU., que sí se ocupó de darla a conocer. Twain no se habría sorprendido por la suerte de su «Soliloquio», pero si se lo imaginaba, ¿porqué lo escribió?

La tendencia de Twain a criticar la injusticia se puede observar, en su forma embrionaria, en trabajos previos, cuando atacaba a la aristocracia y a la esclavitud. La aristocracia había sido criticada por Twain en la mayoría de sus obras anteriores. En las aventuras de Huckleberry Finn, Twain asociaba la realeza a los dos personajes más inmorales de la novela, el duque de Bilgewater y el Rey Looy el decimoséptimo. Los mismos nombres de estos dos personajes son una burla a la realeza, y ambos degradan su condición real con su comportamiento. Huck ataca a la aristocracia y a la realeza, a las que considera estúpidas e inmorales, en su discusión con Jim, y describe las maldades de Enrique VIII con particular vehemencia.

El guerrear tontamente entre los Grangerfords y el Shepherdsons, la violencia y la ignorancia de los nobles en *Un yanqui en la corte del Rey Arturo*, o el desprecio de éste último por los ciudadanos comunes, son pretextos que le permiten exponer los males de la aristocracia en cada ocasión de la que dispone. El propósito de Twain haciendo eso es, nuevamente, una vindicación de la integridad. Y es que Twain siente la obligación de precisar lo que él percibe como mal o injusto incluso en sus trabajos menos políticos.

Los sutiles ataques de Twain contra esclavitud también demuestran la querencia de Twain por escribir contra la injusticia. Lo hace en *Las aventuras de Huckleberry Finn*, y también en *Un yanqui en la Corte del rey Arturo*, cuando, después que ser esclavizado y maltratado durante semanas por error, Arturo finalmente decidirá que la esclavitud es un mal inaceptable que él suprimirá si recupera su trono. Una vez más vemos el sentido de la integridad de Twain, obligándole a criticar la injusticia, en este caso, la esclavitud. Aunque sus críticas parecen inicialmente débiles y poco entusiastas, el hecho de que las hiciera son prueba de su determinación. Realmente, Twain no maduró como polemista hecho y derecho hasta sus años finales, en que los que tomó la palabra con energía contra el imperialismo.

Otro método eficaz de intentar entender a Twain y a su sentido de la honestidad es intentar observarle a través de los ojos de sus contemporáneos. En una visión retrospectiva, es fácil advertir que el humor ligero y el sarcasmo mordaz de Twain están en casi todos sus trabajos. Sus contemporáneos sólo le reconocieron esa vertiente de humorista, y no pocas veces de una manera desdeñosa. Debido a sus éxitos iniciales con historias humorísticas cortas, especialmente con *Jim Smiley and His Jumping Frog*, Twain fue etiquetado por los críticos como un profesional del divertimento. En sus comienzos, pocas personas reconocieron a Twain como escritor satírico, filósofo, crítico social, portavoz de la esencia estadounidense, o cualquiera de los títulos que ahora se le conceden sin mayores problemas. Hubo algunas voces solitarias al principio, sin embargo, que consideraron un potencial en Twain para algo más que el humor, pero apenas más que eso. En 1867, Charles Henry Webb, redactor del *Californian* escribió un comentario sobre *The Celebrated Jumping Frog of Calveras County, and Other Sketches*:

«Mark Twain» es demasiado bien conocido por el público como para requerir una introducción formal por mi parte. A causa de su historia sobre una rana, escaló la cumbre de la popularidad de un solo salto, y se ganó el sobrenombre de «Humorista Salvaje de la Vertiente del Pacífico». Pero también se le conoce como moralista y no es inverosímil que como tal llegue a pasar a la posteridad. Sin embargo, es su personalidad secundaria, la del humorista, la que de momento prima sobre el moralista, y como tal les presento este volumen.

Cuando la totalidad de América veía a Twain como nada más que un humorista, el editor de su primer libro ya lo proclama como, y sobre todo, un moralista. Esta clase de reconocimiento, sin embargo, era escaso y minoritario. Bret Harte y William Dean Howells fueron los dos primeros críticos americanos que mostraron un aprecio temprano por la sutil profundidad de los primeros trabajos de Twain. Incluso después de publicar *The Innocents Abroad and Roughing It*, Mark Twain todavía era aceptado solamente como humorista. Las divertidas historias cortas con las cuales Twain entró en la arena literaria afectarían a su reputación como hombre de letras hasta poco antes su muerte, cuando el título de Doctor of Letters honorario concedido por Oxford hizo reconsiderar su posición incluso a los más ardientes detractores de Twain.

Una serie de factores perjudicó a Twain en los círculos literarios del Este. Sobre todo, el hecho de que el humor fuera mirado como una forma inferior del uso de la lengua y sus cultivadores, indignos del título de literatos. Los grandes literatos ya establecidos y, de hecho, el *establishment* cultural de la Costa Este vieron a Twain como en un peldaño inferior del Oeste, intentando hacer verdadera literatura cuando sería mejor que dedicase sus limitadas capacidades al humor.

Por su parte, Twain también vendía sus libros por suscripción, ganando más dinero, pero dejando sus libros fuera de los círculos literarios que frecuentaban las librerías. Esto hizo que Twain pareciera más motivado por el puro éxito comercial que por valor artístico de su trabajo. Sus observaciones audaces pero mal planteadas en una cena con John Greenleaf Wittier, convencieron a los críticos del Este de que Twain era un humorista torpe, maleducado y ordinario, y sería tratado como tal durante mucho tiempo. Sin embargo, como probaban su reputación y las ventas de sus libros, Twain había sido aceptado como gran autor por el público en general, y frente a ese hecho los críticos reaccionaban desprestigiando, por vulgares, a sus lectores.

Pero los críticos estaban equivocados. Lo que gustaba a los lectores de Twain no era su vulgaridad sino la furiosa honestidad con la que escribía sobre el mundo real, desdeñando el intelectualismo artificial y las grandes palabras huecas a favor de la realidad y de la integridad.

Libro tras libro, relato tras relato, sus obras serán recibidas con frialdad por los críticos americanos. Finalmente, con la publicación de *Príncipe y Mendigo* en 1881, los críticos literarios importantes comenzaron a tomar en serio lo que llamó Howells «el inapreciado lado serio del curioso genio de Clemens».

Lentamente, comenzó a arraigarse un aprecio literario hacia Mark Twain como algo más que un humorista. Tuvo un fracaso a los ojos de los críticos con *Huckleberry Finn* en 1885, pero hacia 1890, Twain ya era tomado como un escritor serio. Fue necesario el transcurso de un cierto plazo durante el cual Twain salió del reino del puro humor para adentrase en una crítica social cada vez más evidente.

Esta tendencia puede rastrearse en la inocencia infantil de *Las aventuras de Tom Sawyer*, que maduraron en un comentario social sobre la aristocracia en *Príncipe y Mendigo* y en *Un Yanqui en la Corte del Rey Arturo*, o sobre la esclavitud en Huckleberry Finn y *Un Yanqui en la Corte del Rey Arturo*. Esta tendencia se desarrolló en última instancia en condenas críticas de la naturaleza humana y en la propaganda contra-imperialista, donde Twain escribió sin lugar a dudas con el propósito político de exponer un mal social. En esa tendencia vemos distintos niveles de comprensión y conciencia sociales pero siempre aparece el mismo Twain, agudo y crítico, que fuerza la verdad para mostrarse como una persona íntegra.

Twain ya no era un humorista con cierta penetración crítica. Había desarrollado su habilidad para la sátira y su conciencia social, y ambas trabajaron juntas para componer algunas de las críticas más ásperas sobre la sociedad, la política y la religión americanas que se habían conocido. Poco después su muerte, Twain era colocado al nivel literario de Irving, Swift y de Carlyle, e incluso su crítico más áspero, Van Wyck Brooks, admite que Twain tenía capacidad necesaria para ser «un Voltaire, un Swift, un Cervantes».

Mark Twain fue siempre un moralista, y un escritor satírico. Sus contemporáneos necesitaron tiempo para aprender a ver la profundidad, la sátira y la crítica social de la que él hizo uso desde el principio. Desde el comienzo, sin embargo, Twain era firme en su intención de decir la verdad tal y como él la vio. Su concepto de la verdad pudo haber cambiado con el tiempo, pero, como se ha dicho ya varias veces, la constante en Twain es su integridad. Él habló siempre claro, siempre fue satírico y crítico, y lo hizo a sabiendas de que no tenía todas las respuestas a las preguntas que él mismo se hacía.

Por ejemplo, en 1867 Twain escribió de Honolulu: «usted estará siempre dispuesto a pagar $80 y $100 por un mes de trabajo cuando puede hacer lo mismo por $5. Cuanto antes adopte California el trabajo de los *coolies*, mejor será para ella». El año siguiente Twain estaba exultante con el tratado de Burlingame con China que dio a los chinos los mismos privilegios que a los nacionales «de las naciones más favorecidas». Antes del 4 de agosto de ese mismo año, Twain había llegado a la conclusión que el mercado de trabajo de los *coolies* era «infame». Esta progresión en las ideas es típica de Twain: primero acepta el dogma social o el paradigma dominante y, a partir de la reflexión, concluye que algo funciona terriblemente mal en él, y entonces llega a una opinión madura e informada sobre la materia. Esta es la razón por la cual Twain nunca se eximió de sus propias críticas, y también el motivo por el que se pueden conocer de él opiniones distintas sobre un mismo tema.

Y es que, aunque no tenía las respuestas, Mark Twain tenía una cosa que enamoró al público americano. Esa cosa era su honradez intelectual, su principal patrimonio como comunicador. El público podía confiar en que, aunque no estuviese de acuerdo con sus ideas, lo que decía Twain era lo que pensaba de veras, y que era fruto de una honesta y serena reflexión. Por eso fue por lo que pudo permitirse criticar el imperialismo estadounidense en un momento tan temprano como fueron los albores del siglo XX.

Puede pensarse que no hay manera de probar fehacientemente cuáles eran la verdaderas motivaciones de Twain. Sin embargo, a juzgar por su cinismo humanista, su amor genuino por la libertad y su odio a la injusticia, una idea constante es la de la necesidad de cumplir un deber, de ejercitar una responsabilidad. En *The Turning Point of My Life*, expone su creencia de que los hombres están hechos de «circunstancia» y de «temperamento». Explica que lo que un hombre llega a ser depende sobre todo de los acontecimientos y las experiencias que le suceden en su vida. La manera que él reacciona ante estas circunstancias, sin embargo, está dictada por su temperamento, por la naturaleza de su ser. Si esta regla se aplicara a Twain mismo, la mayoría de la gente convendría que el temperamento de Twain era honesto, diligente y responsable, algo que se puede derivar de las evidencias de su vida y de su obra. Escribió sobre América y capturó su esencia, y escribió lo que muchos consideran la más grande novela americana, *Las aventuras de Huckleberry Finn*. ¿Por qué es esta novela considerada tan importante, especialmente cuando fue recibida con tantas reticencias y críticas? Porque Twain muestra la América verdadera, la ternura de la niñez, el mal de la esclavitud y la atrocidad de su aceptación, la aventura de un viaje en balsa a través de la belleza del Mississippi. Como observador honesto, nos muestra el entusiasmo, el orgullo, la vergüenza, y la belleza de América, y lo hace con una pluma infalible. La verdad de su novela no es una mera circunstancia; es el resultado directo de la honradez y de la nobleza de su autor.

Esto es lo que ha hecho y todavía hace a Twain grande. Aunque es poco probable que Twain puede ser calificado como capitalista o socialista, como liberal o conservador, como partidario del rico o amigo del pobre, sin duda es mucho más fácil que pueda ser recordado como un hombre que atacó con ferocidad la injusticia y la hipocresía. Es a través de su honestidad esencial como Twain puede ser entendido como autor y como ser humano.

LAS AVENTURAS DE TOM SAWYER

Antes de que la inocencia se nos terminase hace muchos años, existieron Tom Sawyer y el río Mississipi. No era mucho, pero entonces podía bastar. Se trataba de una novela que nos hacía evocar un mundo ajeno que no impedía la estrecha proximidad que sentíamos hacia su joven protagonista. Era un libro que a veces leíamos en versiones torpemente resumidas, o con ilustraciones baratas que entonces nos parecían sublimes, y que nos remitía a un tiempo y un lugar que todavía convocan nuestra imaginación: chicos descalzos con sombreros de paja, que vivían en libertad planeando toda clase de diabluras. Supersticiones, ingenuidad, romance, miedo. La presencia, incomprensible para nosotros, de los negros esclavos. Y el gran río, surcado por vapores blancos con grandes ruedas que lo impulsaban como mansiones flotantes. No es mucho para los gustos juveniles de hoy en día, pero para muchos de nosotros era, sin ninguna duda, el «libro» por excelencia.

Aquel librito de nuestra infancia se debía a la pluma de un estadounidense singular, tan admirado y querido en su país como poco comprendido. Un escritor que se empeñó en transmitir un mensaje moral a través del humor, pero que quizás no supo ser leído por su público de la manera que a él más le hubiese gustado. Se llamaba Samuel Langhorne Clemens, aunque todo el mundo le conoce por el seudónimo de Mark Twain, y el lector tiene ahora entre sus manos su obra más famosa: *Las aventuras de Tom Sawyer*.

Con la publicación de *The Adventures of Tom Sawyer* Mark Twain introdujo los inmortales personajes de Tom y Huckleberry en el «Salón de la Fama» de la literatura estadounidense, al tiempo que reinventó el cuento tradicional de la Frontera. Escrita alrededor de 1870, la novela empezó como una serie de cartas de Twain a un viejo amigo (*Letters to Will Bowen*) en las que recordaba sus bromas de la infancia, sus días escolares y sus travesuras de pillastres. En su prefacio, el autor advertía que Tom Sawyer estaba extraído de la vida real, combinado las personalidades de tres chicos que conoció bien. Con los recuerdos frescos en la memoria, se supone que Twain escribió la novela a un ritmo de 50 páginas al día.

Publicada en Inglaterra varios meses antes de su distribución en Estados Unidos, Tom Sawyer es el libro más vendido de su autor y se le considera un clásico popular para todas las edades. Twain escribiría irónicamente a su editor: «No es un libro para niños. Sólo lo leerán los adultos, porque para ellos es para quien se ha escrito».

La novela describe las aventuras de juventud del protagonista, que encarna el ideal del joven americano de la Frontera en la época inmediatamente anterior a la industrialización. Los críticos están de acuerdo en que la historia ha quedado ensombrecida por su secuela, *The Adventures of Huckleberry Finn*, pero no hay duda de que Tom Sawyer está considerada como una de las más grandes piezas de la literatura de ficción estadounidense, a causa, especialmente, de la excepcional habilidad de Twain para captar el temperamento y la psicología de los chicos de la época en el seno de una trama de pura ficción.

Esta exaltación de la inocencia juvenil que se derrama por toda la obra contrasta en extremo con la actitud pesimista por la que Twain fue conocido. La clave estaría en que el propósito de Twain habría sido usar a Tom como un símbolo de la transición entre el mundo de los niños y los adultos.

Aunque Twain se basó en sus propias experiencias juveniles, los críticos han sugerido otras posibles fuentes para la novela, incluido el novelista sureño George W. Harris. Con todo, la novela recoge con exactitud la vida y el folclore del entorno del río Mississipi. Las aventuras de Tom están intensamente ligadas con las tradiciones rurales sobre fantasmas, casas encantadas, brujería y supersticiones, todo ello bien conocido por Twain que era experto en todo lo que rodeaba a los habitantes del valle del Mississipi. En cuanto a los personajes que construye, muchos de ellos están inspirados, al parecer, por personas de su entorno familiar o social con las que compartió su niñez. La tía Polly comparte características con su madre. Mary es, en realidad, la hermana de Twain, Pamela, y Sid recuerda a su hermano pequeño Henry. Huck Finn, la viuda Douglas e incluso el indio Joe también son reflejo de personajes reales, aunque éste último parece haber sido más bien un borracho que un verdadero asesino.

A diferencia de su posterior obra maestra, *Las aventuras de Huckleberry Finn*, en Tom Sawyer no se abordan otras cuestiones que sí se exploran, críticamente, en aquella. Por ejemplo, en Tom Sawyer no hay un compromiso explícito sobre el asunto de la esclavitud, y aunque la actitud de los habitantes hacia el indio Joe sugiere alguna forma de xenofobia, los crímenes de éste parecen justificarla de alguna manera. Puesto que la novela evita criticar explícitamente el racismo, la esclavitud y la xenofobia, también escapó a la controversia que al respecto suscitó Huck Finn. Es, en ese sentido, más «banda» y menos ideológicamente conflictiva.

En el orden expresivo, Twain recoge perfectamente las formas orales del Mississipi a través del uso de la sintaxis coloquial y la dicción local. Algunos expertos han señalado que en la novela el autor demuestra su extenso conocimiento de las distintas formas del habla popular, lo que indica que realizó un cuidadoso y paciente trabajo de recolección de giros, modismos y formas expresivas. Otros atribuyen a Twain el uso de su lengua vernácula a sus pasado de escritor fronterizo y humorista popular, estilos en los que el realismo es una característica muy clara. Usando su «habla natural» Twain es capaz de presentar sus personajes al lector con un aura de veracidad, producto del uso de un lenguaje vívido y claro.

Hay críticos, sin embargo, que han reprochado a Twain su falta de realismo en la novela. El lenguaje de los chicos, señalan, es incorrecto y con cada giro de la trama la historia se vuelve más y más terrible haciendo que el lector se pierda en un dramático potaje. Otros han visto en *Las aventuras de Tom Sawyer* un ejemplo del «escapismo» de Twain de una sociedad que consideraba ajena a él. Pero incluso esas voces están de acuerdo en que hay una magia especial en la novela, y que, al menos en su atmósfera y en su presentación, Twain resulta excepcionalmente creíble.

LAS AVENTURAS DE TOM SAWYER

INTRODUCCIÓN

Muchas de las aventuras recogidas en este libro sucedieron en la realidad; una o dos fueron el resultado de mis propias experiencias, y el resto, de lances acaecidos a otros muchachos que estudiaban conmigo en la escuela. Huck Finn está tomado de la vida real; Tom Sawyer también, aunque su personalidad esté formada por un conjunto de rasgos que caracterizaban a tres chicos a quienes yo conocía. De este modo, la totalidad del personaje pertenece, desde un punto de vista arquitectónico, al orden compuesto.

Las extrañas supersticiones relatadas prevalecían, en la época a la que me refiero en esta historia (hace treinta o cuarenta años), entre los niños y esclavos del Oeste.

Aunque el propósito de mi libro es que pueda servir de distracción a chicos de uno y otro sexo, espero que no por eso sea desdeñado por las personas mayores, ya que mi intención es que éstos recuerden con agrado lo que fueron en otro tiempo, cómo pensaron, sintieron y hasta hablaron, y en qué divertidas empresas se encontraron a veces enredados.

El Autor

Hartford, 1876

CAPÍTULO PRIMERO

Tom juega, combate y disimula

—¡Tom!

Nadie respondía.

—¡Tom!

La llamada quedó sin respuesta.

—¡Tom! ¿Qué le sucederá a este chico?

Y el silencio continuaba...

La anciana señora bajó las gafas y miró por encima de ellas alrededor del cuarto, luego las subió y miró por debajo. Rara vez utilizaba sus cristales para observar a seres de tan poca importancia como un chicuelo. Llevaba puestos los anteojos de ceremonia, y eran su mayor orgullo, porque los había encargado, no como objetos útiles, sino más bien como adorno, ya que no le servían para nada. Quedose un instante perpleja y añadió con suavidad, pero lo suficientemente alto para que la oyeran hasta los muebles:

—Está bien... Como te eche mano, te aseguro que voy a...

No pudo terminar la frase. Agachándose, introdujo la escoba por debajo de la cama y los escobazos fueron acompañados de resoplidos. El gato allí escondido dio señales de vida.

—¡Jamás vi nada semejante a este chico!

Se encaminó hacia la puerta abierta y allí se detuvo a contemplar los tomates y las hierbas silvestres que crecían en el jardín. Tom no aparecía. Alzando la voz a un tono calculado para largas distancias, gritó:

—¡Túuu!... ¡Tom!

Oyó un ruido casi imperceptible y se volvió con ligereza, atrapando por el borde de la blusa al niño, que estaba a punto de escaparse.

—¡Ya te tengo! Podía haber pensado en ese armario. ¿Qué hacías dentro?

—Nada.

—¡Nada! Mira esas manos y esa boca. ¿Qué es esa porquería?

—No lo sé, tía.

—Pues yo sí. Es compota. Mil veces te he repetido que como no dejes en paz el dulce, te despellejo vivo. Dame ese palo.

El palo comenzó a agitarse peligrosamente en el aire.

—¡Huuuy! Mire hacia atrás, tía.

La señora giró recogiéndose la falda para esquivar el peligro, mientras que el chico, encaramándose a la valla, desaparecía por el lado opuesto. La tía, sorprendida, se echó a reír.

—¡Maldito muchacho! Nunca escarmentaré, por muchas jugarretas que me haga. Las viejas somos más bobas que nadie, y los perros caducos jamás aprenden gracias nuevas. No es posible averiguar por dónde va a salir, puesto que cada día me engaña de modo distinto. Sin duda, adivina hasta dónde puede llegar en el tormento antes que me vea enfadada, y el muy pillo sabe que si logra hacerme reír no soy capaz de pegarle. Pero lo cierto es que, con respecto a este chico, no cumplo bien con mi deber, y sufro por los dos. Tiene el diablo metido en el cuerpo, pero como se trata del hijo de mi pobre hermana difunta, carezco de valor para pegarle. Siempre que evito el castigo me remuerde la conciencia, y si le zurro se me parte el corazón. Por algo dicen las escrituras —y yo lo creo firmemente— que el hombre nacido de mujer vive poco y con tribulaciones. Hará novillos esta tarde y me veré obligada a hacerle trabajar mañana como castigo. Comprendo que resulta duro el trabajo los sábados, al fin, días de vacaciones, pero como es lo que más le molesta, he de imponérselo para no ser la perdición del chico...

En efecto, Tom hizo novillos y lo pasó muy bien. Volvió a casa con el tiempo preciso para ayudar al negrito Jim, partir la leña para el día siguiente y relatar sus aventuras mientras Jim realizaba la parte más pesada del trabajo. Sid, hermano menor de Tom, o, por mejor decir, hermanastro, había ya dado fin a su tarea de recoger astillas. Era un niño tranquilo, poco aficionado a peleas y aventuras. Mientras Tom cenaba, y aprovechando la ocasión, escamoteaba terrones de azúcar, su tía le dirigía preguntas capciosas con objeto de sacarle ciertas confesiones. Como todos los seres ingenuos y candorosos, se creía dotada de un talento especial para la diplomacia tortuosa y consideraba sus transparentes manejos obras de refinada astucia. Así, pues, dijo al sobrino:

—¿No es cierto, Tom, que hacía bastante calor en la escuela?

—Sí, tía.

—Un calor asfixiante, ¿verdad?

—Sí, tía.

—¿Y no te dieron ganas de ir a nadar?

Una vaga y alarmante escama se introdujo en la mente de Tom. Como la expresión de su tía no le decía nada, se decidió a contestar:

—No, tía... No demasiadas...

La señora palpó la camisa del sobrino.

—A pesar de todo, no tienes ahora exceso de calor.

Y se quedó satisfecha por haber comprobado la sequedad de la camisa sin dejar traslucir su pensamiento. No obstante, Tom sabía de qué lado soplaba el viento. Y apresurándose a parar el golpe, repuso:

—Unos cuantos chicos estuvimos echándonos agua por la cabeza. Como verá usted, la mía está todavía húmeda.

La tía quedó cariacontecida, por haberle fallado el tiro y no haberse dado cuenta del detalle acusador. Inspirada de nuevo, continuó:

—Escúchame, Tom. Sin duda, para mojarte la cabeza tuviste que descoser el cuello de la camisa por donde yo lo había cosido. Desabróchate ahora mismo la chaqueta...

El gesto de alarma desapareció del rostro de Tom. Entreabrió su chaqueta, el cuello estaba bien pespunteado.

—¡Caramba! Estaba segura de tus novillos y de que te habías ido a nadar. Te perdono, en vista de que no ha sido así. Eres como gato escaldado, y, a veces, mejor que muestran las apariencias.

Lamentaba el fallo de su sagacidad, y, al mismo tiempo, se alegraba de que, al menos por una vez, Tom se hubiera inclinado a la obediencia.

Sidney intervino en el diálogo:

—Yo juraría que el cuello estaba cosido con hilo blanco y ahora se ha convertido en negro...

—Pues yo no he empleado sino blanco. ¡Tom!

Tom no esperó al final. Al escapar, gritó desde la puerta:

—¡Siddy, ya me las pagarás!

Una vez a salvo, sacó dos agujas que llevaba prendidas en la solapa. Una de ellas estaba enhebrada con hilo blanco y la otra con negro.

—Si no es por Siddy, la tía no me descubre, porque unas veces cose con blanco y otras con negro. Debería decidirse por uno o por otro, porque así no hay quien lleve la cuenta. Pero tú, Siddy, me las pagarás todas juntas...

No pasaría nunca por el niño modelo del pueblo. Conocía de sobra este modelo y lo detestaba con toda su alma. Al cabo de unos minutos, había olvidado por completo sus infortunios, y no porque éstos fueron menos graves y amargos que los de los hombres, sino porque un nuevo interés los había apartado de su pensamiento, igual que las desdichas de los mayores se olvidan ante el anhelo que producen desconocidas empresas. Su interés se cifraba ahora en algo que le había enseñado un negro: una maravillosa novedad en el arte de silbar, que ansiaba practicar a solas y con sosiego. Consistía esta maravilla en una especie de trino de pájaro, algo parecido a un suave gorjeo producido por la vibración de la lengua contra el paladar, intercalado entre la melodía. El lector, que ha sido niño alguna vez, recordará el melodioso silbido. A fuerza de práctica y perseverancia, Tom venció sus dificultades y echó a andar calle abajo con la boca llena de trinos y el corazón satisfecho. Tenía la sensación que sin duda experimenta el astrónomo cuando descubre una nueva estrella, pero el placer intenso y hondo aventajaba con mucho al del astrónomo.

Las tardes veraniegas eran largas y la noche se hacía esperar. Tom dejó de silbar al darse cuenta de que tenía delante un ser extraño. Se trataba de un chico poco más alto que él. Cualquier recién llegado despertaba una emocionada curiosidad en el mísero lugarejo de San Petersburgo. El muchacho, a pesar de no ser un día festivo, iba bien trajeado, cosa que aumentó el asombro de Tom. La gorra era coquetona, la chaqueta de paño azul, nueva y bien cortada; los pantalones, igualmente elegantes. Aunque era viernes, llevaba zapatos y corbata, consistente en una cinta de colores chillones. De toda su persona emanaba un aire ciudadano que ofendía a Tom como una injuria. Contemplando esta maravilla, levantó la cabeza con desdén ante aquellas galas que hacían resaltar aún más la pobreza de su propia indumentaria. Ninguno de los dos se decidía a hablar; pero ambos se observaban sin quitarse ojo. Por fin, Tom se decidió a romper el silencio:

—Puedo darte una tunda...

—Haz la prueba.

—La haré.

—¡A que no!

—¡A que sí!

—¡A que no!

Tras una pausa embarazosa, prosiguió Tom:

—¿Cómo te llamas?

—¡A ti qué te importa!

—Si a mí me da la gana, ya verás si me importa.

—¿Y por qué no te atreves?

—Como sigas hablando me atreveré.

—Sí, sí, sí... Anda...

—Te crees muy elegante, pero con una mano atada a la espalda, puedo darte una paliza.

—¿A que no me la das?

—Te la daré si continúas molestándome.

—Bien, bien. He visto a muchos como tú.

—Te crees elegante. ¡Vaya una gorra!

—Atrévete a tocarla. ¡Y a ver quién es el guapo que se atreve!

—Eres un embustero.

—Más eres tú.

—Eres un mentiroso y no sabes pelear.

—¡Ja, ja, ja! Vete a paseo.

—Como sigas así agarro una piedra y te la estampo en la cabeza.

—Por supuesto.

—Claro que sí.

—¿Por qué no lo haces? Eres un cobarde.

—No soy cobarde.

—Lo eres.

—No es verdad.

—Sí lo es.

Pausa en el diálogo. Los dos chicos empezaron a dar vueltas y luego se empujaron por los hombros.

—Vete de aquí —dijo Tom.

—Vete tú.

—No me da la gana.

—A mí tampoco.

Continuaban con una pierna apoyada en el suelo, empujándose y lanzándose el uno contra el otro furiosas miradas. Ninguno de los dos cedía. Tras mucho forcejeo, ambos cedieron en el empuje con desconfiada cautela.

—Eres un cobarde y un niño de teta —prosiguió Tom—. Se lo diré a mi hermano mayor, que puede tirarte con el dedo meñique.

—Me tiene sin cuidado tu hermano. El mío, que es más grande, le arrojará por encima de esa valla.

(Los hermanos sólo existían en la imaginación de los contendientes).

—Eso es mentira.

—Será porque tú lo digas...

Tom trazó una raya en el suelo con el dedo gordo del pie y continuó:

—Atrévete a pasar de aquí y soy capaz de zurrarte hasta que te caigas. El que se atreva, se fastidia.

El forastero traspasó la raya.

—Mira. Ahora, cumple las amenazas.

—No molestes y márchate.

—Ya te he dicho que te atrevas.

—¡Canastos! Lo hago por dos centavos.

El chico extrajo las monedas del bolsillo y se las alargó con gesto de burla. Tom las arrojó al suelo y en el mismo instante ambos chicos rodaron por tierra, agarrados como gatos furiosos, tirándose mutuamente del pelo y de la ropa, arañándose la cara, cubiertos de polvo y de gloria. Por fin,

Tom pudo sentarse sobre el vencido forastero y le molió a puñetazos.

—¡Ahora date el pisto!

El niño, luchando por liberarse de su vencedor, lloraba de rabia.

—¡Date por vencido! —y Tom seguía machacando con los puños a su víctima.

Pidió misericordia el forastero y Tom le permitió que se levantara del suelo.

—Así aprenderás y otra vez tendrás más ojo para ver con quién te metes.

Alejose el vencido sacudiéndose el polvo de la ropa, sollozando y sorbiéndose los mocos, mientras volvía la cabeza profiriendo amenazas para cuando pillara a Tom por su cuenta. Éste, mofándose, echó a andar pausada y orgullosamente. Pero, tan pronto volvió grupas, el enemigo le arrojó una piedra, y dándole en mitad de la espalda, emprendió veloz carrera. Tom lo persiguió hasta su casa, enterándose de las señas. Allí tomó posiciones ante la verja y retó al enemigo para que saliera, pero éste se limitó a sacarle la lengua por detrás de los cristales. Salió la mamá vociferando denuestos contra Tom y conminándole para que se marchara de allí. Tom se fue, no sin antes jurar que su enemigo había de pagárselas.

Llegó tarde a su casa, y al intentar escurrirse cautelosamente por la ventana, cayó en una emboscada urdida por su tía, la cual, al ver el estado en que traía sus ropas, decidió suprimir el asueto del sábado y sustituirlo por el cautiverio y los trabajos forzados.

CAPÍTULO II

El ilustre encalador

Amaneció la mañana del sábado con el mundo estival fresco, luminoso y rebosante de vida. En cada corazón resonaba un cántico, y si este corazón era joven, la música se desbordaba por los labios. Los rostros se mostraban alegres y los pies ágiles; florecían las acacias y su aroma embalsamaba el aire. Al otro lado del pueblo, y proyectando su sombra por encima, la colina de Cardiff, cubierta de verde, aparecía como una deliciosa tierra de promisión, invitando al sueño y al descanso.

Tom asomó por la calle, armado de un cubo con cal y de una brocha atada a un largo palo. Miró la cerca y se apoderó de él una inmensa tristeza. ¡Treinta varas de longitud y nueve pies de altura! La vida no tenía objeto; en realidad, era sólo un pesado fardo. Lanzando un suspiro, mojó la brocha y la pasó a lo largo del tablón más alto. Repitió varias veces la operación y pudo darse cuenta de lo que le faltaba para encalar la valla entera. Descorazonado, se sentó en la hierba y vio a Jim que salía dando saltos, con un barreño de cinc y cantando «Las muchachas de Búfalo». Siempre había sido un trabajo aborrecible para Tom el acarrear agua de la fuente. Pero entonces cambió de opinión, al recordar la alegre compañía que allí se congregaba. Había chicos de uno y otro sexo aguardando turno, y mientras tanto, realizaban cambalaches, reñían y bromeaban. Recordó que, a pesar de la escasa distancia que mediaba entre la fuente y su casa, Jim tardaba en volver más de una hora, y llegaba en el momento preciso en que iban a buscarle.

—Oye, Jim —gritole Tom—, yo iré a buscar agua si tú pintas un trozo.

—No puedo, amito Tom. La señora me ha dicho que tengo que traer el agua sin entretenerme. Dijo también que seguramente el amito me pediría que pintase, pero he de andar listo, porque ella se ocupará del encalado.

—No importa, Jim. Siempre dice lo mismo. Déjame el barreño; me daré prisa y no se enterará de nada.

—No me atrevo, amito. La señora me cortará la cabeza. ¡De verdad que me la cortará!

—¿Ella? ¡Si nunca pega a nadie! Lo más que hace es dar con el dedal, y eso no hace daño. Te daré una canica, Jim, una de las blancas.

Jim titubeaba.

—Sí, Jim; una canica blanca, de las buenas.

—¡Huy! de ésas se ven pocas. Pero tengo miedo a la señora.

—Te enseñaré, además, el dedo del pie que tengo magullado.

Jim era débil y la tentación demasiado fuerte. Dejó el barreño en el sueño, tomó la canica y se inclinó con curiosidad sobre el dedo mientras Tom quitaba la venda. Minutos después corría por la calle abajo, con el cubo en la mano y las posaderas doloridas. Tom quedaba pintando con aplicación y la tía Polly se retiraba del campo de batalla con la mirada victoriosa, empuñando una zapatilla.

La energía de Tom fue de escasa duración. Su melancolía se exacerbó al recordar las diversiones proyectadas. Pronto los chicos pasarían camino de deliciosas excursiones y se burlarían de él viéndole trabajar. La perspectiva le quemaba la sangre. Pasó revista a sus tesoros: restos de juguetes, canicas y objetos revueltos que podían servirle como trueque, pero no como moneda para adquirir una hora de libertad. Guardó de nuevo sus pobres recursos y abandonó la idea de sobornar con ellos a los chicos. De pronto, una maravillosa inspiración iluminó sus tinieblas. Enfrascose en el trabajo en el momento en que pasaba Ben Rogers, el chico cuyas burlas le causaban verdadero pánico. Ben se acercaba dando saltos y volteretas, pruebas irrefutables de que tenía el corazón ligero y grandes esperanzas de diversión. Iba comiendo una manzana, y de cuando en cuando lanzaba un prolongado y melodioso sonido y un bronco ti-lín, ti-lín, ti-lón ti-lín, ti-lín, ti-lón, que pretendía evocar un barco navegando por el río. Al aproximarse, acortó la marcha, enfiló el medio de la calle e inclinándose a estribor, volvió la esquina solemnemente, porque era nada menos que el gran Missouri con nueve pies de calado. Siendo todo en una pieza: buque, capitán y máquinas, tenía que imaginarse de pie en el puente, dando órdenes y, al mismo tiempo, ejecutándolas.

—¡Para! Ti-lín, ti-lín, ti-lín... —la marcha disminuía y el barco se aproximaba lentamente a la acera—. ¡Marcha atrás! Ti-lín, ti-lín... —los brazos del chico se ponían rígidos—. ¡Inclinen a estribor! Ti-lín, ti-lín, Chee, chee, chee... —y el brazo derecho giraba en grandes círculos porque representaba una inmensa rueda—. ¡A babor! ¡Alto la de estribor! ¡Despacio a babor! ¡Preparen la amarra! Chiiisss... Chiiisss... —estos ruidos imitaban los grifos de escape.

Tom continuó su tarea sin hacer caso del vapor. Ben, mirándole con fijeza, dijo:

—Estás pagándola, ¿no es cierto? ¡Ji, ji, ji!

La indiscreta pregunta no tuvo respuesta. Tom examinó su obra con mirada de artista, dio el último brochazo y se sumergió de nuevo en la contemplación de la cerca. Ben atracó a su lado. Tom persistió en su trabajo, a pesar de que se le hacía la boca agua pensando en la manzana.

—¡Hola, amigo! Te hacen trabajar, ¿eh?

—¡Ah! Eres tú, Ben... No te había visto.

—Me voy a nadar. ¿No te gustaría a ti? Pero, claro, prefieres el trabajo.

Tom se le quedó mirando.

—¿A qué llamas tú trabajo?

—¿A qué? ¿Pues qué es lo que estás haciendo?

Tomó Tom de nuevo la brocha y dijo al desgaire:

—Está bien. Puede que sea y puede que no sea trabajo. Si lo hago, es porque me da la gana.

—¡Vamos! Ahora dirás que te gusta.

—No sé por qué no ha de gustarme. ¿Crees que a uno le dejan pintar la cerca todos los días?

Ben dejó de morder la manzana: aquello era distinto. Tom movió la brocha a derecha e izquierda y se alejaba para ver el efecto; añadió un toque aquí y una pincelada allá, para juzgar de nuevo el resultado. Ben miraba atentamente, cada vez más absorto e interesado.

Al cabo de un rato, dijo:

—Oye, Tom, déjame pintar un poco...

Tom reflexionó y estuvo a punto de ceder, pero, al final, se arrepintió.

—Imposible, no puede ser. Ya ves, mi tía Polly aprecia la cerca porque está en mitad de la calle; si fuera la de atrás, no tendría tanta importancia. Siempre está pensando en ella, y entre mil chicos, no se encuentra uno que sepa encalarla.

—¿De veras? Vamos, déjame que pinte un poco, nada más que un momento. Si yo estuviera en tu caso, te dejaría a ti.

—Yo también te dejaría, pero, ya ves... la tía Polly... Jim y Sid también querían encalar, pero la tía no los dejó. Por eso, yo no puedo. Si estropeases la cerca, ¿qué pasaría?

—¡Qué narices! Déjame probar; tendré cuidado. Mira, te doy lo que queda de la manzana.

—Bueno. No, Ben no puede ser. Tengo miedo...

—Te daré una manzana entera.

Tom entregó la brocha con gesto compungido y ánimo alegre. Y mientras el vapor Missouri trabajaba sudando al sol, el artista ocioso, sentado a la sombra sobre un tonel, devoraba la manzana planteando el degüello de otros inocentes. No escaseó el personal; a cada momento acudían chicos con intención de burlarse, pero que luego, cambiando de parecer, se quedaban a trabajar. Cuando Ben se cansó, Tom ya había vendido el turno siguiente a Billy Fisher por una cometa casi nueva; al quedar éste fuera de concurso, Juanito Miller compró los derechos por una rata muerta que giraba atada por un bramante, y así sucesivamente. Al terminar la tarde, Tom, que por la mañana estaba en la miseria, nadaba materialmente en la abundancia. Había reunido doce canicas, parte de un birimbao, un trozo de vidrio azul que servía de lente, un carrete, una llave inservible, una tiza, un tapón de cristal, un soldado de plomo, dos renacuajos, seis triquitraques, un minino tuerto, un picaporte, un collar de perro (el collar sin chucho), el mango de un cuchillo y una falleba rota.

Entre tanto, había pasado una tarde deliciosa, sin hacer nada y en buena compañía. Además, la cerca relucía con tres manos de pintura, y de no haberse agotado el material, los chicos hubieran tenido que declararse en quiebra.

«El mundo no es del todo desagradable», decíase Tom para sus adentros. Sin darse cuenta, había descubierto una ley básica en la conducta de los hombres; para que alguien anhele fervientemente una cosa es preciso rodearla de dificultades. De haber sido un filósofo, como el autor de este libro, hubiera comprendido que el trabajo sólo consiste en aquello que es obligatorio, sea como sea, y que resulta juego lo que nadie nos obliga a realizar. De este modo, también hubiera sabido que el confeccionar flores artificiales o empujar una noria es una tarea, mientras que el derribar bolos o escalar el Mont Blanc es sólo un pasatiempo. Existen en Inglaterra poderosos caballeros que durante el verano conducen voluntariamente diligencias de cuatro caballos, sólo porque este privilegio les cuesta su dinero, pero si se les ofreciera un salario por la tarea, renunciarían al penoso trabajo.

El muchacho estuvo un rato reflexionando sobre el cambio ventajoso operado en su mundo, y luego se encaminó al cuartel general para dar cuenta de su actuación.

CAPÍTULO III

Amor y guerra

Tom se presentó ante su tía, que se hallaba sentada junto a la abierta ventana de una acogedora habitación, que hacía las veces de alcoba, comedor y despacho en la parte trasera de la casa. La tibieza del aire estival, la quietud, el aroma de las flores y el zumbido arrullador de las abejas habían adormecido a la señora, que daba cabezadas sobre la calceta. El gato —su única compañía— dormía sobre su regazo. Segura de que Tom habría desertado del trabajo, quedó sorprendida al verle plantado ante ella.

—¿Puedo irme a jugar, tía?

—Es demasiado pronto. ¿Cuánto has trabajado?

—Está todo hecho, tía.

—Tom, no puedo resistir tus mentiras.

—No miento, tía. Le digo que ya está.

Tía Polly dio escaso crédito a tales afirmaciones. Salió a convencerse por sí misma, deseando que hubiera un tanto de verdad en lo afirmado por Tom. Al darse cuenta de que la cerca estaba encalada y hasta con varias manos de pintura, quedó sorprendida.

—¡Bendito sea Dios! —exclamó—. Sin duda, sabes trabajar cuando quieres.

Y restando fuerza al elogio, añadió:

—Pero lo cierto es que rara vez te da por ahí. Bueno, vete a jugar y no tardes en volver si no quieres que te hunda a palos.

Tan emocionada estaba con la hazaña del sobrino, que lo condujo a la despensa y allí escogió para él la mejor de las manzanas, mientras endilgaba un sermón sobre el valor y gusto especial que adquiere cualquier don que venga, no por vías de pecado, sino a través de virtuoso esfuerzo. La tía terminó la plática con una manoseada frase de la Biblia, y Tom, aprovechando el descuido, escamoteó una pasta de almendra.

Se escabulló dando saltos, y de pronto vio a Sid por detrás de la casa, subiendo las escaleras que conducían a las habitaciones del último piso. Sid sintió zumbar en torno una granizada, y antes de que tía Polly pudiera volar en su socorro, unas cuantas bolas de tierra habían caído sobre él. Tom saltó por encima de la cerca, cuya puerta no utilizaba jamás por falta material de tiempo. Su ánimo quedaba en paz, una vez ajustadas las cuentas con Sid, culpable de sus conflictos por haber descubierto lo del hilo.

Dio la vuelta completa a la manzana, y vino a parar a una callejuela enlodada situada por detrás del establo de las vacas. Viéndose, por fin, a salvo de una posible captura y castigo, caminó de prisa hacia la plaza del pueblo, donde, según habían convenido, dos batallones de chicos se congregaban para librar una batalla. Tom era general en jefe de uno de los ejércitos; su íntimo amigo Joe Harper lo era del contrario. Los ilustres caudillos no se dignaban tomar parte personal en la lucha (eso quedaba para la insignificante muchedumbre); pero se sentaban juntos y, desde un altozano, dirigían las operaciones dando órdenes, que transmitían sus ayudantes de campo. Después de un violento y prolongado combate, el ejército de Tom obtuvo la victoria. Se contaron los muertos, hubo canje de prisioneros y se llegó a un acuerdo sobre el comienzo de las hostilidades próximas. Después, ambos ejércitos, formados, emprendieron la retirada. Tom regresó, completamente solo, a su casa.

Al pasar junto a la casa de Jeff Thatcher, vio a una niña desconocida. Era muy linda, con ojos azules y el pelo rubio peinado en largas trenzas. Llevaba un delantal blanco de verano y unos pantalones adornados con puntillas. El héroe coronado de laureles cayó sin haber recibido ni una sola bala, y en su corazón se esfumó el recuerdo de una tal Amy Lawrence. Creía amarla con locura, y ahora se daba cuenta de que su pasión era sólo un capricho pasajero. Meses llevaba conquistándola, ella se había rendido hacía una semana y después de haber sido feliz, en un instante se desvanecía su amor. Contempló con furtivas miradas a la angelical aparición y notó que ella le había visto; se hizo el disimulado y comenzó a realizar los más absurdos e infantiles manejos con objeto de llamar la atención. Cuando estaba más enfrascado en un arriesgado ejercicio acrobático, observó, con el rabillo del ojo, que la niña se dirigía hacia su casa. Tom se apoyó en la valla; la chica se detuvo en los escalones un momento y avanzó hacia la puerta. Tom lanzó un suspiro, pero su rostro se iluminó de pronto: la niña, antes de desaparecer, le había arrojado un pensamiento.

Tom dobló la esquina, deteniéndose a corta distancia de la flor; puso la mano delante de los ojos y miró hacia la calle, como si hubiera descubierto algo de interés. Luego, recogió una paja del suelo y se la colocó en equilibrio sobre la punta de la nariz, y, al moverse de un lado a otro, fue acercándose al pensamiento hasta que pudo colocarle su pie desnudo encima. Lo sujetó con los dedos y, renqueando, dobló la esquina para colocarse allí la flor en el reverso de la solapa, cerca del sitio donde él imaginaba tener el corazón.

Volvió al poco rato, y rondando la valla hasta el anochecer, repitió sus gracias en vano; la niña no se dejó ver durante el resto de la tarde. Tom se consolaba pensando que estaría asomada a una ventana contemplándole a hurtadillas. Al fin regresó a su casa de mala gana, pero con la cabeza llena de ilusiones. Durante la cena estuvo tan inquieto y alborotado que acabó por intrigar a su tía. Ésta le riñó por haber apedreado a Sid, pero la regañina no surtió efecto. Intentó robar azúcar, y la tía le dio un golpe en los nudillos. Protestó indignado:

—Tía, a Sid no le pega usted cuando hace igual que yo.

—Claro, pero tampoco me molesta tanto como tú. No sacarías la mano del azúcar si no estuviera siempre vigilándote.

La tía se metió en la cocina, y Sid, satisfecho, introdujo la mano en el azucarero, alarde de cinismo que resultaba insoportable para Tom. Pero el azucarero, escurriéndose entre sus dedos, cayó al suelo y se rompió en mil pedazos. Tom no pudo replicar, anonadado por el gozo. Continuó sentado sin decir palabra, aguardando el interrogatorio de la tía. Entonces hablaría, satisfecho, al ver cómo agarraban en falta al niño modelo. La señora, al ver el estropicio, lanzó relámpagos de ira por encima de las gafas. Tom pensó que había llegado su momento. La mano vengativa se alzaba amenazadora en el aire.

—¡Aguarde, tía Polly! —gritó Tom—. No me pegue a mí, que ha sido Sid.

La tía se detuvo perpleja. Tom aguardaba un movimiento de piedad. Pero la anciana se limitó a decir:

—¡Vaya! De todos modos, no te hubiera venido mal la paliza. Sin duda, habrás cometido alguna fechoría en mi ausencia.

Sentía la conciencia dolorida y hubiese querido decir una palabra cariñosa, pero guardó silencio, prefiriendo, en aras de la disciplina, no dar su brazo a torcer. Tom, de mal humor, se refugió en un rincón. Sabía que su tía estaba moralmente vencida, y esta certidumbre le proporcionaba una amarga satisfacción. No se resignaba a pactar con el enemigo, aunque sabía que una mirada ansiosa, velada de lágrimas, se posaba de cuando en cuando sobre él. Se imaginaba a sí mismo tendido en la cama, moribundo; su tía se inclinaría sobre él implorando una palabra de perdón, pero se volvería hosco hacia la pared, sin que esa palabra saliera de sus labios. Y después de muerto, ¿cuáles serían los sentimientos de su tía? Se figuraba también que lo traían a casa desde el río, ahogado, los rizos empapados de agua, quieto para siempre el dolorido corazón. ¡Cómo se arrojaría sobre su cadáver, llorando sin consuelo, rogando a Dios que devolviera la vida a su sobrino, a quien nunca volvería a maltratar! Pero él permanecía yerto, sin dar señales de vida, como un pobre mártir cuyos sufrimientos hubieran acabado para siempre. Excitaba su enternecimiento regodeándose en él, tragando saliva para no ahogarse, y mientras tanto, los ojos se le llenaban de lágrimas que le caían, gota a gota, por la punta de la nariz. Experimentaba una gran voluptuosidad acariciando sus penas, hasta el punto de no poder tolerar que a ellas se mezclase una alegría o inoportuno deleite. Eran como algo sagrado, y por eso, cuando su prima Mary se presentó en casa, brincando de contenta tras una semana de ausencia, Tom se levantó con gesto tenebroso y salió por la puerta contraria.

Vagabundeó lejos de los lugares frecuentados por sus amigos y buscó un rincón desolado, en armonía con su espíritu. En la orilla del río, una balsa hecha con troncos le brindó refugio, y sentándose en el borde, contempló la vasta extensión de la corriente. Agudizose el deseo de morir ahogado, aunque de un modo repentino, sin darse cuenta y sin tener que pasar por las angustias que acarrea este género de muerte. De pronto, se acordó de su flor. La sacó estrujada y marchita, y su vista aumentó su melancólica dicha. ¿Qué haría ella si lo supiera? ¿Lloraría compadeciéndole, o acaso rodearía con sus brazos el cuello para consolarlo? La visión traíale escalofríos de placentero sufrimiento y la prolongaba con nuevos y variados aspectos, hasta dejarla exhausta por el uso. Por fin, tras un hondo suspiro, se hundió en la oscuridad de la noche.

Serían aproximadamente las diez cuando apareció por la calle, a esas horas desierta, donde vivía la amada desconocida. Se detuvo un momento; en medio del silencio, una vela proyectaba su mortecino resplandor en la cortina de una ventana del piso alto. ¿Estaría ella allí? Trepó por la valla y se deslizó con cauteloso paso entre las plantas, hasta colocarse debajo de la ventana; miró hacia arriba con emoción, y después se tumbó en el suelo, de espaldas, con las manos cruzadas sobre el pecho y sosteniendo entre ellas la pobre flor marchita. Pensó morir así, abandonado y sin cobijo, sin una mano que enjugase el sudor de su frente ni un rostro amigo que se inclinase piadoso en el trance postrero. De este modo lo encontraría la niña cuando se asomara a contemplar la alegría de la mañana. Acaso dejara caer una lágrima sobre el cuerpo inmóvil, prematuramente tronchado.

La ventana se abrió y la voz áspera de una criada profanó el silencio, mientras una rociada de agua empapaba el cuerpo del mártir tendido en tierra. Medio ahogado, dio un brinco y salió lanzando resoplidos. Un proyectil silbó en el aire, seguido de una imprecación; después, un estrépito de cristales y una diminuta y fugitiva sombra que saltaba por la valla y se perdía, rápida en la oscuridad.

Poco después Tom, examinaba sus ropas mojadas a la luz de la bujía. Sid se despertó, y si se le pasó por la cabeza la idea de hacer alusión a los sucesos, cambió, sin duda, de parecer, optando por estarse quieto en vista de los rayos amenazadores que lanzaban los ojos de Tom. Éste se metió en la cama, sin añadir a su enojo el rezo de las oraciones de rigor, y Sid prometió grabar en su memoria esta omisión.

CAPÍTULO IV

La escuela dominical

Amaneció en un mundo tranquilo, y el sol lanzó sus rayos, como una bendición, sobre la apacible aldea. Después del desayuno, tía Polly reunió a la familia para las oraciones matinales, que dieron comienzo con una plegaria compuesta de citas de la Biblia llenas de licencias, a las que seguían, como lanzadas desde el Sinaí, unos severos capítulos de la ley mosaica. Sujetándose los pantalones, Tom realizó un verdadero esfuerzo para aprender de memoria los versículos. Sid, en cambio, sabía su lección desde varios días atrás. Reconcentrando todas sus energías, Tom eligió el Sermón de la Montaña, del cual se aprendió los cinco versículos que le parecieron más breves. Al cabo de media hora, Tom tenía tan sólo una vaga idea del sermón, porque su mente revoloteaba a través de todas las esferas del pensamiento humano, mientras sus manos se ocupaban en tareas que le distraían por completo. Mary tomó el libro para tomarle la lección, y el chico intentó buscar un camino entre la niebla:

—Bienaventurados los... los...

—Pobres.

—Sí, los pobres; bienaventurados los pobres de... de...

—Espíritu...

—De espíritu, porque... porque...

—De ellos...

—Porque de ellos es el reino de los cielos. Bienaventurados los que lloran, porque ellos... porque ellos...

—Serán.

—Porque ellos serán...

—Consola...

—Porque ellos serán consolados... ¡Ya no sé más! Porque ellos llorarán... No, no llorarán... ¿Por qué no me lo dices, Mary? Eres mala conmigo...

—¡Eres tonto, Tom!; ¡pero no creas que quiero hacerte rabiar! No soy capaz de ello, aunque has de estudiarlo otra vez. No te apures, y si lo aprendes bien, te daré una cosa muy bonita. ¡Anda, sé bueno!

—Lo seré; pero antes dime lo que me vas a dar.

—No importa; ya sabes que cumplo siempre lo que prometo.

—Es verdad, Mary. Le daré otro repaso.

Excitada su curiosidad por el prometido regalo, aprendió la lección y obtuvo un gran éxito al recitarla. Mary le dio una flamante navaja Barlow, que valía, por lo menos, doce centavos y medio, y un inmenso goce conmovió todo su ser. La navaja no cortaba; pero se trataba de una Barlow auténtica, y esto era importantísimo, ya que los chicos del Oeste no podían sospechar que la tal arma fuera falsificada. Tom dio unos cuantos cortes en el aparador, y se disponía a hacer lo mismo con la mesa, cuando le llamaron para que se vistiera con objeto de asistir a la escuela dominical.

Mary le proporcionó una palangana y un trozo de jabón. Tom colocó todo esto sobre un banquillo, a la puerta de la casa; después mojó el jabón y lo dejó en el banco. Remangándose, vertió con disimulo el agua y entrando en la cocina, se restregó vigorosamente con la toalla que estaba detrás de la puerta. Mary le increpó:

—¿No te da vergüenza, Tom? No seas malo, y, sobre todo, no tengas tanto miedo al agua...

El chico quedó desconcertado. La jofaina estaba de nuevo llena, y Tom, inclinado sobre ella, no acababa de decidirse. Al fin, hizo una profunda aspiración y comenzó a lavarse. Cuando entró en la cocina, buscando la toalla con los ojos cerrados, unos hilos de agua, mezclados con la espuma del jabón, corrían por su rostro goteando en el suelo. No obstante, una zona oscura se extendía desde la barbilla al cuello. Mary lo agarró entonces por su cuenta, y de sus manos salió desconocido, el pelo cuidadosamente cepillado y los revueltos rizos simétricos, cosa que él evitaba siempre por considerar el cabello ondulado como un signo inequívoco de afeminamiento, que torturaba su existencia. Mary sacó lo que su primo llamaba «el otro traje», y que sólo se ponía los domingos, con lo cual puede deducirse la modestia de su guardarropa. La muchacha abrochó los botones, sacó el cuello de la camisa por encima de la chaqueta y colocó en su cabeza un ancho sombrero de paja moteada. A pesar de su elegancia, sentíase terriblemente incómodo; la limpieza le molestaba. Tenía la esperanza de que no se acordasen de los zapatos; pero esta esperanza le falló. Mary, después de untárselos concienzudamente con sebo, se los colocó delante. Tom perdió la paciencia, y protestó airadamente de que siempre se le obligase a hacer lo contrario de lo que deseaba.

—Anda, Tom, sé buen chico —dijo Mary, intentando persuadirle.

Gruñendo, introdujo los pies en los zapatos. Cuando Mary terminó de vestirse, los tres niños se encaminaron a la escuela dominical. Tom aborrecía el lugar; en cambio, a Sid y a Mary les gustaba mucho.

Las horas de escuela eran de nueve a diez y media; acto seguido empezaba el oficio religioso. Dos de los niños se quedaban voluntariamente al sermón; el tercero también, aunque por distintas razones. Los bancos de la iglesia, duros y altos de respaldo, tenían cabida para trescientas personas;

el templo era pequeño e insignificante, con una especie de montera de tablas a guisa de campanario. Al llegar a la puerta, Tom, dando un paso atrás, preguntó a un amigo igualmente endomingado:

—Oye, Bill, ¿tienes un billete amarillo?

—Sí.

—¿Qué pides por él?

—¿Qué me das?

—Un poco de regaliz y un anzuelo.

—A ver...

Tom enseñó ambas cosas, y como el amigo quedara satisfecho, las respectivas propiedades cambiaron de dueño. Después cambió dos canicas por tres rojos y otras chucherías por dos azules. Llegaron otros chicos y siguió comprando vales de diversos colores. Por fin, se decidió a entrar en la iglesia rodeado de un enjambre de amigos, todos ellos limpios y ruidosos, y al acercarse a su asiento se peleó con el primer chico que encontró a mano. Intervino el maestro, hombre grave y entrado en años; al volver éste la espalda, Tom tiró del pelo al muchacho que tenía delante; cuando la víctima miró hacia atrás, el verdugo estaba absorto en la lectura de su libro. Sólo por oírle chillar, pinchó a un tercero con un alfiler, y se ganó una nueva reprimenda del maestro. En clase, se mostró el muchacho inquieto, ruidoso y pendenciero. Cuando llegó la hora de la lección, ninguno la supo y hubo que irles apuntando frase por frase. Muchos, sin embargo, fueron saliendo trabajosamente del paso; a éstos se les recompensó con vales azules que llevaban impresos pasajes de las Escrituras. Cada uno de estos vales equivalía al precio de dos versículos; diez podían cambiarse por uno rojo; éste por otro amarillo, y al poseedor de diez de estos últimos, el inspector regalaba una Biblia modestamente encuadernada y que en aquella época valía cuarenta centavos. ¿Cuántos de mis lectores hubieran tenido la constancia necesaria para aprenderse de memoria dos mil versículos, aun ofreciéndoles como premio una Biblia ilustrada por Gustavo Doré? Y, sin embargo, Mary había ganado un par de ellas con una paciente labor de dos años, y un muchacho, de origen germánico, había recibido ya cuatro o cinco. El prodigio recitó tres mil versículos sin detenerse; sus facultades mentales, no pudiendo soportar el esfuerzo, sufrieron un retroceso, lo cual significó una dolorosa pérdida para la escuela, ya que en las ocasiones solemnes y ante la gente, el inspector sacaba al chico para, al decir de Tom, «hacer saltar el chorro».

Sólo los alumnos mayores llegaban a conservar los vales y a persistir en su tediosa labor, con objeto de conseguir una Biblia. Por esta razón, la entrega de semejantes premios constituía un raro y notable acontecimiento. El aventajado alumno se convertía entonces en glorioso personaje, hasta el punto de encender en el pecho de los otros una ardiente emulación que duraba, por término medio, un par de semanas. Sin duda, Tom no había sentido nunca el deseo de tales recompensas, aunque alguna vez anhelaba vagamente la fama y lustre que llevaban consigo.

Cuando se aproximó el momento, el inspector, colocado en pie junto al púlpito, reclamó silencio. Llevaba en las manos el libro de himnos cerrado, con el dedo índice metido entre dos páginas. Tan imprescindible como el papel de música que lleva un cantante que avanza hacia las candilejas, es el libro de himnos para un inspector de escuela dominical dispuesto a pronunciar el consabido discurso. La razón continúa siendo misteriosa, ya que ni el libro ni el rollo musical son mirados por el que actúa. El inspector era un hombre flaco de unos treinta y cinco años, con una barba de estopa y pelo del mismo color. Llevaba un cuello almidonado que le llegaba a las orejas y cuyas puntas curvadas alcanzaban las comisuras de los labios: una especie de coraza que le obligaba a mirar siempre hacia adelante y dar la vuelta cuando precisaba una mirada lateral. Bajo la barba, una amplia corbata con flecos en los bordes, y siguiendo la moda de entonces, las punteras de sus botas dobladas hacia arriba como patines de trineo, resultado que conseguían los jóvenes elegantes sentándose con las puntas de los pies apoyadas contra la pared y permaneciendo en esta postura varias horas. El señor Walters, sincero y cordial en el fondo, reverenciaba en tal forma las cosas y lugares religiosos y tan fuera de los afanes mundanos los colocaba, que sin darse cuenta empleaba una voz distinta en la escuela dominical que la que surgía de su garganta los restantes días de la semana. Y con esta entonación peculiar comenzó su discurso:

—Ahora, niños, vais a permanecer sentados, derechos y quietos, prestándome vuestra atención por espacio de dos o tres minutos. ¡Así me gusta, y así es como los niños buenos tienen que comportarse! Estoy viendo a una pequeña que mira por la ventana, como si yo anduviera por ahí, en la copa de un árbol, soltando un discurso a los pájaros... (risas de aprobación). He de manifestaros el gozo que me causa ver tantas caritas brillantes y limpias reunidas aquí, para realizar buenas obras y alcanzar la perfección.

Y en esta forma continuó hablando, sin que juzgue necesario transcribir el resto del discurso, que, por lo repetido, conocemos ya todos.

La última parte se malogró por haberse reanudado las interrumpidas pendencias entre los chicos más traviesos, y también porque los murmullos subían de tono hasta alcanzar las inconmovibles rocas de Sid y Mary. El ruido cesó al extinguirse la voz del señor Walters, y el final de la plática fue recibido con silenciosa gratitud.

La repentina entrada de unos visitantes había originado vagos cuchicheos. Entre ellos se contaba Thatcher, un jurisconsulto que entró acompañado de un caballero anciano, de aspecto débil y pelo gris, y de su esposa, señora de aspecto solemne, que llevaba una niña de la mano. Tom se sentía intranquilo y lleno de angustia y de remordimiento porque no podía soportar las enternecidas miradas que Amy Lawrence le dirigía. Cuando vio a la niña recién llegada, el alma se le inundó de dicha y empezó a presumir repartiendo puñetazos entre los chicos, tirándoles del pelo, haciendo muecas y empleando todas las posibles artes de seducción capaces de atraer la atención de la chiquilla. No obstante, en su goce existía un punto negro: el recuerdo de la humillación sufrida en el jardín del ángel; recuerdo grabado en la arena y que comenzaba a ser desvanecido por la felicidad del presente. Los visitantes ocuparon el puesto de honor, y el señor Walters, una vez terminado su discurso, se encargó de hacer la presentación a la escuela. El caballero del pelo gris era todo un personaje; nada menos que el juez del distrito territorial y, sin duda, el ser más importante que jamás habían conocido los niños. Éstos se preguntaban de qué sustancia estaría formado el extraño señor y hasta hubieran deseado oírle rugir a pesar del pánico que esto les hubiera producido. Venía de Constantinopla, situada a doce millas de distancia, y, por consiguiente había viajado y visto mundo; aquellos ojos habían contemplado muchas veces el Palacio de Justicia del distrito, que tenía el tejado de cinc. El asombro que inspiraban estas reflexiones lo atestiguaba el solemne silencio y los ojos abiertos y fijos por el estupor. Se trataba nada menos que del juez Thatcher, hermano del abogado del pueblo. Éste se adelantó para mostrar su parentesco con el gran hombre, y, de haber podido oír los comentarios, se hubiera sentido plenamente satisfecho.

—¡Mira, Jim, ahora sube con ellos! Fíjate: va a darle la mano. ¡Ya se la está dando! ¡Qué no darías tú por ser él!

El señor Walters pretendía llamar la atención a fuerza de dar órdenes y de disparar allá donde vislumbraba un blanco.

El bibliotecario corría de un lado a otro cargado de libros, haciendo los aspavientos propios de los seres insignificantes que se creen investidos de autoridad. Las maestras se inclinaban con ternura sobre los chicos a quienes acababan de tirar de las orejas, levantando los dedos amenazadores para los malos y dando cariñosas palmadas a los buenos. Los maestros prodigaban regaños, queriendo demostrar su disciplina e incansable celo, y todos ellos iban y venían a la biblioteca como agobiados por fatigosas tareas. Las niñas atraían la atención a su manera y los chicos alborotaban con sus reyertas mientras atravesaban el aire con proyectiles de papel. El gran hombre continuaba sentado, irradiando una sonrisa majestuosa y judicial sobre la concurrencia, puesto que él también se consideraba importante. Al señor Walters sólo le faltaba ya, para que su goce fuera completo, dar una Biblia como premio y poder exhibir algún fenómeno. No faltaban los escolares que tenían vales amarillos, pero ninguno de ellos reunía los necesarios. En aquel momento hubiera dado algo bueno por tener a mano, con la cabeza equilibrada, al muchacho alemán.

Y cuando ya tenía perdida toda esperanza, he aquí que se adelanta Tom Sawyer con nueve vales amarillos en la mano, otros tantos rojos y diez azules, solicitando una Biblia. Un rayo desprendido de un cielo despejado no hubiera producido más asombro en Walters, quien no esperaba tal aplicación de semejante sujeto. Pero no había que darle vueltas; allí estaban aquellos papelitos, perfectamente válidos. Tom fue elevado hasta el lugar que ocupaban el juez y los elegidos, y la gran noticia se anunció desde el estrado. En diez años no se había producido una sorpresa igual a ésta, hasta el punto de que el héroe nuevo quedaba a la altura del héroe de la judicatura. Los chicos, devorados por la envidia, pensaban que ellos eran culpables del odioso encumbramiento por haber cedido los vales a Tom a cambio de unos tesoros acumulados el día en que le ayudaron a blanquear la cerca de su casa. Se despreciaban a sí mismos por haber sido víctimas de un astuto estafador, de una embaucadora serpiente surgida entre la hierba.

El premio fue entregado a Tom con toda la pompa que el inspector pudo, en aquellos momentos, sacar a la superficie; pero algo se echaba en falta durante la ceremonia, un no sé qué misterioso que no hubiera resistido la luz. Era absurdo pensar que aquel chico guardara en su caletre dos mil sentencias de sabiduría bíblica cuando una docena hubiera sido suficiente para forzar su capacidad de retención.

Amy Lawrence se mostraba orgullosa y contenta, pero al intentar acercarse a Tom, no consiguió que éste le dirigiera una mirada. Se turbó ligeramente, sin adivinar la causa; de pronto le asaltó una vaga sospecha, que se disipó para volver a resurgir. Vigiló atenta; una mirada furtiva le reveló todo cuanto ansiaba saber. Con el corazón oprimido por los celos y la rabia, sintió que sus ojos se llenaban de lágrimas, y aborreció a todos, a Tom más que a ningún otro...

Nuestro héroe fue presentado al juez. Sentía la lengua paralizada, respiraba con dificultad y el corazón le latía con fuerza, en parte, por la imponente majestad de aquel señor, pero, sobre todo, porque era nada menos que el padre de ella. De haber estado a oscuras, hubiera querido postrarse ante él y adorarlo. Poniéndole la mano sobre la cabeza, el juez afirmó que veía en él un hombre de provecho, y le preguntó su nombre. El chico abrió la boca y tartamudeó:

—Tom...

—No, Tom, no... Será...

—Tomás.

—Eso es. Yo pensaba que algo faltaría. Pero, además, tendrás otro nombre que me vas a decir, ¿no es cierto?

—Dile a este caballero tu apellido, Tomás —intervino Walters—. Y llámale también señor. No olvides la cortesía...

—Me llamo Tomás Sawyer, señor.

—Muy bien. Así hablan los chicos bien educados. Eres un buen muchacho y un hombrecito de provecho. Dos mil versículos son, en realidad, demasiados. Pero creo que nunca te arrepentirás del trabajo que te costó aprenderlos, pues el saber es lo que más valor tiene en la vida; lo que hace a los hombres grandes y buenos. Espero que tú también seas uno de ellos, y cuando esto llegue, al mirar hacia atrás, te digas a ti mismo: «Todo se lo debí en mi niñez, a la incomparable escuela dominical, e igualmente a aquellos inolvidables profesores que me acostumbraron a estudiar. Tampoco debo olvidar al buen inspector que, después de alentarme y de interesarse por mí, me regaló una maravillosa Biblia, que ha de ser de mi propiedad para siempre. Realmente, todo lo debo a lo bien que he sido educado». Esto lo repetirás a todas horas, Tomás, y estoy seguro de que no cederás esos dos mil versículos por todo el oro del mundo. Y ahora, vas a decirnos a esta señora y a mí algo de lo que sabes. No te avergüences, porque a nosotros nos gustan los niños estudiosos. Con gran seguridad conoces los nombres de los doce discípulos del Señor. ¿Quieres decirnos quiénes fueron los dos primeros elegidos?

Tom, avergonzado y con los ojos bajos, daba vueltas a un botón de su chaqueta. El señor Walters, sudoroso, maldecía la nota en que al juez se le ocurrió la idea de interrogar a Tom, cuya ignorancia conocía de sobra. No obstante, se creyó obligado a intervenir:

—Contesta, Tomás, sin miedo a lo que este caballero te pregunta.

Tom continuaba silencioso.

—Me lo va a decir a mí —intercedió la señora—. Los dos primeros discípulos se llamaban:

—¡David y Goliat!

Corramos un piadoso velo sobre el final de la escena...

CAPÍTULO V

El escarabajo y su víctima

A cosa de las diez y media sonó la cascada campana de la iglesia y la gente se apresuró para oír el sermón matinal. Los alumnos de la escuela dominical se distribuyeron por los bancos, sentándose junto a sus padres con objeto de no escapar a la vigilancia de éstos. Tom, Sid y Mary tomaron asiento al lado de su tía Polly. El primero fue colocado lo más lejos posible de la abierta ventana y de las seductoras perspectivas que ofrece el campo en un día de verano. La multitud iba llenando el templo, y entre ella se destacaba el administrador de Correos, viejecito venido a menos y que había conocido tiempos mejores; el alcalde y su mujer (¡qué innecesario el alcalde!), el juez de paz... También estaba allí la viuda de Douglas, cuarentona guapa y generosa, amén de rica, y cuya casa en la montaña era el único palacio del que podía enorgullecerse el pueblo. Era una mujer hospitalaria y rumbosa en cuanto se trataba de dar fiestas, y esto envanecía a los habitantes de San Petersburgo. Tampoco faltaba el venerable y encorvado comandante Ward, que iba acompañado de su esposa, ni el abogado Riverson, personaje recién llegado a la localidad. Allí estaba también la belleza indígena más destacada, seguida de un cortejo de jóvenes tenorios vestidos de dril y muy emperifollados. No faltaban los horteras modestos y empleados del pueblo hacinados en grupos y que antes habían permanecido en el atrio chupando los puños de sus bastones, formando un muro circular de sonrisas bobaliconas y admirativas dirigidas a las señoritas que cruzaban ante sus ojos. Detrás de todos iba el niño modelo, acompañando a su madre, y cuidando de ella como si estuviera hecha de frágil cristal. Siempre se le veía al lado de su madre en la iglesia, y semejante conducta llenaba de satisfacción a las señoras. Estaba tan lleno de virtudes y se lo habían restregado tantas veces por los hocicos a los demás chicos, que éstos le aborrecían cordialmente. La punta del blanco pañuelo asomaba como por casualidad del bolsillo de su chaqueta. Tom carecía de pañuelo consideraba una cursilería el que otros niños lo usaran.

Reunidos los fieles, sonó por última vez la campana llamando a los rezagados. Un silencio solemne se extendió por la iglesia, sólo interrumpido por las risas contenidas y cuchicheos procedentes del coro, que seguía su costumbre inveterada de perturbar el oficio religioso. Cuentan que hubo una vez un coro educado, pero no me es posible recordar en qué lugar del mundo ocurrió este extraño suceso. Hace ya de esto muchos años, y sin duda acaeció en un país extranjero.

El sacerdote indicó el himno y luego lo leyó deleitándose en él, con un estilo peculiar y muy en boga por aquellos contornos. La voz del oficiante comenzaba en un tono medio e iba alzándose progresivamente; al llegar a la palabra que quedaba en la cúspide, la voz adquiría un énfasis extraordinario para luego hundirse de pronto, como desde un trampolín:

Seré llevado al Cielo en un lecho de flores,
mientras otros combaten por mares procelosos...

Tenía fama de magnífico lector. En las fiestas sociales que se celebraban en la iglesia, se le pedía que leyese versos, y oyéndole, las señoras levantaban las manos para luego dejarlas caer con desmayo en el regazo, mientras con los ojos cerrados movían la cabeza diciendo: «No hay palabras para expresar tanta hermosura, belleza en exceso sublime para este mundo mortal...».

Después del himno, el reverendo señor Sprague hizo las veces de cartel de anuncios y empezó a leer avisos de reuniones y noticias diversas en tal forma, que parecía que la lista iba a prolongarse hasta el día del Juicio. Esta extraña costumbre se conserva en América hasta en ciudades en que abunda la prensa cotidiana, porque suele ocurrir que cuanto menos justificada está una rutina, más trabajo cuesta desarraigarla.

Una vez dadas las noticias, el pastor entonó una plegaria generosa y detallada. Oró por la Iglesia y por sus hijos; por las restantes iglesias del lugar; por el Estado y por sus funcionarios; por los Estados Unidos y todos sus templos; por el Congreso, el presidente y los empleados del Gobierno; por los navegantes perdidos en el mar; por los millones de oprimidos que gimen bajo el yugo de las monarquías europeas y de los tiranos de Oriente; por los que tienen ojos y no ven y oídos y no oyen; por los idólatras que habitan lejanas islas, etc. Terminó suplicando que las palabras que seguirían a continuación fuesen recibidas con agrado y cayeran como semilla en tierra fértil, precursora de abundante cosecha de bienes. Amén.

Hubo un rumor de faldas, y los fieles, que hasta entonces habían permanecido en pie, tomaron asiento. El muchacho protagonista de este libro no se entusiasmó con la oración, y si a algo llegó, fue solamente a soportarla. Se mostró inquieto en el transcurso de ella, y, de un modo inconsciente, aun sin escuchar, se dio cuenta de todos los pormenores por ser de sobra conocido el camino que recorría el cura. Así, su oído descubría cualquier novedad añadida a la oración habitual, y todo su ser se rebelaba contra el engaño, por considerar todo añadido como una trampa llena de picardía. Hacia la mitad del rezo, una mosca se posó en el banco que tenía delante. El chico se impacientaba viendo cómo el animal frotaba su cabeza con las patas delanteras con tanto vigor que parecía que se la iba a arrancar, al mismo tiempo que dejaba al descubierto el tenue hililo del pescuezo. Luego se estregaba las alas con las patas traseras y se las amoldaba al cuerpo como si fueran los faldones de un frac, puliéndose tranquilamente, como si se hallara en perfecta seguridad. Y así era, en efecto, pues aunque Tom sentía en las manos un irresistible impulso de agarrarla, no se atrevía, temeroso de ser instantáneamente aniquilado si lo hacía en plena oración. No obstante, cuando ésta llegó a su término, empezó a doblar la mano y a adelantarla con cautela; en el instante de sonar el Amén, la mosca estaba prisionera. La tía lo observó y le obligó a soltarla.

El pastor continuaba el sermón con tan monótona voz que algunos fieles, aburridos, comenzaron a dar cabezadas, a pesar de que el sacerdote hablaba del fuego eterno, dejando los predestinados a tan reducido número, que en verdad no valía la pena salvarlos. Tom contó las páginas del sermón; al salir de la iglesia era lo único que conservaba grabado en la memoria, ya que jamás se daba cuenta del contenido de la plática. Y, sin embargo, por una sola vez había conseguido fijar su atención durante unos instantes cuando el pastor trazó el cuadro solemne y emocionante de todas las almas reunidas, yaciendo juntos el león y el cordero, conducidos por un niño pequeño. Pero el patetismo y la moraleja final de la espectacular apoteosis pasaron inadvertidos para el chico, que sólo pensaba en el gran papel reservado al protagonista y en lo mucho que éste habría de lucirse ante el mundo. Pensando en esto se le iluminaba el rostro y se decía a sí mismo que hubiera dado cualquier cosa por estar en el pellejo de aquel niño, a condición de que el león estuviera amaestrado.

Continuó el sermón, y Tom se sintió invadido por el mortal aburrimiento. De pronto, recordó que tenía un tesoro y lo sacó a relucir. Era un insecto negro y grande; especie de escarabajo dotado de fuertes mandíbulas, a quien había puesto de sobrenombre el pellizquero. Encerrado en una caja de pistones, lo primero que hizo el bicho al salir fue morder a Tom en un dedo. Instintivamente le dio un capirotazo y el animalejo cayó dando tumbos, quedando panza arriba en mitad de la nave, mientras su dueño se chupaba el dedo herido. El escarabajo forcejeaba inútilmente por dar la vuelta, y Tom no apartaba los ojos del bicho, pero éste se hallaba lejos, fuera de su alcance. Otras personas, aburridas por el largo sermón, lo miraban también y les servía de entretenimiento.

De pronto, un perro de lanas vagabundo irrumpió en la iglesia, amodorrado por el calor, suspirando por un cambio de ambiente. Al descubrir el escarabajo su rabo se irguió con rápido movimiento. Examinó la presa, dio una vuelta en torno de ella y se acercó a olfatearla, quedando a prudente distancia. Poco a poco fue envalentonándose, y, mostrando los dientes, dio una dentellada al aire sin lograr su objetivo. Arremetió una y otra vez ahincadamente; acostado, retuvo al bicho entre las patas y continuó su juego. Luego, sin ganas, indiferente y distraído, comenzó a dormitar, hasta que el hocico cayó sobre la víctima, la cual aprovechó el descuido para darle un terrible pellizco con sus pinzas. Se oyó un aullido lastimero y el perro sacudió violentamente la cabeza; el escarabajo fue a caer un par de metros más adelante, quedando de espaldas, igual que la vez anterior. Los espectadores vecinos miraron regocijados; varias caras se ocultaron tras pañuelos y abanicos. Tom rebosaba de contento. El perro parecía desconcertado, y resentido, ansiaba vengarse. Dirigiose hacia el bicho en un ataque lleno de prudencia, dando saltos en todas direcciones. Deteniéndose a escasa distancia, sacudía la cabeza hasta que las orejas le daban bofetadas y tiraba mordiscos cada vez más cerca del insecto. Pronto se cansó y la emprendió con una mosca, a la que hubo de abandonar por seguir a una hormiga. Luego, bostezando, se sentó encima del escarabajo, al que había olvidado por completo. De nuevo resonó un prolongado aullido, y el perro salió disparado por la nave adelante; cruzó frente al altar y se internó por la nave lateral. Sus clamores retumbaban en la iglesia, y como su angustia crecía a la par que su velocidad, acabó por ser como una cometa de lana que recorría su órbita a la velocidad de la luz. Agotado por la frenética carrera, la víctima dio un salto y se refugió en las rodillas de su amo, el cual lo arrojó por la ventana. Poco a poco el aullido fue debilitándose hasta quedar amortiguado por la distancia.

Los fieles mostraban sus rostros congestionados por la risa reprimida; el sermón quedó momentáneamente interrumpido. Pronto se reanudó; pero perdido el hilo, avanzaba a empellones, sin fuerza ya para impresionar al auditorio, pues las más graves sentencias eran recibidas con ahogadas explosiones de regocijo irreverente, como si el infeliz pastor hubiese lanzado algún chiste jocundo. Al final, todo el mundo experimentó un gran alivio cuando llegó el momento de la bendición.

Tom llegó a su casa muy contento, pensando que, después de todo, los oficios divinos resultaban tolerables siempre que se intercalase en ellos alguna novedad. Con todo, el perro había aguado la fiesta, porque aun aviniéndose a que jugase con su pellizquero, no le parecía tolerable el que se lo hubiera llevado consigo.

CAPÍTULO VI

Encuentro de Tom y Becky

Llegó el lunes y Tom amaneció sumido en la amargura, cosa que le sucedía con frecuencia al comienzo de una nueva semana de padecimientos en la escuela. Su primer pensamiento fue para lamentar el domingo transcurrido, que le hacía aún más odiosa la vuelta a la esclavitud y a las cadenas.

Tras mucho meditar se le ocurrió la idea de pretextar una enfermedad que le obligara a permanecer en casa. Pasó revista a su organismo, en el que no halló ningún síntoma alarmante. Por un momento creyó padecer un conato de indigestión; pero no pasó mucho tiempo sin que tuviera que ver desvanecidas sus esperanzas. Al cabo de un rato de reflexión, descubrió de pronto que se le movía un diente. La casualidad no podía ser más oportuna y estuvo a punto de gritar para asustar a su tía. Luego pensó que si a ésta se le ocurría arrancárselo, le iba a doler de verdad, en vista de lo cual decidió dejar el diente en reserva y buscar por otro lado. Recordó haber oído al médico referir el caso de un enfermo que estuvo en la cama dos o tres semanas amenazado de perder un dedo. Este recuerdo le llevó a sacar fuera de las sábanas un pie con el dedo gordo herido. Después de llevar a cabo un minucioso reconocimiento, se encontró con que desconocía los síntomas de la enfermedad que pretendía fingir. No obstante, y como valía la pena intentarlo todo, rompió a llorar con estrépito.

El sueño profundo de Sid no se interrumpió. Tom sollozó con más brío, y hasta se le figuró sentir cierto dolor en el dedo enfermo. Sid continuó durmiendo, y Tom jadeaba ya agotado por el esfuerzo. Tras un breve descanso respiró con fuerza, y esta vez consiguió lanzar un torrente de quejidos desgarradores. Los ronquidos de Sid no cesaban, y Tom, indignado, le sacudió gritando:

—¡Sid! ¡Sid!

Sid despertó bostezando y, apoyado en el codo, se quedó mirando fijamente a su hermano.

—¡Tom! ¿Me oyes, Tom?

Y como no obtuviera respuesta, prosiguió:

—Escúchame, Tom... ¿Qué te sucede?

Se aproximó al hermano y observó su rostro con ansiedad.

—No me empujes, Sid. ¡Por Dios, no me toques!

—¿Qué te pasa? Voy a llamar a la tía.

—No importa. No es nada. No llames a nadie.

—Sí; tengo que llamar. No llores tanto, Tom; es tremendo. ¿Cuánto tiempo hace que estás así?

—Muchas horas. ¡Ay! No me muevas, Sid, que me matas...

—¿Por qué no me llamaste antes? ¡Por Dios, Tom! No te quejes de ese modo, que se me pone la carne de gallina. Dime qué te pasa...

Tom, lanzando un quejido aún más lastimero:

—Todo te lo perdono, Sid; todo lo que me has hecho. Cuando yo me muera...

—¡No es posible que te mueras! No; no es posible... Puede ser...

—Os perdono a todos. Díselo —quejándose—. Dale mi falleba y mi gato tuerto a esa niña nueva que acaba de llegar, y le dices...

Pero Sid, con la ropa en la mano, había desaparecido. Tom, a fuerza de imaginación, sufría ahora de veras y sus gemidos adquirían un tono auténtico.

Mientras tanto, Sid volaba por las escaleras dando gritos:

—¡Dese prisa, tía Polly! Tom está muriéndose.

—¡Muriéndose!...

—Sí, tía. ¡Venga de prisa!

—¡Mentira! No lo creo.

A pesar de todo, corrió escaleras arriba seguida de Sid y Mary. Estaba pálida y sus labios temblaban. Se aproximó a la cama sin aliento.

—¿Qué tienes, Tom?

—¡Ay, tía! Tengo...

—¿El qué, Tom, el qué?

—¡El dedo del pie herido!

La señora se dejó caer en una silla riendo y llorando a la vez. Un poco más tranquila, dijo:

—¡Qué susto me has dado, Tom! Ahora, basta de tonterías y levántate.

Los gemidos cesaron y el dolor desapareció. El chico, tumbado, añadió:

—Me dolía de veras y sentía tanto dolor, que ya no me acordaba del diente...

—¿Qué diente?

—Tengo uno que se mueve y que me duele mucho.

—Calla, calla, no empieces a gemir de nuevo. Abre la boca. En efecto, el diente se mueve, pero nadie se muere por eso. Mary, trae una hebra de seda y un tizón encendido.

—¡Por Dios, tía, no me lo arranques! ¡Que no salga de aquí si es mentira! ¡Por Dios, tía! No creas que no quiero ir a la escuela...

—¿De veras? ¿De modo que todo esto ha sido por ir de pesca en vez de trabajar? ¡Tanto como yo te quiero, Tom, y tú tratando de matarme a disgustos con tus picardías!

El instrumental para la extracción del diente estaba ya listo. La anciana señora lo sujetó con un nudo corredizo y ató el otro extremo al poste de la cama. Aproximó el tizón ardiendo al rostro de Tom y el diente quedó colgando del hilo atado al poste.

No hay amargura que no tenga sus compensaciones. Cuando después del desayuno Tom iba camino de la escuela, fue objeto de envidia por parte de sus compañeros, porque la mella le permitía escupir de un modo completamente original. Los chicos, interesados por aquella novedad, formaban un corro en torno suyo, y uno de ellos, que se había cortado un dedo y que por este motivo constituía un centro de atracción, se encontró de pronto solo y privado de gloria. Con el corazón encogido y gran desdén, dijo que el escupir como Tom carecía de importancia. A lo cual otro chico repuso:

—¡Están verdes!

Y el héroe de un momento se alejó solitario, completamente olvidado.

Poco después se tropezó Tom con el paria de aquellos contornos, Huckleberry Finn, hijo de un borracho del pueblo. Debido a su maldad, holgazanería y desobediencia, Huckleberry era aborrecido por las madres de los demás chicos, que lo admiraban, gustaban de su prohibida amistad e incluso sentían no ser iguales que él. Tom no se diferenciaba en esto de los otros niños; había recibido orden terminante de no jugar con él, y acaso por esto desobedecía en cuanto encontraba la menor ocasión. Huckleberry se vestía con los desechos de los mayores, y su ropa era un conglomerado de jirones, flecos y colgajos. El sombrero contaba sólo con una de las alas; la chaqueta, cuando alguna vez la tenía, le llegaba a los talones; un solo tirante le sujetaba los pantalones de fondillo colgante como una bolsa vacía; las perneras arrastraban por el barro cuando no las llevaba remangadas.

El muchacho iba de un lado para otro sin más freno que el de su voluntad. Cuando hacía buen tiempo, dormía en los quicios de las puertas; si llovía se refugiaba en un tonel vacío. La iglesia y la escuela eran desconocidas para él, y como carecía de amo, no tenía a quién obedecer. Nadaba o se iba de pesca cuando le venía en gana; nadie le impedía andar a bofetadas con los demás chicos ni acostarse a la hora que juzgaba más conveniente. En el verano andaba descalzo y era el último que se ponía los zapatos al comienzo del invierno; no se lavaba jamás ni sabía lo que era ropa limpia; por si todo esto fuera poco, juraba con una perfección asombrosa. En resumidas cuentas, reunía todo aquello que puede hacer la vida grata. Tal era, al menos, la opinión que merecía a los chicos que arrastraban una existencia de acoso continuo.

Tom se acercó a saludar al proscrito.

—¡Hola, Huckleberry!

—¿Qué hay? ¿Te agrada esto?

—¿Qué llevas ahí?

—Un gato muerto.

—Déjame verlo. ¡Qué tieso está! ¿Dónde lo has pillado?

—Se lo compré a un chico.

—¿Qué diste por él?

—Un vale azul y una vejiga que me dieron en el matadero.

—¿De dónde sacaste el vale azul?

—Se lo cambié a Ben Rogers hace dos semanas por un bastón.

—Dime, Huck: ¿para qué sirve un gato muerto?

—¿Para qué? Pues para curar las verrugas.

—¿De verdad? Yo sé de algo mejor...

—¡Mentira! ¿Qué es?

—Agua de yesca.

—¡Agua de yesca! No daría yo un comino por eso.

—¿Has hecho alguna vez la prueba?

—Yo, no; pero Bob Tanner sí que la hizo.

—¿Cómo lo sabes?

—Él se lo dijo a Jeff Thatcher, éste a Johnny Baker, Johnny a Jim Hollis, Jim a Ben Rogers, éste a un negro y el negro me lo contó a mí. ¡Ya ves!...

—Bueno, ¿y qué? Todos mienten, todos menos el negro; a ése no le conozco. Pero nunca he sabido de un negro que no dijera mentiras. Ahora dime qué hizo Bob Tanner.

—Metió la mano en un tronco podrido lleno de agua de lluvia.

—¿Era de día?

—Sí.

—¿Con la cara vuelta hacia el tronco?

—Supongo que sí.

—Y ¿dijo algo?

—Creo que no; pero no estoy seguro.

—¡Ja, ja! ¡Vaya un modo de curar verrugas! Eso no sirve para nada. Tiene uno que ir solo al bosque, andar a la caza de un tronco lleno de agua y al sonar la medianoche, metiendo la mano dentro, decir tumbado de espaldas:

Grano de cebada, harina y lechugas.
Agua de la yesca, quita mis verrugas...

Y en seguida dar once pasos de prisa y con los ojos cerrados, luego tres vueltas y otra vez a casa sin hablar con nadie. Porque si uno habla, se rompe el hechizo.

—Sí; puede ser un buen remedio; pero no es como lo hizo Bob Tanner.

—Claro que no, porque es el que tiene más verrugas del pueblo y ya se las habría quitado si supiera eso de la yesca. Así he hecho yo desaparecer más de mil, porque como juego con las ranas, me salen a montones. A veces también me las quito con una habichuela.

—Sí; eso es bueno. Yo también lo he hecho.

—Dime cómo...

—Partes en dos la habichuela y luego cortas la verruga para sacar sangre de ella; luego, a medianoche y cuando no haya luna, se hace un agujero en la encrucijada y se quema el otro pedazo. El trozo de habichuela mojado en sangre tira para juntarse con el otro y esto ayuda a la sangre a tirar de la verruga hasta que consigue arrancarla.

—Tienes mucha razón, Huck... Pero si cuando la estás enterrando dices: «¡Abajo la habichuela, fuera la verruga, no me molestes más!», resulta infinitamente mejor. Así es como lo hace Joe Harper, que ha estado cerca de Coonville y en muchos otros sitios. Pero, dime; ¿cómo las curas tú con gatos muertos?

—Tomando al gato y subiendo con él al campo santo cuando da la medianoche. Se acerca uno al lugar donde hayan enterrado a alguno malo de veras; a eso de las doce viene un diablo a llevárselo. A lo mejor es más de uno; pero no se les ve, solamente se les oye hablar y se siente un ruido como si fuera viento. Cuando están llevándose al enterrado, se les tira el gato encima diciendo: «Diablo, sigue al muerto; gato, sigue al diablo; verruga, sigue al gato... ¡Ya te has marchado!» Y te quedas sin verrugas...

—Me parece bien. ¿Tú lo has probado, Huck?

—Yo, no; pero me lo dijo la tía Hopkins.

—Pues entonces será verdad, porque dicen que es bruja.

—¡Vaya! Desde luego lo es: fue la que embrujó a mi padre. Él cuenta que venía un día andando y vio cómo lo estaba embrujando. Tomó entonces una piedra muy grande, y si la bruja no se quita, la mata de seguro. Aquella misma noche mi padre, que estaba borracho y durmiendo sobre un cobertizo, rodó hasta el suelo y se rompió un brazo.

—¡Qué horror! Y en qué notó que lo estaban embrujando.

—Es fácil darse cuenta. Cuando le miran a uno fijamente y además cuchichean, es que están rezando el Padrenuestro al revés.

—Oye, Huck: ¿cuándo vas a ensayar lo del gato?

—Esta misma noche. Apuesto cualquier cosa a que hoy se llevan a Hoss Williams.

—Pero como lo enterraron el sábado, ¿no crees que se lo llevarían entonces?

—¡Qué cosas tienes! ¿No sabes que hasta medianoche no pueden embrujar, y a esa hora empieza ya el domingo? Se me figura que los diablos no trabajan en día de fiesta.

—La verdad es que no se me había ocurrido. ¿Me dejas ir contigo?

—Bueno; siempre que no tengas miedo.

—¡Pchs!... ¡Miedo! ¿Maullarás?

—Sí, si tú me contestas, si sabes, con otro maullido. La última vez me hiciste estar maullando hasta que el viejo Hays empezó a tirarme piedras y a gritar: «¡Maldito gato!» Yo tomé un ladrillo y se lo tiré por la ventana; pero no se lo digas a nadie.

—No lo diré. Aquella noche no pude maullar porque la tía me estaba mirando; pero esta vez sí que lo haré. ¿Qué tienes ahí?

—Nada; una garrapata.

—¿Dónde la has encontrado?

—En el bosque.

—¿Qué pides por ella?

—No lo sé, no quisiera venderla.

—Total, es una garrapatilla de nada.

—Bueno. No siendo tuya, cualquiera puede despreciarla. Pero a mí me gusta.

—En el campo hay todas las que se quieran. Si me diera la gana podría tener yo más de mil.

—Entonces, ¿por qué no lo haces? Porque sabes que no puedes. Esta es una garrapata nueva; la primera que he visto este año.

—Te doy mi diente por ella.

—Enséñamelo.

Tom sacó un papelito y lo desdobló cuidadosamente. Huckleberry lo miró con envidia; la tentación era demasiado grande. Al fin dijo:

—¿Es de verdad?

Tom levantó el labio mostrando la mella.

—Está bien. Trato hecho.

Tom encerró la garrapata en la caja de pistones donde estuvo cautivo el pellizquero. Los dos chicos se separaron, sintiéndose ambos más afortunados que antes del cambio.

Tom entró apresuradamente en la casita aislada de madera, donde estaba instalada la escuela, con el aire del que viene andando a buen paso. Dejó la gorra en una percha y se dirigió a su asiento con fingida precipitación. El maestro, empingorotado en el sillón raído, dormitaba arrullado por el rumor confuso de la clase. La entrada del chico le despertó.

—¡Tomás Sawyer!

El aludido sabía que el invocar su nombre y apellido era signo de tormenta.

—¡Servidor!

—Ven aquí. ¿Por qué llegas tarde, como de costumbre?

Tom estuvo a punto de refugiarse en la mentira. De pronto vio dos largas trenzas doradas que reconoció enseguida, sin duda por amoroso magnetismo. Junto a aquel pupitre estaba el único lugar vacante en la parte destinada a las niñas. La verdad era preferible...

—Me paré a charlar con Huckleberry Finn.

El maestro, con el pulso paralizado por la sorpresa, le miró fijamente, sin pestañear. Cesó el zumbido; los compañeros de Tom se preguntaban si éste habría perdido el juicio. Habló, por fin, el maestro:

—¿Dices que has estado..., con quién?

—Con Huckleberry Finn.

La declaración era terminante.

—Tomás Sawyer, acabas de confesar lo más inaudito que he oído en mi vida. Como no basta la palmeta para castigar semejante ofensa, quítate ahora mismo la blusa.

El maestro pegó hasta romper unas cuantas varas y sentir que se le cansaba el brazo. A esto siguió una orden tajante:

—Irás a sentarte con las niñas, y esto te servirá de escarmiento.

Las risas y el jolgorio que se armó en la escuela avergonzaron un tanto al chico; pero en realidad el rubor provenía más bien de su tímido culto por el ídolo y de la temerosa dicha que le proporcionaba su buena suerte. Fue a sentarse en el extremo del banco y la niña apartose bruscamente de él volviendo la cabeza. Un rumor de cuchicheos se extendió por la escuela. Tom continuaba inmóvil, pese a los codazos y señas, con los brazos apoyados en el pupitre, absorto, al parecer en su libro. Poco a poco se apartó de él la atención de sus compañeros y el insistente zumbido de la clase se elevó de nuevo en el aire enrarecido.

El chico miró furtivamente a la niña; ésta le hizo una mueca y volvió la cara del otro lado. Cuando al cabo de un rato miró, tenía un melocotón delante. Lo apartó, y Tom volvió a colocarlo suavemente ante sus ojos. Con menos hostilidad, lo rechazó de nuevo; Tom, pacientemente, lo puso donde estaba y ella permaneció esta vez quieta. El chico alargó su pizarra, en la cual había garrapateado: «Tómalo; tengo más». La niña dirigió una mirada a lo escrito y permaneció impasible. Tom empezó a dibujar en la pizarra, ocultando con la mano izquierda el dibujo. Su compañera de banco intentó mirar con disimulo; Tom simuló no advertir la maniobra. Al fin, dándose por vencida, murmuró titubeando:

—Déjame ver...

Tom mostró la caricatura de una casa con dos aleros y una especie de sacacorchos de humo saliendo de la chimenea. La chica, olvidando todo, se interesó por la obra, y cuando estuvo terminada, comentó:

—Es muy bonita. Ahora pinta un hombre.

El artista colocó delante de la casa un señor que parecía una grúa y que podía haber saltado por encima del edificio. Como la niña era indulgente, el monstruo le satisfizo por completo.

—Es un hombre muy guapo. Píntame a mí llegando a la casa...

Tom dibujó un reloj de arena con la luna encima y dos piernas como palillos; entre los abiertos dedos colocó un abanico prodigioso. La chiquilla estaba entusiasmada.

—¡Qué bien está! ¡Ojalá supiera yo pintar!

—Es muy fácil —susurró Tom—. Yo te enseñaré.

—¿De verdad? ¿Cuándo?

—Al mediodía. ¿Vas a comer en tu casa?

—Si quieres, me quedaré.

—¡Estupendo! ¿Cómo te llamas?

—Becky Thatcher. ¿Y tú? ¡Ah, ya lo sé! Tomás Sawyer.

—Así es como me llaman cuando me pegan. Pero si soy bueno me llaman Tom. Llámame así, ¿quieres?

—Bueno.

Tom escribió de nuevo en la pizarra ocultándolo, como la otra vez, a las miradas de la niña. Pero ésta, perdido el recato, suplicó que se lo dejase ver.

—No es nada —dijo el chico.

—Sí; algo es.

—Te digo que no. ¿Para qué lo quieres ver?

—Sí, anda...

—Lo vas a contar por ahí.

—No. Te juro de verdad que no lo contaré.

—¿En toda tu vida no se lo dirás a nadie?

—Te lo prometo. Déjame verlo.

—¿Y para qué?

—Puesto que te pones así, he de verlo, Tom.

Tomó la mano del chico entre la suya y sostuvieron una breve lucha. Tom fingía resistir; pero poco a poco fue deslizando la mano hasta quedar al descubierto lo escrito: Te quiero...

—¡Qué malo eres! —exclamó la chiquilla dándole un fuerte manotazo.

Su rostro estaba encendido y, a pesar de todo, se mostraba satisfecha. De pronto el muchacho sintió que una tenaza lenta, espantosa, le apretaba la oreja levantándole en alto. En esta forma fue arrastrado a través de la clase, y depositado en su sitio entre las burlas y las risotadas de toda la escuela. El maestro permaneció a su lado, quieto, amenazador, y al cabo regresó al sitial sin añadir una palabra. A Tom le escocía la oreja; no obstante, su corazón rebosaba de gozo.

Cuando todo quedó en calma, Tom intentó honradamente estudiar; pero el desorden que reinaba en su cerebro no se lo permitió. En la clase de lectura no dio pie con bola; más tarde, en la de geografía, convirtió lagos en montañas, éstas en ríos y los ríos en continentes, hasta el extremo de volver al primitivo caos. Por último, en la escritura, donde había sido rebajado y colocado en la cola por sus infinitas faltas de ortografía, tuvo que devolver la medalla de estaño que había lucido ostentosamente durante algunos meses.

CAPÍTULO VII

Carreras de una garrapata y aflicción de Becky

Cuanto más ahínco ponía Tom en fijar toda su atención en el libro, más se dispersaban sus ideas. Al final, suspirando, tuvo que abandonar su empeño. Pensaba que la salida de las doce no iba a llegar nunca. En el aire quieto no se movía una hoja; era el más bochornoso de los días del verano. El murmullo que levantaban los colegiales estudiando en voz alta la lección, provocaba un letargo parecido al que produce el monótono zumbido de las abejas. A lo lejos, bajo un sol rutilante, se veían las suaves y verdes laderas del monte Cardiff envueltas en caliginosa neblina como un velo teñido de púrpura por la distancia. En el cielo unos pájaros batían perezosamente las alas, y no se veía más ser viviente que algunas vacas dormitando sobre la hierba.

Tom ansiaba verse libre o, al menos, realizar algo interesante que cortase un poco la monotonía de aquellas horas tediosas. Se llevó la mano al bolsillo, y de pronto, su rostro se iluminó con resplandor de gozo. Abrió con cuidado la caja de pistones y de ella surgió la garrapata, la cual, liberada de su cárcel, vino a posarse sobre el largo pupitre. Sin duda el insecto sintió una gratitud un poco prematura: cuando se disponía a emprender la fuga, Tom lo desvió con un alfiler, obligándole a tomar una dirección distinta.

El íntimo amigo de Tom, sentado a su lado, se aburría tanto como él. Al ver la posibilidad de un juego, Joe Harper —que así se llamaba el amigo— se interesó profundamente en la diversión que se les ofrecía. Ambos compañeros eran uña y carne durante seis días de la semana y enemigos declarados los sábados. Joe tomó un alfiler de su solapa para empujar a la prisionera. El juego crecía en interés por momentos; pero al cabo de un rato Tom observó que se estorbaban mutuamente, ya que ninguno de los dos podía disfrutar a gusto de la diversión que les ofrecía la garrapata. En vista de esto trazó, con ayuda de la pizarra de Joe, una línea vertical en el pupitre.

—Ahora —dijo—, mientras esté en tu campo puedes azuzarla y yo no me meteré con ella; pero si la dejas marchar y se pasa a mi lado, no la tocarás en todo el rato que yo la tenga sin cruzar la raya.

—Bueno, pues anda con ella y empújala tú...

La garrapata se escapó del campo de Tom y cruzó la frontera. Joe la acosó un rato hasta que se le fue del otro lado de la raya. Este cambio de base se repitió con frecuencia; mientras uno de los chicos hurgaba al bicho con interés, el otro miraba absorto, inclinadas las dos cabezas y el alma ajena a cuanto sucediese en el mundo. Al fin la suerte pareció inclinarse del lado de Joe. La garrapata intentaba todos los caminos y se mostraba tan excitada y anhelante como los chicos. Varias veces, sin embargo, cuando Tom veía próxima la victoria y los dedos le hormigueaban ávidos de empezar, el alfiler de Joe, con certera puntería, obligaba al insecto a cambiar de dirección. Tom, dominado por la tentación y no pudiendo resistir un minuto más, alargó la mano hacia el campo contrario, Joe se enfadó.

—¡Déjala en paz!

—Si no hago más que hurgarla un poco, Joe.

—No; eso no vale. Déjala quieta.

—¡Maldita sea! Si apenas la toco...

—Te digo que la dejes.

—No me da la gana.

—Pues no la tocarás, porque está en mi lado.

—Escucha, Joe: ¿de quién es la garrapata?

—No me importa. Está en mi lado y no puedes tocarla.

—La tocaré, porque es mía y hago con ella lo que quiero. Y tú te aguantas.

Dos terribles puñetazos cayeron sobre las espaldas de ambos contendientes y una nube de polvo salió de las chaquetas, con gran regocijo de toda la clase. Los chicos estaban demasiado absortos en la pelea para darse cuenta del silencio que sobrevino al cruzar el maestro la clase andando de puntillas. Había estado contemplando parte del espectáculo antes de decidirse a interrumpirlo introduciendo en él un poco de variedad.

Cuando al mediodía terminó la clase, Tom corrió hacia donde estaba Becky Thatcher diciéndole al oído:

—Ponte el sombrero y di que vas a tu casa; cuando llegues a la esquina, deja a las otras niñas y da la vuelta por la calleja. Yo voy por el otro lado y haré lo mismo.

Cada uno de ellos se fue con un grupo distinto; pero momentos después los dos se reunían al final del callejón, y regresando a la escuela, se encontraron aislados en su recinto. Sentados el uno junto al otro, Tom puso un lápiz en la mano de Becky y, conduciéndola por la pizarra, dibujaron una casa sorprendente. Debilitado su interés por el arte, iniciaron la charla.

—¿Te gustan las ratas? —indagó Tom.

—No; las aborrezco.

—Yo también, cuando están vivas. Pero quiero decir las muertas, para atarlas con una cuerda y hacerlas dar vueltas por encima de la cabeza.

—No me gustan las ratas de ninguna manera. Lo que sí me gusta es mascar goma.

—¡Ya lo creo! ¡Ojalá tuviera un poco ahora!

—¿De verdad? Yo tengo y te dejaré mascar un rato; pero tienes que devolvérmela.

Se pusieron de acuerdo y masticaron por turno, balanceando las piernas que colgaban del banco rebosantes de contento.

—¿Has estado alguna vez en el circo? —preguntó el chico.

—Sí, y papá me va a llevar otra vez si soy buena.

—Yo he ido tres o cuatro, puede que más veces. Resulta mejor que la iglesia, porque siempre pasa algo. Cuando sea grande, me haré payaso.

—¿De veras? ¡Qué bien! Me gustan mucho, todos embadurnados de pintura.

—Y ganan montones de dinero, casi un dólar por día, según cuenta Ben Rogers. Dime, Becky: ¿has estado alguna vez prometida?

—¿Qué es eso?

—Pues prometida para casarte.

—No.

—¿Te gustaría?

—Puede que sí; pero no lo sé. ¿Cómo es?

—¿Que cómo es? Pues algo muy distinto. No tienes más que decir a un chico que nunca querrás a nadie más que a él; entonces os besáis y ya está. Lo puede hacer cualquiera...

—¿Besarse? Bueno, ¿y para qué?

—Pues para... ¿Sabes? Es que siempre se hace eso.

—¿Lo hacen todos?

—Sí, todos los que se quieren. ¿Recuerdas lo que escribí en la pizarra?

—Sí; creo que sí...

—¿Qué era?

—No lo quiero decir...

—¿Por qué?

—Lo diré; pero otra vez.

—No; ahora mismo.

—Ahora mismo, no. Mañana...

—Vamos, Becky, dilo ahora. Yo te soplaré al oído, muy bajito...

Becky vaciló, y Tom, tomando el silencio como muestra de aprobación, la agarró por la cintura y murmuró las palabras con los labios pegados a la oreja de la niña. Después añadió:

—Ahora me lo dices tú así, igual que he hecho yo.

Resistiéndose un momento, contestó al fin:

—Vuelve la cara para que no veas y te lo diré. Pero, ¿verdad, Tom, que no se lo contarás a nadie?

—A nadie, Becky. Anda...

El chico volvió la cara y ella se inclinó con timidez, moviendo con su aliento los rizos del muchacho. Y en voz muy queda, murmuró: te quiero...

Echó a correr entre los bancos, perseguida por Tom, y se refugió en una esquina, tapándose la cara con el delantalito blanco. El chico la agarró por el cuello.

—Ahora ya está todo, Becky —dijo con acento de súplica—. Todo menos el beso. No tengas miedo, no tiene nada de particular. Por favor, Becky...

Y le tiraba de las manos y del delantal. La niña cedía poco a poco y, sometiéndose, bajó las manos, quedando al descubierto el rostro encendido por la lucha. Tom besó los labios rojos.

—Ya está, Becky. Ahora, después de esto, no puedes querer a nadie más que a mí ni tampoco podrás casarte con nadie más que conmigo. ¿Estás conforme?

—Sí. Solamente te querré a ti y nos casaremos.

—Por supuesto. Y siempre que vengas a la escuela o vuelvas a tu casa, yo te acompañaré sin que nos vean, y yo te escogeré a ti y tú a mí en todas las fiestas, porque eso es lo que hacen los novios.

—¡Qué bien! Nunca lo había oído.

—Resulta divertidísimo. Amy Lawrence y yo...

Tom vio el efecto producido por su torpeza en los ojos inmensos que le contemplaban. Se detuvo, confuso.

—¡Tom! Entonces yo no soy tu primera novia.

La niña se echó a llorar.

—No te pongas así, Becky. Ya no me acuerdo de ella.

—Sí; sí que te acuerdas, Tom.

El chico intentó rodearle el cuello con el brazo; pero ella lo rechazó y, con la cara vuelta hacia la pared, prosiguió su llanto. Intentó de nuevo la reconciliación; pero ella se obstinó en rechazarlo. Tom, herido en su orgullo, dio media vuelta y salió de la escuela. Agitado y nervioso, se quedó un rato en sus proximidades mirando hacia la puerta con la esperanza de que la niña, arrepentida, saliera a buscarle. No sucedió así y comenzó a afligirse pensando que la culpa era suya. Tras mantener recia lucha consigo mismo, decidió hacer nuevos avances, y reuniendo ánimos para la empresa, entró en la escuela. La chiquilla permanecía en el rincón de cara a la pared sollozando. Tom, traspasado de remordimiento, fue hacia ella y se detuvo un momento sin saber qué hacer. Vacilante y en voz muy baja, dijo:

—Becky, no quiero a nadie más que a ti...

La niña, sin responder, continuó llorando.

Tom sacó a relucir su tesoro; un boliche de cobre procedente de uno de los morillos de la chimenea, que pasó en torno de la niña para que ésta pudiera verlo.

—Becky, por favor, ¿lo quieres para ti?

Lo tomó y lo arrojó en el acto contra el suelo. Tom echó a andar hacia los montes, muy lejos, con la intención de no volver a pisar la escuela en todo el día. Becky, temerosa, corrió hacia la puerta; el muchacho había desaparecido. Al ver que no estaba en el patio, gritó:

—¡Tom! ¡Tom! ¡Ven aquí!

Escuchó con ansiedad y no obtuvo respuesta. Sin más compañía que la soledad y el silencio, rompió a llorar de nuevo y a reprocharse su conducta. Iban llegando los chicos de la escuela, y Becky se vio obligada a ocultar su aflicción y a soportar la cruz de una tarde interminable transida de tedio y de amargura, y sin nadie, entre los seres extraños que la rodeaban, en quien confiar sus pesares.

CAPÍTULO VIII

Un pirata intrépido

Por no tropezarse con los chicos que iban camino de la escuela, Tom se escabulló entre un dédalo de callejas y luego continuó andando con paso lento y gesto melancólico. Cruzó un par de veces un arroyuelo, por ser creencia entre los colegiales que atravesando el agua se despistaba a los perseguidores. Media hora después desaparecía por detrás de la casa de Douglas, situada en la cumbre del monte. Apenas divisaba ya la escuela en el valle, que iba quedando lejos. Internose en el bosque y, dirigiéndose hacia el centro de la espesura, tomó asiento sobre el musgo a la sombra de un inmenso roble. Dormía la brisa y el intenso calor del mediodía acallaba el canto de los pájaros; el sopor de la Naturaleza sólo se veía turbado por el lejano martilleo de un pájaro picamaderos que hacía aún más obsesionante el silencio y la soledad. El ánimo de Tom estaba en armonía con la Naturaleza. Permaneció largo rato sentado en actitud meditabunda, con los codos en las rodillas y la barbilla entre las manos. La vida era una carga pesada y casi envidiaba a Jimmy Hodges, que hacía poco tiempo se había librado de ella. Pensaba en la delicia de dormir para siempre, con el viento murmurando entre los árboles, meciendo blandamente las flores y la hierba de la tumba, no tener que sufrir ya dolores ni molestias. De haber tenido buenas notas en la escuela dominical, no le hubiese importado que llegara el fin para acabar con todo de una vez. Y en cuanto a lo de la niña, ¿qué había sucedido? Nada; absolutamente nada. Había obrado con buena intención y le habían tratado como a un perro. Acaso un día se arrepintiese cuando fuera ya demasiado tarde. ¡Ah, si pudiera morir, pero sólo temporalmente!

Un corazón juvenil no puede permanecer mucho tiempo deprimido. Insensiblemente, Tom comenzó a dejarse llevar de nuevo por las preocupaciones y cuidados que arrastra consigo la vida. ¿Qué sucedería si de pronto abandonara todo y desapareciera misteriosamente? ¿Y si se marchara lejos, a países desconocidos, atravesando mares y no volviese nunca más? ¿Qué impresión le causaría a ella? La idea de convertirse en payaso le vino a las mientes, pero la rechazó en seguida, pues la frivolidad, los chistes y los pantalones con manchas constituían una profanación para un espíritu que pretendía volar a la augusta región de la fantasía. No; era preferible hacerse soldado y volver al cabo de muchos años cubierto de gloria, mostrando las cicatrices de la guerra. Y mejor aún marcharse con los indios a la caza del búfalo; seguir la senda guerrera en las montañas o en las dilatadas praderas del Oeste lejano; volver, después de mucho tiempo, convertido en un gran jefe coronado de plumas y pintarrajeado en una forma espeluznante. Y en una soñolienta mañana de verano se plantaría de un salto en la escuela dominical lanzando un grito de guerra tan pavoroso, que haría morir de envidia a sus compañeros. Pero aún le reservaba el destino algo más grandioso: sería pirata. Ya estaba trazado su porvenir, tan deslumbrante, que haría estremecer a la gente y llenaría el mundo con su nombre.

¡Qué maravilla cruzar los mares procelosos en un velero rápido, alargado y negro, un Genio de la Tempestad de terrible bandera ondeando en la proa! Soñaba aparecer de pronto en el pueblo en el apogeo de su fama; hacer su entrada triunfal en la iglesia curtido por la intemperie, ataviado con justillo y trusa de terciopelo negro, grandes botas de campana y banda de escarlata. Llevaría el cinto rodeado de pistolas y el machete teñido de sangre; al costado, el ancho sombrero de ondulantes plumas, y, desplegada la bandera negra con la calavera y las tibias cruzadas, escucharía los murmullos, deleitándose en ellos: «¡Es Tom Sawyer, el pirata! ¡El tenebroso vengador del continente hispánico!».

Sí; estaba decidido a fijar de una vez su destino. A la mañana siguiente abandonaría su casa para lanzarse a la gran aventura. Debía prepararse, y para esto era necesario juntar primeramente sus tesoros. Avanzó hacia un tronco caído y empezó a escarbar en él con su famosa navaja Barlow. Como la madera sonase a hueco, posó sobre ella la mano y gritó con voz solemne el conjuro: «Lo que no esté aquí, que venga. Lo que esté aquí, que se quede...».

Separó un poco de tierra, y debajo apareció una pequeña cavidad que podía servir para ocultar tesoros. Tom quedó atónito al distinguir en su fondo una canica. Rascándose perplejo la cabeza, exclamó:

—¡Es lo más extraño que he visto en mi vida!

Arrojó iracundo la bola de cristal y quedó pensativo. Había fallado una superstición que él y sus amigos consideraban infalible. Si uno enterraba una canica con los conjuros de rigor y la dejaba reposar por espacio de dos semanas, al abrir el escondite con la fórmula mágica que acababa de emplear, se encontraba con que todas las canicas perdidas se juntaban allí, por muy esparcidas y distanciadas que hubieran estado. El fracaso, pues, no podía ser más evidente, en vista de lo cual el edificio de su fe quedó resquebrajado hasta los cimientos, sin que se le ocurriera que él mismo había hecho la prueba otras veces y después no había podido dar con el escondite. Tras meditar un rato, sacó la conclusión de que alguna bruja había roto el sortilegio. Convencido de haber dado en el clavo, buscó por los alrededores hasta que encontró un montoncito de arena con una depresión central en forma de chimenea. Acercó los labios al agujero y gritó con fuerza:

—¡Bichejo vagabundo, contesta a aquello que te pregunto! ¡Bichejo vagabundo, contesta a aquello que te pregunto!

La arena se removió y un diminuto insecto negro apareció, para ocultarse al instante, lleno de susto.

—Se calla, de modo que ha sido una bruja la culpable. ¡Ya lo sabía yo!

Conociendo la inutilidad de luchar contra las brujas, desistió de ello amargamente desengañado. Pero como no era cosa de perder la canica, la buscó con paciencia y no pudo encontrarla. Volvió entonces al escondrijo y, colocándose en la misma postura de antes, sacó otra del bolsillo y, tirándola en la misma dirección, dijo:

—Hermana, ve en busca de tu hermana...

Pero sin duda cayó lejos de la otra, lo que obligó a repetir dos veces más el experimento. La última dio resultado: las dos canicas se hallaban a poca distancia la una de la otra.

De pronto, el sonido de una trompeta de hojalata dejose oír bajo la bóveda de árboles. Tom se despojó de la chaqueta y los calzones, convirtió un tirante en cinto, apartó unos matorrales y dejó al descubierto un arco y una flecha toscamente fabricados, una espada de palo y una trompeta de lata. Agarró todo aquello con precipitación y echó a correr con las piernas al aire y los faldones de la camisa revoloteando. Se detuvo bajo un olmo frondoso, y respondiendo a la llamada con un toque de corneta, empezó a dar vueltas de puntillas, con la mirada recelosa y diciendo en voz baja a un batallón imaginario:

—¡Aguantad, valientes, y permaneced ocultos hasta que yo sople!

Entre los árboles apareció Joe Harper, tan escuetamente vestido y formidablemente armado como Tom. Éste gritó:

—¡Alto! ¿Quién osa penetrar en la selva de Sherwood sin mi consentimiento?

—¡Guy de Guisborne no necesita permiso de nadie! ¿Quién sois que...?

—... que osáis hablarme así? —repuso Tom para ayudarle, pues ambos se sabían el libro de memoria.

—¿Quién sois que osáis hablarme así?...

—¡Soy yo, Robin Hood! Y al punto lo sabréis a costa de vuestro miserable pellejo.

—¿Sois, pues, el famoso bandido? Me complace disputaros el paso a través de mi selva. ¡Defendeos!

Empuñando las espadas de palo y tirando al suelo todo cuanto les estorbaba, se pusieron en guardia y dieron comienzo a una grave y metódica lucha con dos golpes hacia arriba y otros dos más bajos. Pasado un cierto tiempo, exclamó Tom:

—¡Si os dais maña en el combate, apresuraos!

Ambos se dieron prisa, jadeantes y sudorosos. De nuevo gritó Tom:

—¡Cae! ¡Cae! ¿Por qué no caes?

—No quiero... Hazlo tú, que vas peor.

—Eso no importa. Yo no puedo caer, porque no está en el libro. En él dice: «Entonces, con una estocada a traición, mató al infeliz Guy de Guisborne». Tienes que volverte para que yo te pueda dar en la espalda.

Sin discusión, Joe dio la vuelta, recibió el golpe y rodó por tierra.

—Ahora —dijo, levantándose—, para que valga, he de matarte yo a ti.

—No puede ser, porque no lo dice el libro.

—Pues eres un tramposo.

—Escucha —dijo Tom—. Tú puedes ser el fraile Tuck o, si prefieres, Much, el hijo del molinero, y romperme una pata con el palo. También yo puedo hacer de sheriff de Nottingham y tú de Robin Hood durante un rato y después me matas.

Como Joe aceptara la propuesta, ambos chicos representaron sus respectivos papeles. Al cabo de un rato, Tom volvió a ser Robin Hood, desangrándose hasta la última gota por culpa de la monja traidora encargada de curarle. Al final, Joe, en representación de una partida de vencidos bandoleros, se lo llevó a rastras. Tom tomó el arco con manos temblorosas, y dijo:

—Que entierren al pobre Robin Hood en el lugar en que esta flecha caiga, bajo un árbol del bosque.

Soltó la flecha y cayó de espaldas, al parecer muerto; pero como se desplomó sobre unas matas de ortigas, se irguió de un salto, con excesiva agilidad para un difunto.

Los chicos se vistieron, y guardando sus atavíos guerreros echaron a andar, lamentando el que ya no hubiera bandoleros y el que la civilización actual no ofreciera a cambio compensación alguna. Ambos convinieron en que era preferible actuar de bandido en la selva durante un año que ser elegido presidente de los Estados Unidos para toda la vida.

CAPÍTULO IX

Drama en el cementerio

Aquella noche, a las nueve y media, Tom y Sid fueron enviados, como de costumbre, a la cama. Rezaron sus oraciones y Sid se durmió en seguida; Tom, en cambio, permaneció despierto en impaciente espera. Cuando creía que estaba ya amaneciendo, sintió dar las diez en el reloj. Sus nervios, en el colmo de la desesperación, le empujaban a dar vueltas y a removerse intranquilo en el lecho; pero temía despertar a Sid. Estuvo mucho tiempo inmóvil, con los ojos abiertos en la oscuridad. Poco a poco fueron destacándose en medio del silencio unos ruidos apenas perceptibles. El acompasado latir del reloj y el crujido de las vigas y de las escaleras se juntaban misteriosamente con otros vagos sonidos; sin duda los espíritus rondaban la casa. Un suave y acompasado ronquido salía de la alcoba donde dormía tía Polly, al mismo tiempo que un grillo, imposible de localizar, proseguía su canto insistente y monótono. Sonaron en la pared unos golpes misteriosos y Tom se estremeció, porque provenían justamente de la cabecera de su cama e indicaban, de un modo infalible, que alguien tenía ya sus días contados.

En el silencio de la noche resonó el aullido lastimero y lejano de un perro, y otro aullido lúgubre, aún más lejano, respondió al primero. Tom sentía angustias de muerte y pensaba que el tiempo se detenía, dando comienzo la eternidad. No obstante, quedó adormilado y no sintió las once campanadas del reloj. De pronto llegó hasta él, vagamente y entremezclado al sueño, un tristísimo maullido. Se abrió una ventana y un grito atravesó las tinieblas:

—¡Maldito gato! ¡Fuera de aquí!

Una botella vacía fue a estrellarse contra el muro trasero del cobertizo de la leña. Tom, completamente despabilado, se vistió con rapidez y salió por la ventana gateando a cuatro patas por el tejado que estaba al mismo nivel. Maulló con suavidad un par de veces; después saltó al tejado de la leñera y desde allí al suelo. Huckleberry le esperaba con el gato muerto. Los chicos se pusieron en marcha, perdiéndose en la oscuridad; al cabo de media hora se deslizaron entre las altas hierbas del cementerio.

Estaba el camposanto situado en una colina, a dos kilómetros de distancia del pueblo, y construido en el viejo estilo peculiar del Oeste. Le servía de tapia una desvencijada valla de madera, derrumbada unas veces hacia fuera y otras hacia dentro. Hierbas y matorrales silvestres crecían dentro de su recinto; las sepulturas más antiguas se hundían en la tierra y sobre ellas se alzaban, torcidos y como buscando apoyo, unos tablones roídos por la intemperie. En ninguno de ellos era legible la inscripción, grabada mucho tiempo atrás: «A la memoria de Fulano...».

Una leve brisa murmuraba tenuemente entre los árboles, y Tom temía que fueran las almas de los difuntos quejándose porque se los perturbaba. Los chicos apenas hablaban, y las escasas palabras que salían de sus labios eran pronunciadas en voz baja, con el corazón oprimido por la noche, la solemnidad del lugar y el angustioso silencio que les rodeaba. Encontraron el montón de tierra recientemente removida y se escondieron debajo de tres olmos que crecían juntos a poca distancia de la sepultura. En silencio dejaron pasar un cierto tiempo, que se les hizo interminable. Solamente el lamento plañidero de una lechuza rompía, a lo lejos, aquella quietud de muerte.

Tom, angustiado, susurró con voz apenas perceptible:

—¿Tú crees, Huck, que a los muertos les parecerá bien que estemos aquí?

—¡Quién sabe! Pero ¿no es cierto que esto se pone demasiado serio?

—Yo creo que sí...

Hubo una larga pausa; los chicos permanecían pensativos. Tom prosiguió:

—Oye, Huck. ¿Sería posible que Hoss Williams nos oiga hablar?

—Claro que sí. Seguramente nos escucha su espíritu.

—Debiera llamarle señor Williams —añadió Tom—. No lo hago con mala intención: todo el mundo le llamaba siempre Hoss.

—Hay que tener cuidado siempre que se habla de los difuntos.

Fue un jarro de agua fría que extinguió la charla de los niños. De pronto, Tom agarró de un brazo a su compañero.

—¡Chis!...

—¿Qué sucede, Tom?

Y los dos se abrazaron con el corazón palpitante.

—¡Chis!... ¡Otra vez! ¿No lo oyes?

—Yo...

—¡Allí! ¿No lo oyes ahora?

—¡Que vienen, Dios mío! ¡Que vienen de verdad! ¿Qué hacemos?

—No lo sé. ¿Tú crees que nos verán?

—¡Ay, Tom! Ven en la oscuridad lo mismo que los gatos. ¡Ojalá no hubiéramos venido!

—No tengas miedo, no se meterán con nosotros. Como no hacemos daño a nadie, si nos estamos quietos, puede que no se fijen.

—Bueno, Tom; pero yo estoy temblando.

—¡Escucha!

Los chicos, con las cabezas juntas, no se atrevían a respirar. Un rumor de voces apagadas llegaba desde el extremo opuesto del cementerio.

—¡Mira allí! —murmuró Tom—. ¿Qué es eso?

—Son fuegos fatuos. ¡Qué horror, Tom!

Surgían en las tinieblas unas sombras indecisas, entre las que se balanceaba una vieja linterna de hojalata que esparcía por la tierra fugitivas manchas luminosas. Huck, tembloroso, dijo:

—Son los demonios; sí, son ellos... ¡Hemos acabado, Tom! ¿Sabes rezar?

—Probaré, pero no tengas miedo. No creo que nos hagan daño. «Quiero, Señor, dormir hoy en tu seno...».

—¡Chis!

—¿Qué?

—¡Son vivos! Por lo menos, uno de ellos tiene la voz del viejo Muff Potter.

—¿De verdad?

—Estoy seguro de que es él. No te muevas, porque es tan bruto que no se fijará en nosotros. Estará borracho, como siempre...

—¿Ves cómo me estoy quieto? Se han parado y ahora vuelven hacia acá. ¡Caliente! ¡Frío! ¡Caliente, caliente, que se queman! Ya van derechos... Oye, Huck, yo conozco otra de las voces; me parece que es la del Indio Joe.

—Es verdad, ¡ese mestizo criminal! Prefiero ver al diablo. ¿Qué andarán buscando?

Callaron los chicos. Los tres hombres se detuvieron junto a la sepultura, a poca distancia del escondite de los niños.

—Aquí es.

El que hablaba levantó la linterna y apareció el rostro del joven doctor Robinson, Potter y el Indio Joe llevaban unas angarillas con una cuerda y un par de palas. Comenzaron a remover la tierra de la sepultura; el médico colocó la linterna sobre la cabecera y se sentó con la espalda apoyada en uno de los olmos. Tan cerca estaba de los chicos, que éstos, con sólo alargar la mano, hubieran podido tocarlo.

—Dense prisa —dijo en voz baja—. La luna va a salir de un momento a otro.

Los dos hombres respondieron con un gruñido y continuaron cavando. Durante un rato no se oyó otro ruido que el chirriar de las palas que arrojaban a un lado montones de tierra y piedras. Un golpe sordo: una de las palas había tropezado con el ataúd. Sacándolo a la superficie, forzaron la tapa y extrajeron el cadáver, arrojándolo de golpe en el suelo. La luna surgió de entre las nubes e iluminó la lívida faz del muerto. Previamente atado con una cuerda, colocaron el cadáver sobre las angarillas, cubriéndolo con una manta. Potter cortó el trozo de cuerda que asomaba, al mismo tiempo que decía:

—Hemos cumplido ya la maldita tarea, mediquillo. Ahora, suelte usted otros cinco dólares, o ahí le dejamos eso.

—Así se habla —añadió el Indio Joe.

—Pero ¿qué estáis diciendo? —exclamó el médico—. Habéis exigido la paga adelantada y os la he dado.

—Sí, y todavía queda algo —dijo Joe, acercándose al doctor, que se había incorporado rápidamente—. Hace ya cinco años me echó usted de la cocina de su padre una noche que fui a pedir un poco de comida. Aseguró entonces que a nada bueno iba yo por allí, y al jurarle que me las pagaría aunque tuviera que esperar cien años, el señor ordenó que me encarcelaran por vagabundo. ¿Piensa usted que lo he olvidado? Pues no, que para algo llevo en mis venas sangre india. Ahora le tengo pillado y tiene usted que pagar la deuda.

Amenazaba al médico con el puño cerrado cerca de la cara. Pero éste se le adelantó, y de un golpe dejó al rufián tendido en el suelo.

Potter soltó la navaja, y exclamó:

—¡Vaya, hombre! ¿Y con qué derecho maltrata usted a mi compañero?

Se abalanzó hacia el doctor y los dos lucharon con furia, hundiendo los pies en el barro. Con los ojos relampagueantes de ira, el Indio se irguió de un salto y, agarrando la navaja de Potter, comenzó a dar vueltas como un tigre en torno a los combatientes, en espera del momento oportuno. Al fin, el médico pudo desasirse de su adversario, y con el madero clavado en la tumba de Williams, dejó, de un solo golpe, a Potter fuera de combate. El mestizo aprovechó la ocasión y como un rayo hundió la navaja en el pecho del joven. Éste, vacilante, se desplomó sobre Potter, cubriéndole de sangre. Unas nubes dejaron en tinieblas la trágica escena, y los dos niños, aterrados, huyeron veloces, perdiéndose en la oscuridad de la noche.

Cuando la luna iluminó de nuevo el cementerio, el Indio Joe contemplaba los dos hombres caídos a sus pies. El médico, tras balbucir unos sonidos inarticulados, dio un largo suspiro y quedó inmóvil. El mestizo murmuró:

—¡Maldito seas! Ya has saldado aquella cuenta...

Registró los bolsillos del médico y le robó cuanto guardaba en ellos; luego colocó la navaja en la mano abierta de Potter y se sentó sobre el ataúd destrozado. Al cabo de unos instantes, Potter comenzó a rebullir, gruñendo. Cerró la mano sobre la navaja, y alzándola, la contempló un instante, soltándola con un estremecimiento. Tomó asiento, y empujando al cadáver lo miró fijamente. Aturdido, dejó vagar la mirada en torno suyo y sus ojos tropezaron con los de Joe.

—¡Dios! ¿Qué es lo que ha pasado, Joe?

—Mal asunto —repuso el indio sin inmutarse—. ¿Por qué has hecho eso?

—¡Yo! ¡Yo no he sido!

—Es inútil que lo niegues.

Potter se echó a temblar; tenía el rostro lívido.

—Creía que se me había pasado la borrachera. No debí beber esta noche; aún tengo la cabeza peor que cuando vine aquí. Estoy hecho un lío, no me acuerdo de nada. Dime, Joe: ¿de verdad que he sido yo? Mi intención no era ésa: te lo juro por la salvación de mi alma. Cuéntame cómo ha sido. ¡Qué espanto! Era joven y prometía mucho...

—Os peleasteis los dos y él te arreó un trompazo con el tablón; tú caíste redondo, y al levantarte dando tumbos, le clavaste el cuchillo en el momento en que te daba un nuevo golpe con el madero. Y ahí has estado desde entonces, igual que un muerto.

—¡Ay de mí! No sabía lo que hacía, y que me muera ahora mismo si no es verdad lo que estoy diciendo. Fue culpa del whisky, porque en toda mi vida he manejado un arma. Todo el mundo es testigo de que siempre que he peleado con alguien, no llevaba ninguna clase de armas. Joe, por favor, cállate y no digas nada. Prométemelo. Siempre fui amigo tuyo y me puse de tu parte. ¿Verdad que no dirás nada?

Y el desgraciado cayó de rodillas, con las manos cruzadas, ante el asesino.

—No, Muff Potter, siempre te has portado bien conmigo, y ahora no he de delatarte. Creo que no se me puede pedir más...

—Joe, eres un ángel y he de bendecirte mientras viva —dijo Potter, prorrumpiendo en amargo llanto.

—Bueno, basta ya de gimoteos. No hay tiempo que perder; tú te largas por ese camino y yo me voy por el contrario. Vamos, y procura no dejar huellas de tu paso.

Potter echó a correr, y el mestizo, siguiéndole con la vista murmuró entre dientes:

—Si está tan aturdido por el golpe y tan borracho como parece, no se acordará de la navaja hasta que esté ya lo suficientemente lejos para no desear volver solo al cementerio. ¡Gallina! ¡Más que gallina!

Transcurrieron unos minutos. El cadáver del hombre recién asesinado, el muerto envuelto en la manta, el ataúd sin tapa y la abierta sepultura sólo tenían por testigo a la luna. Sobre el cementerio reinaron de nuevo la calma y el silencio.

CAPÍTULO X

La horrenda profecía de un perro que aúlla

Los dos chicos, mudos de espanto, corrían desalados hacia el pueblo, y de cuando en cuando volvían la cabeza temerosos de que los persiguieran. Cada tronco que surgía en el camino se les figuraba un enemigo y los dejaba sin aliento; al pasar, veloces, junto a unas casas aisladas, el ladrar de los perros les ponía alas en los pies.

—¡Si lográramos llegar a la fábrica de curtidos antes que no podamos más! —murmuró Tom con la respiración entrecortada—. Yo ya no aguanto más tiempo.

El jadeo de Huck fue su única respuesta. Los chicos fijaron los ojos en la meta ansiada, con renovado esfuerzo. Ya estaba cerca; al fin, ambos se precipitaron por la puerta y cayeron al suelo, contentos y extenuados. Poco a poco fue calmándose su agitación y Tom pudo decir en voz muy baja:

—Huck, ¿en qué piensas tú que acabará todo esto?

—Si el doctor Robinson muere, me figuro que todo acabará en la horca.

—¿Tú crees?...

—Seguramente, Tom.

Al cabo de unos momentos de meditación, éste prosiguió:

—¿Y quién va a decirlo? ¿Nosotros?

—¡Qué barbaridad! Si algo ocurriese y no ahorcasen al Indio Joe, éste nos mataría más tarde o más temprano.

—Eso mismo pensaba yo, Huck.

—Si alguien lo cuenta, que sea Muff Potter, porque además de tonto, está siempre borracho.

Tom se abstuvo esta vez de responder. Al fin, murmuró:

—Muff Potter no lo sabe. ¿Cómo va a decirlo?

—¿Por qué no va a saberlo?

—Porque recibió el golpe al mismo tiempo que Joe mataba al otro. ¿Crees tú que pudo ver algo? No tiene la menor idea.

—¡Atiza! No había yo caído...

—Y, además, puede que se muriera del golpe.

—No; yo creo que no, Tom. Estaba borracho, como siempre. Y mira, cuando mi padre lo está también, se queda tan fresco aunque se le sacuda con la torre de la iglesia. Él mismo nos lo dice. A lo mejor, le pasa igual a Muff Potter. Pero a uno que no hubiera bebido, puede que el estacazo lo hubiera dejado seco.

Tras unos momentos de reflexión y de silencio, Tom repuso:

—¿Estás seguro, Huck, de volverte mudo?

—¡Qué remedio me queda! Ya sabes que a ese maldito indio no le importaría ahogarnos como si fuéramos un par de gatos, si a él no le ahorcasen y nosotros hablásemos más de la cuenta. Mira lo que te digo, Tom: tenemos que jurar que jamás hemos de decir una palabra.

—Creo que eso es lo mejor. Dame la mano y jura que nosotros...

—No, eso no vale para una cosa tan grave como ésta. Puede servir para tonterías, sobre todo con las chicas, que siempre se vuelven contra uno y cascan en cuanto se ven apuradas. Esto hemos de escribirlo, y, además, escribirlo con sangre.

Tom aplaudió la idea, muy de su gusto por lo misteriosa y dramática. Todo estaba en armonía: la hora, el lugar y las especiales circunstancias. Tomó una astilla de pino que estaba en el suelo, en medio de una mancha iluminada por la luna; sacó un lápiz rojo del bolsillo, y con grandes esfuerzos, apretando la lengua entre los dientes e inflando los carrillos, garrapateó lo siguiente:

> Huck Finn y Tom Sawyer juran que no dirán nada sobre esto, y si hablan, que se mueran y se pudran aquí mismo.

Huckleberry quedó pasmado al ver la facilidad con que escribía Tom en un estilo sublime y grandioso. Sacó un alfiler de su solapa y se disponía a pincharse un dedo, pero su amigo le detuvo.

—¡Cuidado! —le dijo—. No hagas eso, porque los alfileres son de cobre y pueden tener cardenillo.

—¿Qué es eso?

—Pues veneno. No tienes más que tragar un poco y ya verás lo que te pasa.

Tom desenhebró una aguja y los dos chicos se pincharon la yema del pulgar hasta que saltó una gota de sangre, y tras un rato de pacientes estrujones, Tom firmó con sus iniciales, utilizando el propio dedo como pluma. Después enseñó a Huck el modo de trazar la H y la F, y el juramento quedó sellado por completo. La astilla quedó enterrada junto al muro; una vez realizadas ciertas ceremonias y encantamientos, el candado con que habían cerrado sus lenguas se consideró absolutamente seguro. Sin que los chicos se percataran de ello, una sombra se deslizó furtiva en el extremo opuesto del ruinoso edificio.

—Tom —susurró Huck—, ¿con esto ya no habrá peligro de que hablemos jamás?

—Naturalmente. Ya sabes que ocurra lo que ocurra, tenemos que callar siempre. Si no lo hacemos, caeremos muertos. ¿No lo sabías?

—Sí, claro que sí...

Continuaron hablando los dos chicos en voz baja durante un rato. De pronto un perro lanzó un prolongado aullido a pocos pasos de ellos. Los niños, aterrados, se abrazaron con fuerza.

—¿Cuál de nosotros dos caerá? —balbuceó Huckleberry.

—No lo sé. Mira tú por la rendija... ¡Anda, hombre!

—Tú eres quien debe mirar, Tom...

—No puedo, Huck, no puedo.

—Por favor, Tom. ¡Ya está ahí otra vez!

—¡Gracias a Dios! Conozco el ladrido; es Bull Harbison[1].

—¡Qué alegría! Estaba ya medio muerto del susto. Creía que era un perro vagabundo.

De nuevo se oyó el aullido y los chicos volvieron a sentirse presos del pánico.

—¡Dios mío, no es Bull Harbison! —murmuró Huck—. Mira, Tom...

Éste, temblando de miedo, cedió a las súplicas de su amigo y asomó un ojo por la rendija. Con voz casi imperceptible susurró:

—¡Ay, Huck! Se trata de un perro vagabundo.

—Dime, Tom, por favor: ¿cuál de los dos caerá?

—Los dos, puesto que estamos juntos.

---

[1] En el caso de que míster Harbison hubiera tenido un esclavo llamado Bull, Tom se hubiese referido a él diciendo «el Bull de Harbison». Pero tratándose de un perro, éste tenía derecho al apellido, igual que un hijo.

—¡Qué horror! Estamos muertos, Tom, y yo sé adónde iré cuando me muera, porque he sido muy malo.

—Nos lo hemos buscado. Esto es por hacer novillos y por desobedecer a las personas mayores. Yo podía haber sido bueno como Sid, pero no he querido. Si salgo de ésta, iré a la escuela dominical hasta hartarme.

Y como quien no quiere la cosa, empezó a sorber las lágrimas por la nariz.

—¡Dices que has sido malo! —suspiró Huck, sorbiendo a su vez—. A mi lado, resultas un santo. ¡Dios mío, si tuviera la mitad de tu suerte!

Tom, atragantándose, repuso:

—¡Mírale, Huck! ¡Está vuelto de espaldas a nosotros!

Huck miró y el corazón le saltaba de gozo.

—¡Es verdad! ¿Estaba así antes?

—Sí; pero yo estaba tan asustado que no me di cuenta. ¡Qué alegría! Y ahora, ¿por quién será?

El aullido cesó y Tom aguzó el oído.

—¡Chisss!... ¿Qué es eso?

—Parecen gruñidos de cerdo. No, no, es alguien que ronca.

—¡Es posible! ¿Hacia dónde suena, Huck?

—Yo creo que suena en la otra punta. Mi padre dormía allí a veces, con los cerdos, y sus ronquidos levantaban todo cuanto había en el suelo. Pero yo pienso que no volverá nunca por este pueblo.

De nuevo se despertó en los chicos la sed de aventuras.

—¿Te atreverías, Huck, si voy delante?

—La verdad es que no me hace demasiada gracia. ¡Si fuera el Indio Joe!

Tom, amilanado al principio, se dejó, al fin, llevar por la tentación. Decidieron emprender la aventura con la intención de salir corriendo en el caso de que cesaran los ronquidos. Uno tras otro, se acercaron de puntillas, cautelosamente;

pero Tom tropezó con un palo, que se partió con un fuerte chasquido. El hombre, gruñendo, se removió un poco y el rostro de Muff Potter quedó iluminado por la luna. Los chicos se repusieron del susto inicial. Sin meter ruido, salieron por un hueco del muro formado por desvencijados tablones y se detuvieron a poca distancia con ánimo de despedirse. En el silencio de la noche resonó de nuevo el aullido agorero. El perro vagabundo, con el hocico apuntando al cielo, se hallaba a pocos pasos del sitio donde yacía Potter.

—¡Es él! —gritaron a un tiempo los niños. Y Huck continuó—: Dicen que un perro vagabundo estuvo aullando alrededor de la casa de Johnny Miller a medianoche hará cosa de dos semanas. Luego se posó en la barandilla del balcón un chotacabras y nadie se ha muerto todavía...

—Sí, pero aunque nadie muriese, Gracia Miller cayó sobre el fogón de la cocina al sábado siguiente y se abrasó toda.

—Bueno, pero no se ha muerto, y dicen que está ya mejor.

—Aguarda un poco y ya verás. Se morirá un día u otro, igual que Muff Potter. Lo dicen los negros, que están muy enterados de todas estas cosas.

Los chicos se separaron pensativos. Cuando Tom trepó por la ventana de su cuarto, apuntaba ya la aurora. Se desnudó con grandes precauciones y durmiose al punto, muy satisfecho de que los de su casa no se hubieran dado cuenta de la escapatoria. Ignoraba que Sid, fingiendo dormir, estaba despierto desde hacía una hora larga.

Al abrir los ojos, Tom se dio cuenta de que era muy tarde. Sorprendido, vio que Sid no se hallaba en la habitación. ¿Por qué razón no le habían llamado, molestándole como de costumbre? Agitado por negros presentimientos, se vistió con rapidez y bajó las escaleras soñoliento y mareado. La familia se hallaba sentada a la mesa, a pesar de que el desayuno había terminado. No oyó ni una sola palabra de reproche, pero sintió que las miradas esquivaban la suya, y al culpable se le heló la sangre en las venas al darse cuenta del silencio y de la grave atmósfera que impregnaba la estancia. Tomó asiento, fingiendo un gesto alegre; vano empeño, ya que nadie le dirigió una sonrisa. En medio del silencio hostil, el corazón le pesaba como si fuera de plomo...

Al cabo de un rato, su tía lo llamó, y él acudió gozoso, con la esperanza de que sólo le aguardaba una azotaina. Tía Polly, llorando, le preguntó si no le daba vergüenza atormentarla en la forma en que lo estaba haciendo, y añadió que, de seguir por la senda de perdición que había emprendido, acabaría matando a disgustos a una pobre vieja que no había sabido corregirle. A Tom se le encogió el corazón, porque esto era mucho peor que los azotes. Llorando, pidió perdón, haciendo mil promesas de enmienda para el futuro. El perdón fue concedido a medias, y el chico sintió que la confianza que imploraba era otorgada con grandes restricciones.

Se marchó demasiado afligido para sentir deseos de venganza contra Sid, lo cual hizo innecesaria la retirada de éste por la puerta trasera de la casa. Se dirigió a la escuela triste y meditabundo, y, una vez allí, soportó con estoicismo, en unión de Joe Harper, los palmetazos de rigor por haber hecho novillos la víspera. El ánimo, invadido por otras pesadumbres, no podía preocuparse de tales fruslerías. Tomó asiento con los codos apoyados en la mesa y la barbilla entre las manos, y se quedó mirando fijamente a la pared con el gesto del que ha llegado al límite del sufrimiento. Sintió bajo el codo una cosa dura, y cambiando con tristeza de actitud, tomó el objeto, lanzando un gran suspiro. Estaba envuelto en un papel, y al desenvolverlo vio, tras suspirar de nuevo, que se trataba del boliche de latón. Fue la gota que hizo rebosar el vaso...

CAPÍTULO XI

La conciencia atormenta a Tom

Al filo del mediodía, el pueblo entero fue sacudido por la espantosa nueva. Sin necesidad del por entonces desconocido telégrafo, la noticia cundió de persona en persona, de grupo en grupo, de casa en casa, con una velocidad que podía competir con la actual telegráfica. De acuerdo con la opinión pública, el maestro dio vacaciones a los chicos. Circulaban rumores de que se había hallado una navaja teñida de sangre junto a la víctima, y alguien la reconocía como perteneciente a Muff Potter. También se decía que un vecino trasnochador había sorprendido a Potter lavándose en un arroyo a eso de la una o dos de la madrugada, y que éste inmediatamente se había escondido. Detalles sospechosos y altamente reveladores, especialmente el del lavado, por no ser costumbre habitual en Muff Potter. Se susurraba también que la población entera había sido registrada con objeto de hallar al asesino, pero que las averiguaciones no habían dado el resultado apetecido —la muchedumbre aspira a acortar el período de investigación para llegar lo más rápidamente posible al veredicto—. Hombres a caballo recorrían los caminos, y el sheriff aseguraba que prenderían al culpable antes de medianoche.

El pueblo entero se dirigió hacia el cementerio, y Tom, una vez disipadas sus congojas, se unió a la muchedumbre, a pesar de que hubiera preferido emprender el camino hacia otro lugar cualquiera. No obstante, una inexplicable atracción lo arrastraba hasta allí. Llegados al camposanto, introdujo su diminuta persona entre la gente para contemplar el macabro espectáculo. Sin duda, había transcurrido una eternidad desde su última visita al siniestro lugar. Alguien lo pellizcó en un brazo, y al volverse sus ojos tropezaron con los de Huckleberry. Ambos miraron hacia otro lado, temerosos de que otra persona hubiera sorprendido el cruce de miradas. Por fortuna para ellos, todo el mundo hablaba y estaba pendiente del dramático cuadro. De todos los labios salían idénticos comentarios:

—¡Pobre muchacho! Si al menos sirviera de lección para los violadores de tumbas; Muff Potter irá a la horca, suponiendo que lo atrapen...

Y el pastor añadió:

—En el castigo se ve palpablemente la mano de Dios.

Tom se estremeció de pies a cabeza; acababa de posar su mirada en el rostro impenetrable del Indio Joe. De pronto, la multitud comenzó a agitarse, y se oyeron gritos de «¡Es él! ¡Es él!» «¡Viene él mismo!»

—¿Quién? ¿Quién viene?

—¡Muff Potter!

—¡Eh! ¡Que se ha detenido! ¡Ahora da la vuelta! ¡Cuidado, no le dejen escapar!

Unos cuantos, encaramados a los árboles, dijeron que no trataba de fugarse, sino que, por el contrario, se le veía perplejo y vacilante.

—¡Qué poca vergüenza! —gritó un espectador—. Sin duda, ha tenido el capricho de dar un vistazo a su obra y no contaba con que estuviera tan concurrido el lugar.

La muchedumbre abrió paso al sheriff, que con ostentación conducía a Potter agarrado por un brazo. La cara del desdichado estaba lívida, y en sus ojos se reflejaba el terror. Cuando se vio delante de la víctima, empezó a temblar como un azorado, y, cubriéndose el rostro con las manos, rompió a llorar.

—¡No he sido yo, amigos! —gritó sollozando—. Os doy mi palabra de honor que no he sido yo.

Alguien chilló:

—Y a ti, ¿quién te ha acusado?

El tiro dio en el blanco. Potter alzó el rostro y miró en torno suyo con una patética desesperanza reflejada en los ojos. Al ver al indio, exclamó:

—¡Oh Joe! ¡Me prometiste que nunca!...

—¿Esta navaja es suya? —preguntó el sheriff, poniéndosela delante.

Potter vaciló y estuvo a punto de caer. Sujetándole, unos cuantos le ayudaron a sentarse en el suelo. Sólo entonces pudo responder:

—Ya me decía el corazón que volviese para recogerla... —se estremeció, agitando las manos en un ademán de vencido—. Dilo tú, Joe, dilo tú. Para qué seguir callando.

Los dos chicos quedaron mudos y boquiabiertos al ver que el cínico embustero declaraba sin inmutarse. No obstante, esperaban que el cielo se abriera y Dios dejara caer un rayo sobre aquella cabeza, admirándose de que se retrasara tanto el golpe. Al darse cuenta de que continuaba vivo, la intención vaga y vacilante de romper el juramento para salvar la vida del mísero prisionero, acabó por disiparse. El infame se había vendido a Satán, y sería un mal asunto entremeterse en las decisiones de un ser tan poderoso.

Entre la multitud resonó una voz:

—¿Por qué no te has marchado? ¿Para qué necesitas volver por aquí?

—No lo pude remediar —gimió Potter—. Quería escapar, pero tuve que volver...

Pocos minutos después, el Indio Joe repetía su declaración al verificarse la encuesta, y como nuevamente jurase, los niños, viendo que el castigo no se abatía sobre la cabeza del malvado, se afirmaron en la creencia de que Joe estaba, en efecto, vendido al diablo. Convertido para ellos en objeto de horror, no podían apartar de su rostro los ojos, y resolvieron vigilarle de noche, con la esperanza de vislumbrar acaso a su diabólico dueño.

Joe ayudó a levantar el cuerpo de la víctima y a cargarlo en un carro; entre la estremecida multitud corrió la voz de que la herida sangraba todavía. Ambos muchachos pensaron que esto pudiera tal vez hacer derivar las sospechas hacia la verdad. No fue así, ya que varios de los presentes aseguraron que Muff Potter estaba a menos de un metro de el cadáver cuando éste sangró[2].

El terrible secreto que torturaba su conciencia perturbó el sueño de Tom durante más de una semana, hasta el punto de que un día mientras tomaban el desayuno, Sid le dijo:

—Das tantas vueltas en la cama y hablas tanto cuando duermes, que me tienes despierto más de la mitad de la noche.

Tom, muy pálido, bajó los ojos.

—Mala señal es ésa —repuso gravemente tía Polly—. ¿Qué es lo que andas maquinando, Tom?

—Nada. Al menos, nada que yo sepa...

La mano le tembló en tal forma, que acabó derramando el café.

—Y, además, ¡dices unas cosas! —continuó Sid—. Anoche mismo gritabas: «¡Es sangre, sangre!» Y lo repetiste varias veces. Luego vociferaste: «¡No me atormentéis más, que ya lo diré!» ¿Qué es lo que tienes que decir?

---

[2] Alude aquí Twain a una creencia muy extendida que se remonta a la Biblia (Génesis 4:10), y que asegura que cuando sangra la herida de un hombre asesinado, el asesino se encuentra cerca.

Todo daba vueltas en derredor de Tom. Afortunadamente, la preocupación se disipó en el gesto de la tía, que de un modo inconsciente vino en ayuda del sobrino.

—La culpa es de ese crimen tan terrible. Yo también sueño con él todas las noches, y a veces, hasta se me imagina que soy yo quien lo ha cometido.

Mary dijo que a ella le sucedía lo mismo, y Sid quedó, al parecer, satisfecho. Tom desapareció con disimulo, procurando que su ausencia no se hiciera sospechosa. A partir de entonces, y durante más de una semana, se quejó de dolor de muelas, para lo cual se ataba por las noches la cara con un pañuelo. Nunca se dio cuenta de que su hermano permanecía al acecho, y que, soltándole el vendaje, escuchaba largo rato. Después, volvía a colocarle el pañuelo en su sitio. Poco a poco fue desvaneciéndose la angustia mental de Tom, y decidió olvidar el dolor de muelas. Es posible que Sid llegara a alguna conclusión oyendo las incoherencias de su hermano, pero, si fue así, encontró más cómodo callar. Tom llegó a pensar que nunca tendrían fin las indagaciones llevadas a cabo por sus compañeros de escuela con referencia a los gatos muertos, y esta preocupación aumentaba sus cuitas. Sid observó que Tom rechazaba el papel de coroner[3] en estas investigaciones, a pesar de su afición al mando de toda nueva empresa. Asimismo notó que jamás actuaba de testigo, y esto le pareció sospechoso; tampoco le pasó desapercibido que Tom mostraba una gran aversión por estos juegos y los rehuía siempre que le era posible. No obstante su silencio, el pequeño no salía de su asombro. Pero como todo tiene fin en este mundo, las encuestas cesaron también y con ellas las torturas que oprimían la conciencia de Tom.

---

[3] Médico forense o autoridad especial encargada de investigar las causas de las muertes violentas ante el Juzgado y en presencia del cuerpo de la víctima. (N. de la T.).

Mientras duró aquella época angustiosa, el chico aprovechó toda clase de coyunturas para llegar hasta la ventana enrejada de la cárcel y a hurtadillas ofrecer al presunto asesino cuantos regalos podía proporcionarle. La prisión consistía en una miserable choza de ladrillo, situada en un pantano, en las afueras del pueblo. Como rara vez estaba ocupada, carecía de guardianes. Las dádivas que el niño otorgaba contribuían a aligerar de peso su conciencia.

La gente de la aldea sentía verdaderos deseos de embrear y emplumar al Indio Joe, mostrándolo de esta guisa a la vergüenza pública por violador de tumbas, pero tan terrible era su fama que nadie se atrevió a tomar la iniciativa y hubo que desistir del proyecto. El Indio se había mostrado hábil al comenzar sus declaraciones con el relato de la contienda, rehuyendo la confesión del robo del cadáver que precedió a la pelea. Por estas razones se consideró más prudente no llevar, por el momento, el asunto ante los tribunales.

CAPÍTULO XII

El gato y el Quita-dolor

Habiendo encontrado un nuevo y grave tema de preocupación, el pensamiento de nuestro héroe fue poco a poco apartándose de sus internas cuitas. Becky Thatcher dejó de acudir a la escuela, y aunque Tom había luchado con su amor propio para tratar de mandarla a paseo, sus esfuerzos resultaron inútiles. De un modo inconsciente, se encontró rondando la casa por las noches, presa de invencible tristeza. La niña estaba enferma; podía morir, y la sola idea le enloquecía. No sentía ya interés ni por la guerra ni por la piratería; la vida le resultaba árida y carente de encantos. Guardó en un rincón el aro y la raqueta, en vista de que no le divertía jugar con ellos. Su tía, preocupada, comenzó a realizar en él toda clase de experiencias farmacéuticas. Era una maniática de los específicos y de los procedimientos nuevos para conservar la salud o restablecerla. En cuanto aparecía algún producto desconocido, ardía en deseos de someterlo a prueba, no en ella misma, que ignoraba la enfermedad, sino en cualquier otro ser que hallase a su mano. Estaba suscrita a la revista *Salud* y a otras publicaciones de índole análoga, y la supina ignorancia que rebosaba de sus páginas era como oxígeno para sus pulmones. Todo cuanto leía acerca de la ventilación, del modo de acostarse por la noche y de levantarse por la mañana, del género de comidas y bebidas, del ejercicio y estado de ánimo necesario a la vida y de las ropas con que es menester cubrir el cuerpo, eran para ella el mismísimo Evangelio. No se daba cuenta de que el último ejemplar de la revista solía contradecir los consejos del número anterior. Con toda su buena fe hacía el acopio de periódicos y de medicamentos, y de un modo inconsciente iba de un lado a otro transportando con ella el infierno. No obstante, se creía un ángel consolador que llevaba el bálsamo infalible a todos los vecinos dolientes.

La hidroterapia era, a la sazón, cosa nueva, y la buena señora consideró el estado de debilidad del sobrino como algo providencial. Cuando despuntaba la aurora, colocaba al niño bajo el cobertizo de la leña y le envolvía en un diluvio de agua helada. Luego lo restregaba con una toalla, y enrollándole en una sábana húmeda, lo metía bajo mantas, haciendo que sudase hasta dejarle el alma limpia, con lo cual, al decir de Tom, «le salían por los poros las manchas que en ella tenía».

A pesar del tratamiento, el muchacho no medraba y se le veía cada vez más amarillento y taciturno. La tía le aplicó baños calientes y de asiento, duchas y zambullidas; pero ninguno de estos remedios surtieron efecto. Entonces apeló, como ayuda a la hidroterapia, a los sinapismos y a alimentar al chico con papillas. Calculó la capacidad del niño como si se tratara de la de un barril, y lo hartó de panaceas curanderiles. Tom mostró una gran sensibilidad ante los procedimientos de su tía, que quedó consternada y decidida a terminar de una vez con tanta indiferencia. Para ello, encargó una buena remesa de un producto nuevo: el Quita-dolor, especie de fuego en forma líquida, que se encargó ella misma de probar, y con el cual quedó encantada. Iluminada por la fe, administró a Tom una cucharada de la medicina, observando con profunda ansiedad los resultados. Éstos no se hicieron esperar: al instante el chico dejó a un lado su melancólica actitud y mostró una tan intensa y desaforada inquietud, que parecía que le habían colocado una hoguera debajo del cuerpo.

Tom sentía que se acercaba la hora de despertar; aquella vida pudiera convenir a su estado especial de ánimo; pero, con todo, resultaba perturbadora por su misma variación. En vista de esto, dio en imaginar diversos proyectos con objeto de encontrar algún alivio, y, finalmente, demostró, hipócritamente, que sentía cierto gusto por el Quita-dolor. Tan a menudo lo pedía, que su tía, cansada, acabó por decirle que lo tomara él mismo, sin pedírselo a ella. De Sid nunca hubiera desconfiado la señora, pero esta vez se trataba de Tom y, por lo tanto, había de vigilar estrechamente la botella. Así pudo convencerse de que el medicamento, en efecto, disminuía, pero no se le ocurrió la idea de que el chico vertía el contenido del frasco por una rendija del piso de la sala.

Un día, estando Tom vertiendo la dosis correspondiente por la grieta, surgió de pronto, el gato amarillo. Era propiedad de su tía, y se acercaba ronroneando, con los ojos fijos en la cucharilla, como si mendigase para que le dieran un poco. Tom lo increpó:

—No lo pidas, Perico, a menos que lo necesites mucho.

Perico pareció comprender.

—Es preferible que estés bien seguro.

El gato aseguraba con el gesto.

—Puesto que lo pides, voy a dártelo, para que no creas que soy un roñoso, pero si luego no te gusta, no culpes a nadie más que a ti mismo.

Perico asintió. Tom le abrió la boca y le vertió dentro el Quita-dolor. El animal saltó en el aire lanzando un grito de guerra salvaje. Luego comenzó a dar vueltas alrededor de la habitación, chocando con los muebles, volcando los tiestos y todo cuanto se ponía por delante. Erguido sobre las patas traseras, danzaba frenéticamente, con la cabeza caída sobre el hombre, y acabó corriendo por toda la casa, esparciendo el caos por dondequiera que pasaba. La tía entró en el momento en que Perico daba el doble salto mortal, y después de un espantable aullido de triunfo, salía disparado por la ventana, arrastrando en su carrera los restos de las macetas. La señora, petrificada por el asombro, miró por encima de las gafas a Tom, que, tendido en el suelo, se descoyuntaba de risa.

—¿Qué le ha sucedido a ese gato?

—No lo sé, tía —contestó el chico.

—¡Qué cosa más extraña! No me explico bien qué ha podido ocurrir...

—Yo tampoco, tía; pero creo que los gatos se ponen así cuando se divierten.

—¿De modo que se ponen así?...

El tono en que hablaba tía Polly escamó un tanto a Tom.

—Pues sí, tía. Al menos, yo lo creo.

—¿De verdad?

—Sí, de verdad...

La señora se agachó y Tom la observaba con el rabillo del ojo y una cierta ansiedad en la mirada. Cuando se dio cuenta de lo que miraba su tía, era ya demasiado tarde: el mango de la cuchara delatora asomaba por debajo de la colcha que cubría la cama. Tía Polly levantó del suelo al chico, agarrándole por una oreja, al mismo tiempo que le propinaba un coscorrón con el dedal.

—Y ahora confiesa qué es lo que te ha impulsado a maltratar en esa forma al pobre animal.

—Me dio lástima, porque... no tiene tías.

—¿Porque no tiene tías, grandísimo majadero? ¡Qué tiene eso que ver!

—Sí tiene que ver, porque de haber tenido una tía, ella misma lo hubiera abrasado vivo. Estaría quemado por dentro, y a ella no le hubiera dado más lástima que si se tratara de un niño...

Tía Polly sintió la angustia del remordimiento. Ahora veía las cosas con claridad: lo que resultaba cruel para un animal, lo era igualmente para un chico. Enternecida, se le humedecieron los ojos, y poniendo la mano sobre la cabeza del sobrino, dijo con dulzura:

—Lo hice, hijo mío, con la mejor intención, y creo que te ha sentado bien.

Tom levantó la mirada hacia el rostro de su tía con un imperceptible gesto de malicia que asomaba a través de su gravedad.

—Ya sé que lo hizo usted con la mejor intención, tía. Lo mismo me ha sucedido a mí con Perico. También a éste le ha sentado muy bien, pues nunca le he visto dar vueltas con tanta agilidad.

—¡Anda, lárgate de aquí, si no quieres que me enfade de nuevo! Y procura ser bueno para que no tengas que tomar más medicinas.

Tom llegó a la escuela antes de la hora, y este hecho tan desusado se venía repitiendo con frecuencia de un tiempo atrás. Aquel día, al igual que los anteriores, quedó vagando por los alrededores de la puerta del patio en vez de ponerse a jugar con sus compañeros. Dijo que se sentía malo, y en realidad, su aspecto confirmaba sus palabras. Fingió mirar en todas direcciones, menos en la única que le interesaba: la carretera. De pronto divisó a Jeff Tatcher: el semblante se le iluminó, pero en seguida apartó la mirada entristecido. Tom se acercó al recién llegado y, desviando hábilmente la conversación, procuró sonsacarle para saber algo de Becky. El chico, atolondrado, no cayó en el cepo. Nuestro héroe continuó en acecho, esperando cada vez que vislumbraba unas faldas revoloteando a lo lejos, y odiando a la que las llevaba porque no era ella... Invadido por la tristeza, entró en la escuela vacía y se sentó, dando rienda suelta a sus lúgubres pensamientos. El corazón saltó en su pecho cuando, de pronto, vio penetrar por la puerta del patio una nueva falda. Tom, igual que un indio bravo, se lanzó con furia a toda clase de excesos: risas, rugidos, persecución de chicos, saltos por encima de la valla aun a riesgo de romperse la crisma, volteretas en que se mantenía en equilibrio con la cabeza en el suelo... En resumidas cuentas, todas las heroicidades imaginables, sin dejar de observar a Becky, con la esperanza de que ésta lo mirase. La chiquilla parecía no darse cuenta de nada. ¿Sería posible que no le viera, que no le dirigiera una sola mirada? Decepcionado por tanta indiferencia, se aproximó a la niña, lanzando el grito de guerra de los indios, y arrebatando a un chico la gorra, la arrojó por encima del tejado. Luego atropelló a un grupo de compañeros, que rodaron por el suelo, y finalmente, cayó de bruces delante de Becky, a la que estuvo a punto de arrastrar en su caída. La niña, vuelta de espaldas, dijo despectivamente:

—¡Puf! ¡Algunos se creen muy listos y maldita la gracia que tienen!

Tom sintió que le ardían las mejillas. De un salto se puso en pie y se marchó avergonzado y entristecido.

CAPÍTULO XIII

Los piratas se hacen a la vela

Desesperado, Tom pensó que había llegado el momento de tomar una resolución. Todo el mundo lo tenía abandonado y nadie le quería, pero acaso se arrepintiesen cuando se diesen cuenta de que lo habían impulsado a un grado extremo de miseria. Quería ser bueno y obrar rectamente y ni eso siquiera le permitían. Solamente pensaban en deshacerse de él forzándole a una vida de crímenes que emprendería, puesto que no le quedaba otro camino.

Lejos ya del pueblo, el tañido de la campana escolar, llamando a la clase vespertina, sonó débilmente en sus oídos. Le ahogaron los sollozos y pensó que nunca más volvería a oír aquel toque familiar. No era suya la culpa; le lanzaban contra su voluntad por el ancho mundo, y, aun perdonándolos, tenía que someterse. El triste pensamiento redobló sus lágrimas y suspiros.

Inesperadamente surgió su gran amigote Joe Harper, torva la mirada y la mente rebosante de sombríos proyectos. Sin duda, se juntaban en aquel momento dos almas unidas por un solo y común pensamiento. Tom, limpiándose las lágrimas con la manga, comenzó a balbucir unas frases en las que expuso su firme decisión de escapar a los malos tratos de su casa. No le querían, y esto le empujaba a andar errante por el mundo, sin intención de volver. No obstante, esperaba que su amigo Joe no le olvidaría nunca.

Éste, sin embargo, se hallaba en las mismas condiciones que él. Su madre le había azotado por haberse comido una crema, y el chico aseguraba que jamás había probado tal manjar y que incluso desconocía su existencia.

Sin duda estaba harta del hijo y deseaba que se fuera. Así, pues, no le quedaba otro remedio que aguantarse y sucumbir al fin.

Continuaron el camino contándose sus respectivas pesadumbres, y convinieron en establecer un puesto de ayuda mutua. Serían como hermanos y no se separarían hasta el momento en que la muerte los librase para siempre de sus infortunios. Después comenzaron a trazar sus planes para el futuro. Joe quería ser anacoreta y vivir de hierbas y mendrugos en una cueva lejana e ignorada para morir, con el tiempo, víctima del frío y de las privaciones. Se avino, sin embargo, a convertirse en pirata, porque Tom le convenció de que una vida consagrada a la aventura ofrecía no pocas ventajas.

Más abajo de San Petersburgo, en un lugar donde el Mississipi tiene poco más de una milla de anchura, existe una isla larga, estrecha y cubierta de espesa vegetación, con un banco poco profundo en la punta y que podía servir como base de operaciones. Eligieron, pues, para sus hazañas la isla deshabitada, situada al otro lado del río, frente a una selva deshabitada. La bautizaron con el nombre de isla de Jackson, pero no pensaron en quiénes podrían ser sus futuras víctimas. Buscaron luego a Huckleberry Finn, quien se les unió de buen grado, pues todas las profesiones le eran por igual indiferentes. Se separaron, conviniendo en reunirse de nuevo a la orilla del río a eso de la medianoche, que era su hora favorita. Habían visto una pequeña balsa, que se proponían apresar, y para lograr sus propósitos traerían anzuelos y cabos, amén de todo aquello que pudiera servirles para sus tenebrosas y secretas hazañas, como convenía a gentes situadas al margen de la ley. Aquella misma tarde se dieron el placer de propagar la noticia de que iba a suceder algo extraordinario, previniendo a los que recibieron la confidencia de que no debían decir nada y esperar.

Al filo de las doce llegó Tom con un jamón y unos cuantos víveres, deteniéndose en el pequeño acantilado que dominaba el lugar de la cita. La noche estaba tranquila y en el cielo lucían las estrellas; el río caudaloso murmuraba como un océano en calma. Tom escuchó un momento: ningún ruido turbaba la quietud. Lanzó un agudo y prolongado silbido, al cual contestó, bajo el acantilado, otro semejante. Dos veces más silbó, y su señal fue contestada de idéntico modo. Se oyó una voz sigilosa:

—¿Quién vive?

—¡Tom Sawyer, el Tenebroso Vengador del continente español! Decid quiénes sois...

—Huck Finn, el Manos Rojas, y Joe Harper, el Terror de los Mares.

Tom les había adjudicado estos títulos, entresacados de su literatura favorita.

—Está bien. Decid la contraseña.

En el silencio de la noche sonaron dos voces roncas y apagadas que murmuraron la palabra espeluznante:

—¡Sangre!

Tom deslizó al jamón por el acantilado yendo detrás, no sin dejar en el camino parte de la ropa y de su mismo pellejo. Una senda fácil corría a lo largo de la orilla, pero carecía de dificultades y peligros, tan imprescindibles a un pirata. El Terror de los Mares llegaba abrumado bajo el peso de una loncha de tocino. Manos Rojas había hurtado una cazuela y una hoja de tabaco a medio secar, además de unas mazorcas de maíz. El único que fumaba y mascaba tabaco entre los piratas era él. El Tenebroso Vengador era partidario de no lanzarse en busca de aventuras sin llevar fuego. La idea era razonable: en aquel tiempo apenas se conocían los fósforos. Pero en una balsa próxima vieron un poco de rescoldo y sigilosamente se apoderaron de unos tizones. Para que la aventura resultara más imponente, a cada paso que daban murmuraban un ¡chisss! misterioso y se detenían llevándose un dedo a los labios y haciendo como si empuñasen imaginarias dagas. De pronto, con voz tenebrosa, sonaba una orden y alguna frase suelta; el enemigo se movía y había que hundirle el arma hasta las cachas por aquello de que los muertos no hablan... Sabían que los tripulantes de la balsa estaban en el pueblo con objeto de divertirse y de abastecerse de provisiones, pero esto no les impedía realizar sus hazañas al estilo de los grandes piratas. Bajo las órdenes de Tom se apoderaron de la balsa. Huck empuñaba el remo de popa y Joe el de proa. Tom, erguido en medio de la embarcación, con los brazos cruzados y la mirada sombría, dictaba con voz imperiosa:

—¡Orza y cíñete al viento!

—¡Ya está!

—¡Firme! ¡Firmeee!

—¡Yaaa!

—¡Marca el rumbo!

—¡Ya está, señor!

Como los chicos empujaban la balsa hacia el centro de la corriente, las órdenes resultaban inútiles, dándose sólo por el buen parecer.

—¿Qué aparejo llevamos?

—Vela mayor, gavia y cuarto foque.

—¡Iza las monterillas! ¡Todo el mundo arriba, a las crucetas! ¡Pronto!

—¡Ya! ¡Ya!

—¡A babor! ¡Así, firmes! ¡Así, así!

La balsa traspasó la corriente y los muchachos enfilaron hacia la isla, manteniendo la dirección con los remos.

Durante un breve rato permanecieron silenciosos; la balsa se deslizaba ante el lejano pueblo. Unas luces trémulas lo señalaban, plácidamente extendido, más allá del agua en que se reflejaban las estrellas, inconsciente del gran suceso... El Tenebroso Vengador, con los brazos cruzados, dirigía una última mirada al escenario de sus extintos placeres y recientes desdichas, sintiendo en el alma que ella no pudiera contemplarle en aquel momento, perdido en el mar, afrontando el peligro y la muerte con el corazón sereno y caminando hacia su perdición con una sonrisa amarga en los labios. Con la imaginación trasladaba la isla de Jackson más allá de los límites del pueblo, y aquella última mirada fue dirigida a la vez con ánimo desesperado y satisfecho. Los otros dos piratas extasiados, como el jefe, en una muda contemplación, estuvieron a punto de dejar que la corriente arrastrase la balsa lejos de la isla. Dándose cuenta del peligro, procuraron evitarlo, y hacia las dos de la madrugada la embarcación encalló en el banco, a poca distancia de la punta de la isla.

Los tripulantes desembarcaron su cargamento, en el cual figuraba una vela hecha jirones, que tendieron a manera de cobijo entre los matorrales, con objeto de resguardar las provisiones. En cuanto a ellos, dormirían al raso, siempre que hiciera buen tiempo, como corresponde a gente aventurera.

Encendieron una hoguera junto a un tronco caído, cerca de donde comenzaba la espesura del bosque, y para cenar frieron el tocino en la cazuela, gastando la mitad de la harina de maíz. Les parecía milagroso estar allí libres y sin trabas de ningún género en medio de una isla desierta e inexplorada, lejos de todo contacto humano. Jamás se les ocurriría volver a la civilización. Las llamas se alzaban iluminando sus rostros, arrojando su rojo fulgor sobre las columnas del templo formado por los árboles y sobre el tupido follaje de las plantas trepadoras. Cuando se hubieron comido la última rebanada de tocino y terminado toda la harina, se tendieron sobre el césped, rebosantes de dicha. Pudieron haber elegido un lugar más fresco, pero no querían privarse de un espectáculo tan romántico como la esplendorosa fogata del improvisado campamento.

—¿Verdad que esto es muy divertido? —comentó Joe.

—¡De primera! —repuso Tom—; ¿Qué dirían nuestros amigos si nos viesen?

—¿Que qué dirían? Se morirían de envidia por no estar con nosotros. ¿No es cierto, Huck?

—Puede que sí —repuso éste—. A mí me gusta, y no necesito más. Me dan poco de comer, generalmente, y, además, aquí no pueden venir para pegarme y reventarme.

—A mí también me agrada esta vida —prosiguió Tom—. No tengo que levantarme temprano, ni ir a la escuela, ni lavarme, ni hacer ninguna de esas majaderías. Ya ves, Joe: un pirata no tiene nada en qué ocuparse cuando está en tierra, pero un ermitaño tiene que rezar mucho y, como está siempre solo, no puede divertirse.

—Es cierto, aunque nunca había pensado en ello. Ahora que he hecho la prueba, prefiero ser pirata.

—Tú ves que la gente no busca a las anacoretas en estos tiempos, como sucedía antiguamente; pero, en cambio, los piratas están bien vistos. Además, los ermitaños tienen que dormir en sitios duros y se ponen en la cabeza ceniza y una tela de saco, y si llueve, no les queda otro remedio que mojarse.

—¿Para qué se ponen ceniza y una tela de saco? —preguntó Huck.

—No sé, pero es la costumbre. Tú también tendrías que hacerlo.

—¡Vamos, anda!

—¿Pues qué harías entonces?

—No lo sé; pero eso, desde luego que no.

—No tendrías más remedio, Huck. ¿Tú cómo te las arreglarías?

—No podría aguantarlo; me escaparía.

—¡Escaparte! ¡Vaya un anacoreta! ¡Qué vergüenza!

Manos Rojas callaba, porque estaba ocupado en agujerear una mazorca que servía de cazoleta clavando en ella un tallo hueco. Una vez encendida la pipa, lanzó al aire una nube de humo fragante. Los otros piratas le contemplaban con cierta envidia y resolvieron entregarse también al voluptuoso vicio.

—¿Cuáles son las obligaciones de los piratas? —indagó Huck.

A lo cual Tom respondió:

—Pues pasarlo lo mejor que puedan, apresando barcos y quemándolos, tomando dinero y enterrándolo en su isla y matando a todos los tripulantes.

—Y llevando a las mujeres a la isla —interrumpió Joe—, porque a las mujeres no las matan.

—No —asintió Tom—. No las matan porque son muy caballeros. Y, además, porque las mujeres son siempre preciosísimas.

—¡Y llevan vestidos lujosos! Todos de oro, plata y diamantes —añadió Joe.

—¿Quién lleva esos vestidos? —preguntó Huck.

—¡Quién ha de ser! Los piratas.

Huck dirigió una mirada lastimera a su atuendo.

—Me parece que esta ropa no es la más apropiada para un pirata —dijo con patético desconsuelo en la voz—. Pero es lo único que tengo...

Los otros intentaron consolarle diciendo que los trajes lujosos llovían del cielo tan pronto dieran comienzo sus aventuras. Sus míseros harapos bastarían al principio, a pesar de que los piratas ricos tenían costumbre de estrenarse con un guardarropa apropiado.

Poco a poco fue cesando la conversación, y cerrándose los ojos de los pequeños aventureros. La pipa se deslizó entre los dedos de Manos Rojas, que se quedó dormido con el sueño del que tiene la conciencia limpia y el cuerpo fatigado. Pero ni el Terror de los Mares ni el Tenebroso Vengador del continente hispánico pudieron conciliar fácilmente el sueño. Tumbados y en voz baja dijeron sus oraciones, porque nadie les obligaba a recitarlas en voz alta y de rodillas. Tentados estuvieron de suprimir la plegaria, pero no se atrevieron, temerosos de que los fulminase un rayo del cielo. Al borde mismo del sueño, sobrevino la conciencia, como un intruso dispuesto a no dejarlos caer en él. Pensando en lo mal que habían procedido al escaparse de sus domicilios, un vago remordimiento les torturaba. Después se acordaron de los comestibles robados, y el tormento y la angustia fueron creciendo. Intentaron consolarse con el recuerdo de otras golosinas hurtadas a sus familias, pero la conciencia no se calmaba con tales argumentos. El mero hecho de apoderarse de una manzana no era robar, sino simplemente tomar prestado, mientras que escamotear el jamón y el tocino era un delito de robo contra el cual existía un mandamiento en la Biblia. En vista de ello, resolvieron en su fuero interno que, aun siendo piratas, jamás volverían a envilecerse con un crimen tan bochornoso como el robo. Una vez tomada esta resolución, la conciencia les concedió una tregua que permitió a los inconsecuentes piratas conciliar tranquilamente el sueño.

CAPÍTULO XIV

El campamento alegre de los filibusteros

Tom despertó a la mañana siguiente preguntándose dónde estaba. Incorporose frotándose los ojos y se dio cuenta, al fin, de todo cuanto le rodeaba. El alba húmeda y lechosa producía una deliciosa sensación de paz y de reposo; en medio del silencio del bosque todo permanecía en serena calma. No se movía una hoja; ningún ruido turbaba el recogimiento de la Naturaleza. Gotas de rocío temblaban en las hojas y en la hierba; una capa de ceniza cubría el rescoldo y en el aire se alzaba, recta, una tenue espiral de humo azulado. Joe y Huck no habían despertado todavía.

Muy lejos, en el bosque, resonó el canto de un pájaro; otro le respondió, y momentos después, se percibía claramente el martilleo de un picamaderos. Poco a poco el aire gris e indeciso del amanecer fue haciéndose más claro; los sonidos aumentaban y la vida surgía. El esplendor de la Naturaleza, que, sacudiendo su letargo, comenzaba a moverse, se mostró ante los ojos asombrados del niño pensativo. Una diminuta oruga verde se arrastraba sobre una hoja húmeda de rocío levantando parte de su cuerpo y olisqueando en derredor para luego continuar su camino. Al decir de Tom, estaba tomando sus medidas, y cuando se dirigió hacia él, el chico permaneció sentado e inmóvil como una estatua, esperanzado o pesimista, según los pasos del animalito, que unas veces iba hacia donde él se hallaba y otras apuntaba a cualquier otro sitio. Durante unos minutos angustiosos la oruga pareció reflexionar con el cuerpo curvado en el aire. Después se encaramó decididamente sobre una pierna de Tom, sin duda con el propósito de emprender un largo viaje por ella. El corazón le brincó de alegría dentro del pecho; aquello era indicio de que iba a tener muy pronto un traje nuevo, que sería, casi con seguridad, un deslumbrante uniforme de pirata. Una procesión de hormigas comenzó afanosamente sus tareas; una de ellas pasó llevando penosamente a cuestas una araña muerta mucho mayor que ella, y con su pesada carga comenzó a trepar por un tronco. Una mariquita moteada de negro subió por un tallo arriba, y Tom, inclinado sobre ella, le dijo:

Mariquita linda,
a tu casa vuela;
tu niño está solo,
la casa se quema...

La mariquita levantó el vuelo y se marchó, lo cual sorprendió al muchacho, que sabía de antiguo lo crédulo que era el insecto, y se había divertido más de una vez a costa de su simplicidad. Poco más tarde llegó un escarabajo empujando su bolita con enérgica tenacidad, y Tom lo tocó con el dedo para verle encoger las patas y hacerse el muerto. Los pájaros cantaban con alegre algarabía, y el llamado burlón, posado en un árbol, imitó el canto de sus compañeros con entusiasmo, mientras que un grajo se abatía como una llamarada sobre una rama y, torciendo la cabeza a uno y otro lado, miraba a los intrusos con una mezcla de ansia y de curiosidad. Una ardilla gris pasó inquieta y veloz, y se sentaba de cuando en cuando para examinar a los chicos sin duda porque en su vida había visto un ser humano y, desconociéndolo, le temía. Todo estaba ya despierto; los rayos del sol se introducían como lanzas entre el follaje y las mariposas revoloteaban deslumbradas por la luz.

Tom despertó a sus compañeros y los tres echaron a correr dando gritos. Desnudos, se persiguieron saltando unos sobre otros en el agua transparente, al fondo de la cual brillaba la blanquísima arena. Ni un momento sintieron la nostalgia del pueblo que dormitaba a lo lejos, más allá de la líquida planicie. Una repentina corriente, acaso la ligera crecida del río, había arrastrado la balsa; pero la cosa carecía de importancia, puesto que su pérdida era como quemar el puente que los separaba de la civilización.

Regresaron al campamento frescos y vigorosos, locos de contento y con un apetito voraz que los obligó a reanimar el fuego. Huck descubrió un manantial de agua clara y fresca; con hojas de nogal hicieron un cocimiento para sustituir al café. Mientras Joe preparaba el desayuno cortando grandes rebanadas de tocino, Tom y Huck fueron hacia un recodo del camino y echaron los aparejos de pesca. Antes de que Joe tuviera tiempo de impacientarse, los otros dos estaban ya de vuelta con dos hermosas truchas, un barbo y otros peces habitantes del río. Frieron el pescado con el tocino y se maravillaron del gusto tan exquisito que tenía. Ignoraban que el pez de agua dulce sabe tanto mejor cuanto antes pase del agua a la cazuela, y tampoco se dieron cuenta de lo mucho que en el gusto influye el hambre, el dormir al aire libre, el ejercicio y el baño.

Después del desayuno se tendieron a la sombra, y Huck fumó con delectación su pipa. Luego anduvieron a través del bosque en viaje de exploración y vieron que la isla tenía aproximadamente tres millas de longitud y un cuarto de anchura, y que la orilla más cercana sólo estaba separada por un estrecho canal. Como cada hora se sumergían en el agua, regresaron al campamento cerca de la media tarde. El hambre no les permitió entretenerse con la pesca, en vista de lo cual almorzaron comiéndose el jamón. De nuevo se tendieron a la sombra y charlaron un rato; pero no tardó la conversación en apagarse, y al cabo cesó por completo. La solemne quietud que emanaba del bosque y la agobiadora sensación de soledad gravitaba sobre el corazón de los niños. Se quedaron serios y pensativos; un vago e indefinido anhelo fue poco a poco tomando forma más precisa, y recordaron con nostalgia sus hogares. Hasta el gran Manos Rojas se acordaba con tristeza de los quicios de las puertas y de los toneles que le servían de refugio. Los tres sintieron vergüenza de su debilidad y ninguno tuvo arrestos para expresar sus sentimientos.

Hacía ya un rato, sin embargo, que habían notado un ruido lejano, vago y extraño; algo así como cuando percibimos el tic-tac de un reloj y no nos damos cuenta exacta de ello. Pero el ruido misterioso iba en aumento y los chicos, incorporados, prestaron atención. Tras de un prolongado silencio, se oyó en la lejanía el retumbar de un trueno sordo.

—¿Qué será? —dijo Joe, faltándole el aliento.

—¿Qué podrá ser eso? —añadió Tom en voz muy baja.

—Eso es un trueno —comentó Huck en tono asustado—, porque si fuera...

—¡Chisss! —suspiró Tom—. Escucha y calla.

Escucharon durante un rato, que se les hizo interminable, y después el mismo fragor de antes resonó en el silencio.

—Vamos a ver qué pasa.

De un salto se pusieron en pie y corrieron hacia la orilla en dirección al pueblo. Apartando los matorrales inspeccionaron el río; la barca de vapor estaba un poco alejada, dejándose llevar por la corriente. Su espaciosa cubierta parecía llena de gente, y otras lanchas bogaban por el agua próximas a la barca; pero los chicos no podían distinguir a los tripulantes. De pronto una gran bocanada de humo salió por un costado de la barca, y conforme iba esparciéndose como una nube perezosa, de nuevo el trueno misterioso hirió sus oídos.

—¡Ya sé lo que pasa! —exclamó Tom—. Alguien se ha ahogado.

—Eso es —repuso Huck—, porque lo mismo hicieron el verano pasado cuando se ahogó Bill Turner. Tiran un cañonazo por encima del río y el cuerpo sube para arriba y flota. También echan panecillos con azogue dentro, y donde hay un ahogado se quedan encima.

—Yo ya lo había oído —dijo Joe—. Pero ¿qué será lo que obligue al pan a detenerse?

—Supongo —repuso Tom— que no es el mismo pan, sino lo que dicen cuando lo tiran.

—¡Pero si no dicen nada! —replicó Huck—. Lo he visto y no chistan palabra.

—Pues a mí me parece raro —dijo Tom—. A lo mejor lo dicen para sus adentros.

Tom tenía razón. Sin duda, un trozo de pan ignorante, a no ser por obra de encantamiento, no podía conducirse de un modo inteligente aunque fuera enviado en misión importante.

—¡No sé lo que daría por estar ahora mismo allí! —exclamó Joe.

—Y yo también —repuso Huck—. Daría cualquier cosa por saber quién ha sido.

Continuaron escuchando sin apartar los ojos del lugar. Una idea reveladora surgió en la mente de Tom, el cual exclamó:

—¡Chicos! ¿Sabéis quién se ha ahogado? ¡Pues nosotros!

Los tres se sintieron héroes. Era un triunfo resonante para los muchachos, a quienes se echaba de menos, por quienes se vestía luto y se derramaban lágrimas. A las familias les remordería la conciencia y vendría un tardío y ya inútil arrepentimiento por haber maltratado a los niños. Pero lo mejor de todo serían las habladurías del pueblo y la envidia de los otros chicos. Resultaba todo ello agradable y, al fin, valía la pena ser pirata.

Al anochecer el vapor emprendió su acostumbrado recorrido y las lanchas desaparecieron. Los piratas regresaron al campamento hinchados de vanidad por la importancia adquirida y por la gran conmoción motivada por su causa. Fueron a pescar de nuevo, guisaron su cena y se entretuvieron en adivinar lo que en el pueblo se estaría diciendo de ellos. La opinión que se forjaban sobre el temor suscitado en las gentes por su desaparición resultaba grata evocada a aquella distancia. Cuando llegó la noche, la charla de los muchachos fue poco a poco extinguiéndose y permanecieron silenciosos contemplando el fuego con el pensamiento lejos de allí. Enfriado el entusiasmo, Tom y Joe no podían apartar de su imaginación la idea de que a sus familias respectivas no les divertiría tanto el juego como a ellos. Surgieron recelos y temores, hasta que por fin, sin darse cuenta, dejaron escapar un suspiro. Tímidamente Joe realizó una disimulada tentativa para ver cómo sus compañeros aceptarían la idea de volver de nuevo a la civilización. Por el momento, precisamente... pero tal vez...

Tom lo abrumó con su sarcasmo, y Huck, que hasta entonces había permanecido silencioso, apoyó la postura de Tom. El miedoso se apresuró a dar explicaciones, procurando salir del mal paso del modo menos infamante. La rebelión quedaba aplastada por el momento.

Conforme avanzaba la noche, Huck, que había dado unas cuantas cabezadas, comenzó a roncar estrepitosamente. Joe se durmió también, y sólo Tom permaneció despierto, apoyado sobre el codo y mirando fijamente a sus amigos. Al cabo de un rato se puso de rodillas y empezó a rebuscar por la hierba iluminada por la oscilante claridad de la hoguera. Examinó con cuidado varios trozos enrollados de corteza de sicomoro y eligió, después de muchas vacilaciones, dos astillas finas y blancas. Agachado junto al fuego escribió en cada una de ellas unas palabras con lápiz. Enrolló una de las tablitas y la introdujo en el bolsillo de su chaqueta; la otra la colocó en la gorra de Joe, apartándola un poco de su dueño. Dejó asimismo en la gorra tesoros de inestimable valor, entre ellos una tiza, una pelota de goma, tres anzuelos y una canica de las buenas, de cristal de verdad. Después, con infinitas precauciones, se deslizó entre los árboles, y cuando juzgó que no podían oírle, echó a correr en dirección al banco de arena.

CAPÍTULO XV

Tom visita clandestinamente su casa

Minutos después Tom, metido en el agua poco profunda, cruzaba el banco hacia la ribera de Illinois. En mitad del canal no le llegaba el agua a la cintura; pero como la corriente le impedía andar, seguro de sí mismo, atravesó nadando la escasa distancia que aún le quedaba por recorrer. Aunque procuraba ir al sesgo de la corriente, ésta lo arrastraba más abajo de lo que él hubiera deseado. Pudo al fin alcanzar la orilla por un lugar bajo que le permitió salir a tierra con facilidad. Introdujo la mano en el bolsillo: allí seguía la corteza escrita, y tranquilo sobre este punto, se puso, con la ropa empapada, en marcha a través de los bosques. A cosa de las diez llegó a un lugar despejado, situado frente al pueblo, y divisó la barca de vapor fondeada al abrigo de los árboles. Todo estaba en quietud bajo el resplandor tembloroso de las estrellas. Bajó a gatas por el terraplén y, mirando a todas partes, trepó por la popa de la barca encaramándose sobre el bote chinchorro. Agazapado bajo el banquillo esperó un rato para cobrar aliento. Sonó la campana cascada y una voz dio la orden de desatracar. El pequeño bote se puso en marcha remolcado por la barca, alzando su proa sobre los remolinos de la estela que iban dejando a sus espaldas. Tom iba contento pensando que era la última travesía que efectuaba la barca aquella noche. Al cabo de un cuarto de hora, las ruedas cesaron de girar y Tom, echándose al agua, nadó en la oscuridad hacia la orilla, tomando tierra un poco lejos, fuera del peligro de posibles encuentros.

Corriendo por callejas poco frecuentadas, salió pronto frente a la valla trasera de su casa. Trepó hasta la ventana de la sala, donde se veía el resplandor de una luz, y observó que allí estaban reunidos su tía Polly, Sid, Mary y la madre de Joe Harper. Estaban sentados junto a la cama, hablando con animación. Tom se dirigió a la puerta y levantó con suavidad la falleba, empujó un poco y sonó un leve chirrido; siguió empujando, temeroso de que los goznes continuasen haciendo ruido. Como vio que podía entrar de rodillas, asomó primero la cabeza y poco a poco pudo pasar el resto del cuerpo.

—¿Por qué oscilará tanto la vela? —preguntó la tía.

Al oír esto, Tom se apresuró a entrar de una vez.

—Me parece que la puerta está abierta; siempre están sucediendo cosas raras... Ciérrala, Sid.

Tom desapareció debajo de la cama. Allí tomó aliento y fue arrastrándose hasta rozar los pies de su tía.

—Pero, como iba diciendo —prosiguió ésta—, no era del todo malo, sino muy travieso. En realidad, nada más que enredador y un poco atolondrado. Discurría como un potro, aunque nunca hacía nada con mala idea, porque no había otro que tuviera mejor corazón...

Y la señora se echó a llorar ruidosamente.

—Pues lo mismo le pasaba a mi Joe. Siempre dando guerra y dispuesto a todas las travesuras; pero sin egoísmo y con un corazón de oro. ¡Y pensar que le di una paliza por comerse la crema, sin acordarme de que yo misma iba a tirarla porque se había estropeado! ¡Nunca más volveré a ver en este mundo al pobre hijo mío, al cual he maltratado!

La señora Harper sollozaba como si el corazón fuera a rompérsele.

—Espero que Tom se encuentre bien allá dónde esté —dijo Sid—. Pero ¡si hubiera sido mejor en ciertas ocasiones!...

—¡Sid! —Tom, sin ver, sintió desde su escondrijo la mirada fulminante de su tía—. ¡Ni una palabra contra Tom ahora que lo hemos perdido sin remedio! Dios lo protegerá, y tú no tienes que hablar. ¡Ay, señora Harper! Me es imposible olvidarle y tampoco puedo tener resignación. Era mi mayor consuelo, a pesar de que me mataba a disgustos.

—El Señor da y el Señor quita. ¡Alabado sea tu santo nombre! Pero es tan espantoso... Este último sábado mi Joe estalló un petardo delante de mis narices, y yo le di un bofetón que lo derribé al suelo. ¡Cómo iba a figurarme entonces que muy pronto...! ¡Ay de mí! Si volviera a hacerlo le acariciaría y hasta le bendeciría por ello.

—Sí, sí. Me hago cargo de su pena, porque sé lo que está usted pasando. Sin ir más lejos, el otro día Tom atracó al gato de Quita-dolor y creí que el animalito tiraba la casa. Y, Dios me perdone, le di con mi dedal al pobrecito que está ya en el otro mundo. Pero está descansando, y sus últimas palabras fueron para reprocharme...

Con el recuerdo, superior a sus fuerzas, la anciana señora no supo ya contenerse. Tom hacía pucheros, más compadecido de sí mismo que de los demás. Sentía el llanto de Mary, que balbuceaba de cuando en cuando una palabra en su defensa. Empezó a tener una más alta idea de sí mismo; pero, con todo, el enternecimiento que le causaba el dolor de su tía le impulsaba a salir de su escondite para inundarla de dicha. Le complacía además la teatralidad de la escena; no obstante, se contuvo y no se movió de su sitio. Siguió escuchando, y comprendió, por lo que decían, que en un principio fue creencia general que los chicos se habían ahogado por bañarse en el río. Después se había echado de menos la balsa y más tarde unos chicos dijeron que los desaparecidos habían amenazado con que en el pueblo se iba a oír algo muy gordo. Los más avisados del lugar, atando cabos sueltos, decidieron que los muchachos se habían escapado en la balsa y que no tardarían en aparecer en el pueblo inmediato. Pero a eso del mediodía se encontró la balsa varada en la orilla del Missouri, lo cual hizo perder toda esperanza; sin duda alguna se habían ahogado, porque, de no ser así, el hambre los hubiera obligado a regresar a sus casas antes del anochecer. Se creía que la búsqueda de los cadáveres había resultado infructuosa porque los chicos debieron de ahogarse en mitad de la corriente, ya que de otro modo, siendo buenos nadadores, hubieran ganado con facilidad la orilla. Era miércoles; si el domingo no habían aparecido los cadáveres, se perdería toda esperanza y los funerales se celebrarían aquella misma mañana. Tom sintió que un escalofrío le recorría la médula.

La señora Harper, sollozando, dio las buenas noches e hizo además de retirarse. Siguiendo un impulso mutuo ambas mujeres se echaron la una en brazos de la otra y, después de un largo llanto que las dejó consoladas, se separaron. Tía Polly se afligió más de la cuenta al despedirse de Sid y de Mary. El primero gimió durante un rato y la niña se fue a la cama llorando a gritos. La vieja señora, arrodillada, rezó con tal fervor y puso tal amor en las palabras dichas con su cascada y temblorosa voz, que Tom prorrumpió en amargo llanto antes de que su tía hubiera terminado la plegaria.

Ésta continuó lanzando suspiros y quejas lastimeras durante mucho rato, agitándose inquieta y dando muchas vueltas en la cama. Tom permaneció inmóvil; cuando la tía quedó un poco sosegada salió de su escondite y, cubriendo con la mano la luz vacilante de la bujía, quedó mirando fijamente a la señora dormida. Compadecido, sacó del bolsillo la tablilla de sicomoro y la colocó junto a la palmatoria. Quedose pensativo, mas de pronto se le iluminó el semblante con la aparición de una idea feliz. Guardó de nuevo la madera en el bolsillo e, inclinándose, besó la marchita faz y salió sigilosamente de la habitación, cerrando con cuidado la puerta.

Volvió al embarcadero, desierto a aquellas horas, y entró decidido en la barca, seguro de que nadie entraría a molestarle, pues aunque la vigilaba un guarda, éste tenía la costumbre de acostarse y dormir toda la noche como una marmota. Desamarró el bote situado a popa y, metiéndose en él, lo impulsó remontando la corriente. Realizando un esfuerzo, y al llegar un poco más arriba del pueblo, fue tomándola al sesgo hasta dar con el embarcadero en la orilla opuesta, maniobra con la cual estaba familiarizado. Tentado estuvo de capturar el bote que, considerado como un barco, podía convertirse en legítima presa para un pirata; pero pensó que se le buscaría por todas partes y acabarían descubriéndolos a ellos. Era, pues, preferible desechar la idea. Saltó a tierra y penetró en el bosque, eligiendo un sitio para descansar un rato. Luchando por no dormirse, se encaminó con paso fatigado hacia la isla. La noche tocaba a su término y era ya de día cuando llegó frente a la barra. Descansó de nuevo mientras esperaba que el sol iluminara el río con su esplendor y se lanzó otra vez a la corriente. Poco después se detuvo, chorreando, a pocos pasos del campamento, y oyó decir a Joe:

—No; Tom es de ley y volverá. Te digo, Huck, que no desertará, porque esto sería una deshonra para un pirata, y Tom es demasiado orgulloso para quedar mal. Algo trae entre manos; pero ¿qué podrá ser?

—Bueno. Las cosas nos pertenecen como sea, ¿no es cierto?

—Casi, casi; pero todavía no. En la tablilla dice que serán para nosotros en caso de que no haya vuelto a la hora del desayuno.

—¡Y aquí está ya! —exclamó Tom irrumpiendo teatralmente en escena.

En un momento prepararon el desayuno, compuesto de tocino y pescado, y mientras lo devoraban Tom relató, engrandecidas y muy adornadas, sus aventuras. Cuando terminó de hablar, los tres héroes, henchidos de orgullo, no cabían en su pellejo. Tom buscó un rincón en sombra para poder dormir tranquilo hasta el mediodía, y los otros dos filibusteros se prepararon para la pesca y las exploraciones arriesgadas.

CAPÍTULO XVI

Las primeras pipas... —«Se me ha perdido la navaja»

Después de comer, la cuadrilla partió en busca de huevos de tortuga. Iban de un lado a otro metiendo palos en la arena, y cuando tropezaban con un sitio blando, se ponían de rodillas y escarbaban con las manos. A veces sacaban cincuenta o sesenta de un solo agujero. Los huevos eran redondos y blancos, un poco más pequeños que una nuez, y con ellos hicieron una magnífica tortilla que les sirvió para la cena de aquella noche y el desayuno del día siguiente.

Luego corrieron como locos por el banco persiguiéndose unos a otros y soltando la ropa por el camino hasta quedar completamente desnudos. La algazara continuó dentro del agua hasta que alcanzaron un lugar más profundo en el que no podían hacer pie, lo que aumentó su alegría y sus gritos. Se echaban agua a la cara, procurando esquivar la ducha, y forcejeaban hasta que el más fuerte lograba chapuzar a su adversario; luego caían juntos, se hundían y volvían a salir resoplando y jadeantes. Fatigados, se tendían en la arena seca y caliente para volver de nuevo a sumergirse. Como su piel desnuda y abrasada por el sol parecía las mallas apretadas de los titiriteros, decidieron jugar al circo; un circo, por supuesto, con tres payasos, ya que ninguno quiso ceder a los demás un papel tan lucido e importante.

Más tarde salieron a relucir las canicas, y con ellas hicieron todas las combinaciones imaginables, hasta que se aburrieron del juego. Joe y Huck volvieron a la natación; pero Tom no se atrevió, porque al tirar los pantalones por el aire perdió la pulsera hecha con escamas de serpiente de cascabel que llevaba a guisa de talismán en un tobillo. Por miedo a que, perdido su tesoro, le acometiera un calambre, no se decidió a volver al agua hasta que no encontró la pulsera. Fatigados y con ganas de descanso, fueron desperdigándose los tres. Melancólicos miraban con ansia, a través del ancho río, hacia el punto donde yacía perezoso el pueblo bajo los rayos del sol. Con el dedo gordo del pie, Tom escribió el nombre de Becky en la arena; sorprendido e indignado por su debilidad, lo borró con presteza. De un modo inconsciente, sin embargo, volvió a escribirlo para borrarlo una vez más. Al fin, y para evitar la tentación, fue a reunirse con sus amigos.

El ánimo de Joe había decaído hasta un extremo en que ya no era posible levantarlo. Añoraba su casa y no podía resistir la tristeza de no volver a ella. Tenía el corazón oprimido y las lágrimas a punto de brotar. Huck y Tom también estaban tristes y desanimados; pero este último luchaba desesperadamente por ocultar su desaliento. Guardaba un secreto que no estaba dispuesto a revelar; pero en caso de que la desmoralización de sus compañeros continuara, se vería obligado a descubrirlo. Así, pues, en tono animoso y decidido, les dijo:

—Apuesto cualquier cosa a que ha habido piratas en esta isla. Deberíamos explorarla de nuevo, porque con seguridad habrán escondido tesoros por aquí. ¿Qué diríais si encontrásemos un cofre apolillado lleno de oro y de plata?

La proposición despertó tan sólo un tibio entusiasmo que se desvaneció enseguida. Tom ensayó nuevos medios para alegrar a los chicos; pero con ninguno obtuvo éxito. Joe, sentado y con fúnebre actitud, hurgaba la arena con un palo. Al fin se decidió a hablar:

—Bueno, chicos; ya es hora de que dejemos esto. Yo quiero irme a mi casa, porque aquí hay demasiada soledad.

—No, Joe; ya te irás acostumbrando poco a poco. Piensa en lo que podemos pescar aquí.

—No me importa la pesca; lo que yo quiero es irme a casa.

—Ten en cuenta, Joe, que aquí se puede nadar mejor que en otro sitio cualquiera.

—No me importa nada. Sobre todo, no me gusta nadar cuando nadie me lo prohíbe. Quiero volver a mi casa.

—¡Canastos! Eres un nene pequeño y quieres ver a tu mamá...

—¡Eso es! Y tú también querrías verla si la tuvieras. ¡El niño lo serás tú!

—Bueno; pues que se vaya el niño llorón con su mamá. ¿No te parece, Huck? ¡Pobrecito! A ti te gusta esto, ¿verdad Huck? Tú y yo nos quedaremos.

Huck asintió de mala gana.

—Mientras viva, no volveré a juntarme contigo —dijo Joe incorporándose—. ¡Eso es! —se alejó refunfuñando y comenzó a vestirse.

—Me tiene sin cuidado —respondió Tom—. Yo tampoco quiero juntarme contigo. Vuélvete a casa y ya verás cómo se ríen de ti. ¡Vaya con el pirata! Huck y yo, que no somos tan llorones, nos quedamos, ¿verdad, Huck? Que se largue si quiere, que a nosotros maldita la falta que nos hace.

No obstante, Tom se alarmó al ver que Joe, con gesto avinagrado, continuaba poniéndose sus ropas. También le resultaba poco tranquilizador el ver que Huck observaba al otro con envidia guardando un ominoso silencio.

De pronto, Joe, sin decir palabra, comenzó a vadear el río, dirigiéndose hacia la orilla de Illinois. A Tom se le encogió el corazón y miró a Huck, que no pudo sostener la mirada.

—También yo quiero irme, Tom —dijo—. Esto se está poniendo cada vez más solitario. Vámonos.

—No me da la gana. Podéis marchar vosotros; yo estoy decidido a quedarme.

—Yo prefiero irme, Tom.

—Pues lárgate. ¿Quién te lo impide?

Huck comenzó a recoger sus ropas dispersas por el suelo. Después, dijo:

—Tom, más valiera que vinieras con nosotros. Piénsalo bien y te esperaremos en la orilla.

—Si contáis conmigo, ya tenéis para rato.

Huck echó a andar tristemente y Tom le siguió con la mirada, sintiendo un irresistible impulso de irse con sus amigos dejando a un lado el amor propio. Tras una breve vacilación, empezó a correr gritando:

—¡Esperadme, que tengo que deciros una cosa!

Los chicos le aguardaron. Llegó jadeante e intentó explicarles su secreto. Los otros dos lo escuchaban de mala gana, hasta que al fin se dieron cuenta. Entonces lanzaron gritos de entusiasmo, diciendo que era espléndido y que, de haberlo sabido antes, jamás hubieran pensado en marcharse. Tom se disculpó; en realidad, el motivo de su tardanza había sido el temor de que ni siquiera el secreto tuviera suficiente fuerza para retener a sus amigos, y por esta razón lo había dejado como último recurso para convencerles.

Los chicos dieron la vuelta y tornaron a sus juegos con entusiasmo, admirados del genio de Tom y alabando su magnífico plan. Tras de una sabrosa comida, compuesta de huevos y pescado, Tom declaró su intención de aprender a fumar. A Joe le sedujo la idea y añadió que a él también le gustaría probar. Así, pues, Huck quedó encargado de llenar las pipas. Los dos principiantes no habían fumado en su vida más que cigarrillos hechos a base de hojas secas que, además de quemar la lengua, resultaban poco varoniles. Tendidos en la arena y reclinados sobre el codo, comenzaron a fumar con brío y con escasa confianza. El humo sabía mal y los obligaba a toser. Tom comentó:

—¡Vaya una cosa! De haber sabido que era tan fácil, hubiera aprendido antes.

—Lo mismo hubiera hecho yo —repuso Joe—. Esto no es nada.

—El caso es —prosiguió Tom— que muchas veces he visto fumar a la gente y pensaba que yo también podría hacerlo; pero nunca se me ocurrió probar.

—Igual que yo, ¿verdad, Huck? ¿No me lo has oído decir mil veces?

—Sí que te lo he oído decir —respondió Huck.

—Y a mí también me lo habrás oído —continuó Tom—. Una vez te lo dije junto al matadero, ¿No te acuerdas? Estaban delante Bob Tanner, Johnny Miller y Jeff Thatcher.

—Sí, sí; fue al día siguiente de perder mi canica blanca. No; fue el día antes.

—¿Lo véis? Huck se acuerda.

—Podría estar siempre fumando en pipa, porque no me marea —dijo Joe.

—Ni a mí tampoco —repuso Tom—. Pero apuesto cualquier cosa a que Jeff Thatcher no es capaz.

—¡Jeff Thatcher! Solamente con dos chupadas se caería redondo. ¡Que haga la prueba y verá!

—Naturalmente. Lo mismo que Johnny Miller.

—Quisiera verle —dijo Joe—. Con sólo olerlo, bueno se pondría...

—Desde luego. Quisiera que los otros chicos nos vieran en este momento.

—Y yo...

—Lo que tenéis que hacer es no decir nada, y un día, cuando estén todos juntos, me acercaré para preguntarte: «¿Tienes tabaco, Joe? Voy a fumarme una pipa». Y tú dices, como quien no quiere la cosa: «Sí, tengo mi pipa vieja y otra; pero el tabaco es malo». Y yo te respondo: «¡Bah! Con tal de que sea fuerte...». Y encendemos las pipas y verás la cara que ponen...

—¡Caramba! ¡Eso sí que está bien! ¡Lástima que no pueda ser ahora mismo, Tom!

—Sí; es una lástima. Y cuando sepan que aprendimos cuando estábamos pirateando, se morirán de envidia.

Continuaron la charla, que poco a poco empezó a decaer. Los silencios se prolongaban y las toses aumentaban con rapidez. Los labios de los chicos eran un surtidor de saliva que apenas podían contener. A pesar de sus esfuerzos, les desbordaba a través de la garganta, y este continuo fluir les producía repetidas náuseas. Los dos chicos estaban pálidos y abatidos y las pipas se les escurrían entre los dedos.

De pronto Joe exclamó con voz apenas perceptible:

—Se me ha perdido la navaja y creo que debo ir a buscarla.

Y Tom, tembloroso, tartamudeó:

—Déjame que te ayude. Tú te vas por allí y yo buscaré junto al arroyo... No vengas, Huck; no nos haces ninguna falta.

Huck los esperó durante una hora; pero sintiéndose muy solo marchó, al fin, en busca de sus compañeros. Los encontró en un lugar apartado del bosque muy pálidos y profundamente dormidos. Había señales a su alrededor de que, molestos por algo, habían acabado por desembarazarse de ello.

Hablaron poco a la hora de la cena. Su gesto era humilde, y cuando Huck agarró la pipa y se disponía a preparar las de ellos, se disculparon diciendo que no se sentían bien. Sin duda había comido algo que les había hecho daño.

A medianoche Joe despertó y llamó a sus dos compañeros. Flotaba en el aire una angustiosa opresión, como si algo insólito fuera a suceder. Los chicos, apiñados, se arrimaron al fuego, a pesar del calor sofocante, y permanecieron sin moverse sobrecogidos en anhelosa espera. Más allá del resplandor de la hoguera las cosas desaparecían tragadas por la oscuridad. Una luz repentina iluminó los árboles y se extinguió enseguida. Poco después sobrevino otra más intensa y se oyó luego como un débil lamento que pasaba entre el follaje del bosque. Los chicos sintieron algo parecido a un tenue soplo sobre sus rostros y se estremecieron imaginando que el espíritu de la noche había pasado sobre ellos. Tras una breve pausa, un inmenso resplandor convirtió la noche en día, permitiendo distinguir las diminutas hierbas y las caras de los chicos, lívidas y asustadas. Un espantoso trueno retumbó por el cielo y se perdió, con sordo fragor, en la lejanía. Una bocanada de aire frío agitó las ramas y esparció, como si fueran copos de nieve, la ceniza del fuego, Un nuevo relámpago iluminó la selva y el estallido de un trueno pareció desgajar las copas de los árboles sobre las cabezas de los niños; los tres se abrazaron aterrados por la densa oscuridad, en que todo volvió a sumergirse. Gruesas gotas de lluvia golpearon con fuerza las hojas y la tierra.

—¡A escape, chicos! ¡Corramos a la tienda! —exclamó Tom.

Echaron a correr, tropezando en las raíces y en las lianas. Un huracán furioso rugía entre los árboles; los truenos y relámpagos se sucedían sin tregua y la lluvia torrencial caía como una líquida sábana. Los chicos se llamaban a gritos; pero el bramido del viento y el retumbar de la tormenta ahogaban sus voces. Al fin llegaron a la tienda ateridos, temblando de miedo y empapados de agua, pero gozosos de estar juntos. La violencia con que aleteaba la maltrecha vela les impedía hablar, hasta que, convertida en jirones, fue arrastrada por el ciclón. Los chicos, tomados de la mano, arañándose y dando tumbos, fueron a guarecerse bajo un roble que se erguía a la orilla del río. La tempestad había llegado a su punto culminante. Bajo la incesante llamarada de los relámpagos todo se destacaba crudamente y sin sombras: los árboles vencidos, el río ondulante cubierto de blanca espuma que el viento arremolinaba... Vagamente las líneas de los promontorios y acantilados de la orilla opuesta se vislumbraban a través del agitado velo de la lluvia... Un árbol gigante se rendía en la lucha y se desplomaba con estruendoso chasquido sobre otros más pequeños, y el fragor incesante de los truenos culminaba en estallidos rápidos, en explosiones que desgarraban el oído y producían indecible espanto. La tempestad, en su supremo esfuerzo, pareció reducir la isla a pequeños fragmentos, incendiándola y sumergiéndola hasta borrarla de su sitio, aniquilando cuanto en ella había. Y mientras tanto, los pobres chicos aguantaban la tormenta a la intemperie, lejos del hogar...

Todo tiene fin, y las fuerzas ciegas de la Naturaleza acabaron calmándose entre amenazas y murmullos cada vez más débiles y lejanos. Los chicos pudieron volver al campamento, todavía sobrecogidos de espanto, y al llegar se dieron cuenta de que la suerte les había favorecido. El gran sicomoro no era ya más que una ruina destrozada por los rayos. Por fortuna, en el momento de la catástrofe no estaban ellos bajo su cobijo.

La hoguera estaba apagada y todo el campamento chorreaba agua. Los chicos, muertos de frío, se deshicieron en lamentaciones; pero pronto descubrieron que el fuego había penetrado tanto bajo el tronco que resguardaba la hoguera, que una parte de él había escapado a la mojadura. Tras paciente trabajo y arrimando cortezas de otros troncos, consiguieron reanimarlo. Apilando encima unos cuantos leños secos, surgió de nuevo la hoguera, a cuyo calor se les alegró el corazón. Sacaron el jamón cocido y se dieron un banquete; después, sentados en torno del fuego, comentaron, agrandándola, su aventura nocturna, y así, sin poder dormir por no haber sitio seco, charlaron hasta que apuntó el día.

El sol, acariciando a los chicos con sus rayos tibios, los sumió en tal dulce somnolencia, que tuvieron que refugiarse en el banco de arena para dormir. El sol les abrasó la piel, y mohínos y cabizbajos se pusieron a preparar el desayuno. Tenían las articulaciones anquilosadas y sentían la nostalgia de sus hogares. Tom se dio cuenta de ello e intentó reanimar a sus compañeros lo mejor que pudo. Pero ni las canicas, ni el circo, ni siquiera la natación consiguieron reanimarlos. Recordó el secreto, y esto avivó un poco el interés y la alegría perdida. Y antes de que se desvaneciese propuso renunciar a la piratería y convertirse en indios. La nueva idea los sedujo; desnudándose con rapidez, se pintaron con barro unas franjas transversales en tal forma, que parecían cebras. Los tres chiquillos, erigidos en jefes, galoparon a través del bosque para atacar un poblado de colonos ingleses. Divididos en tres tribus hostiles y emboscados disparaban flechas los unos contra los otros, todo ello acompañado de espeluznantes gritos de guerra, de matanzas y de cabelleras arrancadas a millares. Fue una jornada sangrienta, de la cual salieron altamente satisfechos.

Se reunieron de nuevo en el campamento a la hora de cenar, hambrientos y dichosos. Pero surgió un serio obstáculo: los indios enemigos entre sí no podían comer juntos sin hacer antes las paces, y esto resultaba imposible si antes no fumaban en compañía la pipa de la paz. Era el único procedimiento que ellos conocían. Dos de los salvajes estaban pesarosos por haber abandonado la piratería; pero como la cosa no tenía ya remedio, disimularon su decepción y pidieron alegremente la pipa que les correspondía, dando su chupada por turno, de acuerdo con el rito establecido.

No quedaron descontentos por haberse dedicado al salvajismo, pues vieron que el tabaco les mareaba menos y que podían fumar un poco sin tener que recurrir al subterfugio de las navajas perdidas. Después de todo, aquel deporte prometía esperanzas más que halagüeñas. Después de la cena prosiguieron con prudencia sus ensayos, y el éxito no pudo ser más lisonjero. Transcurrió la velada felizmente, sintiéndose más orgullosos de su nuevo aprendizaje de lo que lo hubieran estado de mondar las cabezas de las tribus de las Seis Naciones. Dejémoslos fumar, charlar y fantasear a sus anchas, puesto que por ahora no nos hacen ninguna falta.

CAPÍTULO XVII

Los piratas asisten a su funeral

No sonaban risas en el pueblo durante aquella tarde del sábado. La familia de los Harper y de tía Polly vestían de luto entre lágrimas, y una gran calma se extendía sobre la aldea, tranquila de ordinario. Las gentes atendían a sus quehaceres con aire ausente; se hablaba poco y, en cambio, se suspiraba con frecuencia. Las vacaciones del sábado pesaban sobre los chiquillos, que jugaban sin entusiasmo hasta que poco a poco fueron dejando de lado los juegos.

Por la tarde, y sin darse cuenta, Becky se encontró paseando por el patio, a la sazón desierto, de la escuela. «¡Quién tuviera —pensaba— el boliche de cobre! No me ha quedado nada, ni el más pequeño recuerdo». Reprimiendo un sollozo, se detuvo y continuó su soliloquio: «Fue aquí, justamente. Si volviera a suceder, no le diría que no, por nada del mundo. Pero se ha marchado para siempre y no le veré más...».

Se alejó llorando, sin rumbo fijo. Un grupo de amigos de uno y otro sexo miraban por encima de la empalizada y hablaban en tono reverente del modo como Tom había realizado esto y lo de más allá la última vez que ellos le vieron. También Joe había dicho cosas que ahora, como podía verse, resultaban tristísimas profecías. Cada uno señalaba el lugar preciso en que estuvieron los ausentes en determinado momento:

—Yo estaba aquí, igual que estoy ahora, y tú imagina que fueras él. Entonces, él se rió así, y a mí me pasó una cosa por todo el cuerpo. Yo no sabía lo que era, pero ahora lo veo bien claro...

Se enzarzaron en una discusión sobre cuál de ellos fue el último que vio vivos a los chicos. Todos se atribuían el privilegio, exponiendo imaginarias pruebas, y cuando, por fin, lograron ponerse de acuerdo sobre quiénes fueron los privilegiados, éstos adoptaron un gesto solemne e importante que causó la admiración y envidia de sus amigos. Un chicuelo, no teniendo de qué envanecerse, dijo con manifiesto orgullo al evocar el recuerdo:

—Pues a mí, Tom Sawyer me pegó de lo lindo un día.

Como todos, más o menos, se habían pegado con Tom, el honor carecía de importancia.

A la mañana siguiente, una vez terminada la clase en la escuela dominical, la campana de la iglesia, en lugar de voltear como de costumbre, comenzó a doblar tristemente. En el aire quieto del domingo el fúnebre tañido se ponía a tono con el sosiego de la Naturaleza. La gente del pueblo, reunida en el atrio, cuchicheaba comentando el triste suceso. Dentro de la iglesia reinaba el silencio y sólo el roce de los vestidos femeninos turbaba el recogimiento. Nadie recordaba una concurrencia tan numerosas como la congregada allí aquel día. Por fin, tras de una pausa llena de expectación, entró tía Polly seguida de Sid y Mary, e inmediatamente la familia Harper, todos vestidos de negro. Los fieles, incluyendo entre ellos al anciano pastor, se levantaron, permaneciendo en pie hasta que los enlutados tomaron asiento en el banco que les correspondía. Hubo un silencio emocionante, interrumpido por algún ahogado sollozo. El pastor, con las manos extendidas, comenzó a orar. Cantando el himno, que resultó conmovedor, el sacerdote anunció el tema del sermón: «Yo soy la resurrección y la vida».

En el curso de la plática trazó el buen padre una acabada pintura de las cualidades y excelentes dotes morales que poseían los tres desaparecidos. Tanto y tan bueno dijo, que cuantos lo escuchaban, impresionados por la fiel evocación, sintieron agudo remordimiento al recordar su obstinación en cerrar los ojos ante virtudes tan excelsas, y en haberlos abierto demasiado para ver faltas y defectos en las pobres criaturas. El pastor relató asimismo muchos y enternecedores rasgos que mostraban la ternura y generosidad de los muertos, viéndose con claridad virtudes que las gentes habían considerado hasta entonces como insignes picardías merecedoras de castigo. La emoción del público, llegada a un punto culminante, se unió a la de la familia de las víctimas, y hasta el anciano pastor lloraba, sin poder contenerse, desde el púlpito.

Un crujido resonó en la tribuna, pero tan leve, que nadie se apercibió de ello. Poco después rechinó la puerta, y el pastor, alzando los ojos lacrimosos por encima del pañuelo, se quedó de una pieza. Las miradas del público siguieron la dirección de las del sacerdote y, como movidos por un solo impulso, la gente se levantó al mismo tiempo que los difuntos avanzaban, uno detrás de otro, por la nave de la iglesia. Tom iba a la cabeza del grupo; Joe le seguía, el desgraciado Huck, harapiento, huraño y tímido, cerraba la marcha. Habían permanecido escondidos en la tribuna, por lo común cerrada, escuchando el fúnebre panegírico.

Tía Polly, Mary y los Harper se arrojaron sobre los resucitados, colmándolos de caricias y de bendiciones, mientras el pobre Huck, abochornado, no sabía qué hacer ni dónde esconderse para escapar a las miradas hostiles.

Vacilante, se disponía a dar la vuelta y escabullirse, cuanto Tom, agarrándole por un brazo, dijo:

—Esto no es justo, tía Polly. Alguien tiene que alegrarse porque haya aparecido Huck.

—¡Claro que sí! Yo me alegro de veras al ver a este pobre que no tiene madre.

Tía Polly, al abrumarle de mimos y caricias, no consiguió sino aumentar su azoramiento. De pronto se oyó la voz del pastor que gritaba con toda la fuerza de sus pulmones:

—¡Alabado sea Dios, por Quien todo bien nos es concedido! Ahora, cantad todos, y poned vuestra alma en el canto.

Y así fue. El himno se elevó, sonoro y triunfal, retumbando en la iglesia y haciendo trepidar las vigas. Tom Sawyer, el pirata, extendió la mirada en torno y vio los rostros infantiles devorados por la envidia. Se sintió orgulloso y consideró que había llegado el momento de más importancia de su vida. A la salida, los engañados fieles se decían unos a otros que en realidad valía la pena el ridículo con tal de oír por segunda vez el himno cantado en forma tan patética.

Tom recibió aquel día —según el tornadizo humor de tía Polly— más coscorrones y besos que los que corrientemente solía ganarse en un año. Al fin, dudaba sobre cuál de los dos procedimientos expresaría mayor agradecimiento a Dios y más amor hacia su propia persona.

CAPÍTULO XVIII

Tom descubre su sueño secreto

El gran secreto de Tom era éste: regresaría con sus compañeros piratas y asistirían a sus propios funerales. En la tarde del sábado se deslizaron hasta la orilla del Missouri montados sobre un tronco y desembarcaron a cinco o seis millas de distancia del pueblo. Durmieron en el bosque, muy cerca del poblado, hasta el alba, y a esa hora se escurrieron por callejas desiertas para terminar su interrumpido sueño en la tribuna de la iglesia, entre un montón de bancos destrozados.

El lunes por la mañana, a la hora del desayuno, tía Polly y Mary se deshacían en amabilidades con Tom, poniendo un verdadero empeño en servirle. Después de mucho hablar dijo la tía:

—La verdad, Tom, es que ha sido una broma pesada el habernos tenido pasando tan malos ratos durante casi una semana, mientras vosotros os divertíais en grande. Realmente, tienes un corazón de piedra, porque si has podido venir montado sobre un tronco para ver tu funeral, podías haberte acercado del mismo modo para que yo viera que vivías y que te habías escapado.

—Es cierto, Tom —repuso Mary—, y con seguridad lo hubieras hecho de haber pensado en ello.

—¿De veras, Tom? —continuó la tía con gesto de ansiedad—. ¿Lo hubieras hecho así?

—Pues no lo sé, porque tal vez lo hubiera echado todo a perder.

—Creí que me querías un poco más. Me hubiera conformado si solamente hubieses pensado en ello.

El chico quedó desconcertado ante el dolorido tono de su tía.

—No tiene importancia, tía —arguyó Mary—. Tom es atolondrado, no ve sino lo que tiene delante y nunca se acuerda de nada.

—Es lo peor de todo. Sid hubiera reflexionado y, además, hubiera venido. Algún día te acordarás de mí, cuando tal vez sea demasiado tarde, y entonces lamentarás no haberme querido un poco.

—Ya sabe usted, tía, que yo la quiero.

—Mejor me lo demostrarías si te comportases de otra manera.

—Realmente, es una lástima que no lo pensara —contestó el chico en tono compungido—. Pero, de todos modos, he soñado con usted, y esto ya es algo.

—A mí no me parece mucho, porque lo mismo hubiera podido soñar el gato. Pero, en fin, más vale eso que nada. ¿Y qué es lo que soñaste?

—Pues la noche del miércoles soñé que estaba usted sentada ahí mismo, junto a la cama, Sid al lado del cajón de la leña y Mary muy cerca de él.

—Tiene gracia; así nos sentamos siempre. Me alegro de que al menos en sueños te preocupes de nosotros.

—También soñé que la madre de Joe estaba aquí.

—¡Es verdad! Y ¿qué más soñaste?

—Muchas más cosas, pero ya casi no me acuerdo.

—Bueno, pues trata de acordarte. ¿Puedes o no?

—Me parece que el viento..., que el viento apagó la...

—Procura hacer memoria. ¿Qué es lo que el viento apagó?

Tom apretó la frente con las manos; la familia estaba pendiente de sus palabras. Al fin, dijo:

—¡Ya lo sé! ¡Ya lo sé! El viento apagó la vela.

—¡Dios nos ampare! Sigue, Tom, sigue...

—Un momento... Por favor, un momento... ¡Ah, sí! Dijo usted que la puerta estaba abierta.

—¡Tan verdad como que estoy aquí sentada es que lo dije! ¿No es cierto, Mary? Continúa.

—Y entonces, entonces... No estoy seguro, pero creo que le dijo usted a Sid que fuera y...

—¿Qué? ¿Qué fue lo que le mandé?

—Le mandó... Le mandó usted cerrar la puerta.

—¡Válgame el Señor! En mi vida oí cosa semejante. Ahora no me vengáis con que los sueños son mentira. Enseguida he de contárselo a Sereny Harper. Quisiera ver lo que dice ahora cuando hable de las supersticiones. Anda, Tom, sigue.

—Lo veo ya claro como la luz del día. Dijo usted que yo no era malo, sino travieso y atolondrado, y que tenía el mismo juicio que un potro.

—¡Eso es! ¡En el nombre del Padre! ¿Qué más, Tom?

—Luego se echó usted a llorar.

—Exactamente. Aunque, desde luego, no lo hacía por primera vez. Después, ¿qué?

—Después, la madre de Joe lloró también, y dijo que su hijo era igual que yo, y que estaba muy arrepentida por haberle dado unos azotes cuando se comió la crema que ella pensaba tirar.

—¡Ay Tom! El Espíritu había descendido sobre ti, y por eso tus profecías eran verdad. ¡Dios mío, Dios mío! Sigue hablando.

—Entonces Sid dijo...

—Me parece que yo no dije nada —interrumpió Sid.

—Claro que dijiste —atajó, rápida, Mary.

—¡Callad los dos y que hable Tom! ¿Qué es lo que dijo Sid?

—Pues que esperaba que no lo pasara mal allá donde había ido. Pero que aquí podía haberme portado mejor.

—¿Lo estáis viendo? Esas fueron sus palabras.

—Y usted le obligó a callar.

—¡Naturalmente! Sin duda, un ángel andaba por aquí. Sí, sí, nada menos que un ángel.

—Y la señora Harper contó que Joe le había asustado con un petardo, y usted recordó lo de Perico y el Quita-dolor.

—Tan verdad como que estoy viva.

—Después se habló de dragar el río para buscar los cadáveres, y de que los funerales se celebrarían el domingo. Ustedes dos se abrazaron llorando y la señora Harper se marchó.

—Todo ello es tan exacto como que estoy sentada en esta silla. No podrías contarlo mejor aunque lo hubieses presenciado. ¿Y qué pasó después?

—Pues me pareció que rezaba usted por mí. Yo la estaba viendo y oía todas sus palabras. Se metió usted en la cama, y yo tomé un trozo de corteza de sicomoro y escribí en ella: «No estamos muertos, sino haciendo de piratas». La coloqué en la mesa, junto a la palmatoria, y como me parecía usted tan buena, ahí dormida, pues me incliné y le di un beso.

—¿De veras, Tom? ¡Ahora te lo perdono todo!

Y estrechó a Tom con fuerza entre sus brazos. El chico, avergonzado, se sintió el más culpable de los villanos.

—Estuvo bien, aunque sólo fuera en sueños... —balbució Sid con voz apenas perceptible.

—¿Te callarás de una vez, Sid? Uno hace en sueños lo mismo que haría estando despierto. Aquí tengo una manzana exquisita que reservaba para ti en el caso de que llegaran a encontrarte. Y ahora, vete a la escuela. Doy gracias a Dios,

Padre de todos nosotros, porque has vuelto, porque es paciente y misericordioso con los que tienen fe y observan sus mandamientos. Soy indigna de sus bondades, pero si solamente los dignos recibieran sus bendiciones y ayuda en las adversidades, pocos serían los beneficiados en este mundo y menos aún los que lograsen alcanzar su bienaventuranza en la eternidad. Ahora, marchad los tres y desapareced de mi vista, que bastante lata me habéis dado.

Los niños se encaminaron a la escuela y la tía fue a visitar a la señora Harper con la intención de aplastar su escepticismo contándole el maravilloso sueño de Tom. A Sid le bullía dentro una idea que tuvo la astucia de ocultar. ¡Sí que era bonito todo ello! Un cuento tan largo y tan perfecto, sin una sola equivocación...

Tom se había convertido en héroe. Ya no iba dando saltos, sino andando con majestad, como correspondía a un pirata en quien todos tenían puestas las miradas. Simulaba no darse cuenta de la atención pública fija en él; pero los comentarios suscitados a su paso eran música que regalaba sus oídos. Llevaba a la zaga un enjambre de chicuelos menores que él, que caminaban orgullosos de verse en tan insigne compañía. Tom toleraba su presencia, igual que hacía el tamborilero cuando iba en procesión o el elefante entrando en el pueblo al frente de una colección de fieras de circo. Los chicos de su edad fingían ignorar lo sucedido, pero se consumían de envidia. ¡Qué no hubieran dado ellos por tener la piel curtida por el sol y una notoriedad tan deslumbrante! Ni siquiera por un circo hubiera el muchacho cambiado su fama...

Los chicos asediaron de tal forma a Tom y Joe cuando éstos entraron en la escuela, y los contemplaron con tanta admiración, que no tardaron nuestros héroes en ponerse insoportables de puro tiesos y engolados. Relataron sus aventuras al asombrado auditorio, historia sinfín dada el calor de sus imaginaciones. Por último, sacaron las pipas y se pasearon ufanamente lanzando grandes bocanadas de humo, alcanzando con esta postrera hazaña la cúspide de la gloria.

Con esto tuvo suficiente Tom, quien decidió prescindir de una vez de Becky Thatcher. Acaso ahora, con la celebridad manifiesta, se rebajara ella hasta hacer las paces. Pues bien: ya se daría cuenta la niña de que a él le era totalmente indiferente. De pronto, apareció, y el chico fingió no verla, uniéndose a un grupo de niños de uno y otro sexo que charlaban con animación. Observó que la chiquilla saltaba y corría de un lado a otro, con la cara encendida y los ojos brillantes, persiguiendo a sus amigas y riendo como una loca cuando atrapaba a alguna. Tom notó que todas sus gracias las realizaba delante de él y que le miraba constantemente con el rabillo del ojo. Aquellas maniobras halagaban su vanidad, tanto, que, lejos de rendirle, aumentaron su desvío hasta el punto de fingir que ignoraba su presencia. La niña dejó de correr y anduvo indecisa por el patio, suspirando y lanzando en dirección de Tom furtivas y ansiosas miradas. Observó que éste charlaba animadamente con Amy Lawrence, y se puso azorada y nerviosa. Quería marcharse y los pies la llevaban, bien a pesar suyo, hacia el grupo que capitaneaba Tom.

Con cierta animación fingida, dirigiose a una niña que se encontraba al lado del ídolo:

—¡Hola, Mary Austin! ¿Por qué no fuiste, grandísima picarona, a la escuela dominical?

—Claro que fui. ¿No me viste?

—No, no te vi. ¿Dónde estabas?

—En la clase de miss Peters, como siempre. Yo sí que te vi.

—¿De verdad? Pues yo a ti no. Quería hablarte de la merienda campestre.

—¡Qué divertido! ¿Quién la organiza?

—Mamá me da permiso a mí y soy yo quien se ocupa de ello.

—¡Qué alegría! ¿Podré ir yo también?

—Claro que sí. La merienda es para mis amigos, y tú vendrás, desde luego.

—Me parece muy bien. ¿Para cuándo es?

—Pronto. Puede ser que para las próximas vacaciones.

—¡Lo que nos vamos a divertir! ¿Piensas convidar a todos los chicos y chicas?

—Sí, a todos los que son amigos míos... o quieran serlo.

Dirigió a Tom una mirada rápida y furtiva, pero éste, sin hacer caso, contaba a Amy la espantosa tormenta que devastó la isla, y cómo un rayo redujo a astillas el inmenso sicomoro, mientras él permanecía allí en pie, a poca distancia del árbol.

—¿Iré yo? —preguntó Gracia Miller.

—Sí.

—¿Y yo también? —esta vez era Sally Rogers.

—Sí.

—¿Podremos ir Joe y yo? —interrogó Susy Harper.

—Claro que sí.

Palmoteando de alegría, todos los que integraban el grupo solicitaron una invitación; todos, a excepción de Tom y Amy. El primero, con aire desdeñoso, se alejó acompañado de Amy, con la que continuó dialogando. A Becky le temblaron los labios y se le empañaron de lágrimas los ojos.

Hizo un esfuerzo por disimular y continuó charlando, pero todo, hasta la merienda campestre, había perdido interés. En cuanto le fue posible, se metió en un rincón apartado para poder llorar a gusto, según expresión usada por las chicas. Allí se quedó mustia, herida en su amor propio, hasta el momento en que oyó sonar la campana. Se irguió iracunda, con un brillo de venganza en los ojos, y dando una rápida sacudida a sus trenzas, se dijo para sus adentros que ya sabía lo que tenía que hacer.

Durante el recreo, Tom, alegre y satisfecho, continuó al lado de Amy. Iba de un lado a otro con el fin de llamar la atención de Becky y de hacerla sufrir. De pronto la divisó en una forma que fue para él un jarro de agua fría. Estaba sentada cómodamente en un banquito a espaldas de la escuela, mirando un libro de estampas en compañía de Alfredo Temple. Tan absortos estaban y tan juntas se veían las dos cabezas inclinadas sobre el libro, que no parecían darse cuenta de lo que sucedía por el mundo. La sangre de Tom se encendió con los celos. Abominaba de sí mismo por haber desperdiciado la ocasión de reconciliarse con Becky. Pensó que era un idiota y sintió deseos de llorar. Amy, loca de contento, charlaba sin cesar; pero Tom había enmudecido. No escuchaba a Amy, y cuanto ésta callaba esperando una respuesta, sólo le era posible murmurar un asentimiento que casi siempre resultaba inoportuno. Sin querer, pasó una y otra vez por detrás de la escuela, torturándose a la vista del odioso espectáculo. Enloquecía con la idea de que Becky no sospechara que él estaba allí en el mundo de los seres vivos. No obstante, la niña le observaba, y sabiéndose vencedora en la contienda, se alegraba de que el sufrimiento del muchacho fuera semejante al suyo.

El dichoso gorjeo de Amy llegó a hacérsele insoportable. Tom dijo que le aguardaban importantes quehaceres y que el tiempo apremiaba. Sus indirectas cayeron en el vacío; la chiquilla continuaba, imperturbable, su parloteo. Imposible, pues, librarse de ella. Al fin, y siempre aludiendo a sus numerosas obligaciones, pudo escapar, pero ella propuso, ingenuamente, andar por allí cerca tan pronto terminasen las clases. El chico huyó maldiciéndola.

Rechinando los dientes de rabia, iba pensando que hubiera sido preferible otro cualquiera del pueblo y no ese pollo de San Luis que presumía de elegante y de aristócrata. Pero... estaba bien. Ya le había zurrado el primer día que pisó el pueblo, y volvería a hacerlo en cuanto se le presentase la ocasión. Nada más tropezarse con él en la calle, lo agarraría por su cuenta y ya vería... Y con tales pensamientos organizó una formidable paliza, dando puñetazos al aire, y soltando patadas y pellizcos. «¿Qué? ¿No tienes ya bastante? Pues que éste te sirva de lección para otra vez...». El ilusorio vapuleo acabó de un modo completamente satisfactorio para su amor propio.

Regresó a su casa hacia el mediodía. Su conciencia no le permitía soportar por más tiempo la alegría y gratitud de Amy, ni sus celos podían resistir la certeza de que su dolor no era único. Becky prosiguió la lenta contemplación de las estampas, pero como Tom no aparecía y, por tanto, no podía infligirle nuevos tormentos, su triunfo fue poco a poco convirtiéndose en mortal aburrimiento. Se quedó seria y distraída; por dos o tres veces creyó percibir algo, pero luego resultó una falsa alarma. Como Tom no diera señales de vida, desconsolada, se arrepintió de haber llevado las cosas a tal extremo. Alfredo, viendo que no le hacía ningún caso, y sin explicarse el motivo, continuaba sus comentarios:

—¡Aquí hay una muy bonita! ¡Mira esta obra!

La chiquilla, perdida la paciencia, repuso enfadada:

—¡Vaya! ¡No me fastidies más! No me gusta ninguna...

Se marchó llorando. Alfredo la alcanzó y se puso a su lado intentando consolarla; pero ella lo despachó colérica:

—¡Vete de aquí y déjame en paz! No puedo resistirte.

El chico, asombrado, se preguntaba en qué podría haberla ofendido. Le había prometido que durante el recreo del mediodía se quedarían juntos mirando las estampas, y ahora huía hecha un mar de lágrimas. Pensativo, entró en la escuela desierta. Se sentía humillado y furibundo. Becky lo había utilizado como instrumento para vengarse de otro.

Abrió el libro por la página donde estaba la lección señalada para aquella tarde y la embadurnó con tinta. En aquel momento la niña, asomando la cabeza por una ventana, vio la maniobra y continuó su camino sin que él se diera cuenta. La chiquilla se fue a su casa con la idea de contar a Tom lo que había visto. Éste se lo agradecería, y con ello acabarían de una vez las penas de ambos. No obstante, a medio camino cambió de parecer. Le vino a las mientes la bochornosa conducta de Tom cuando ella habló de la merienda, y enrojeció de vergüenza ante el recuerdo. En vista de ello, resolvió callar y dejar que le azotasen por haber destrozado la gramática. Y, por añadidura, aborrecería para siempre al que fue un día su mejor amigo.

CAPÍTULO XIX

El disparate de no pensar

Tom llegó a su casa de mal humor, y al escuchar las primeras palabras de su tía se dio cuenta de que sus desventuras iban por mal camino.

—Tom, me están entrando ganas de desollarte vivo.

—¿Pues qué he hecho, tía?

—¿Qué has hecho? Me fui, como una vieja estúpida, a ver a Sereny Harper, imaginando que iba a creerse todas las tonterías de tus sueños, y luego resulta que había sabido por Joe que tú habías estado aquí y escuchado nuestra conversación de aquella noche. Después de semejante acción, no sé qué va a ser de ti. Me enferma pensar que hayas sido capaz de permitir que vaya, sin decir palabra, a casa de la señora Harper para hacer el más espantoso de los ridículos.

Las cosas cambian de aspecto: lo que por la mañana era una agudeza, por la tarde resultaba una broma estúpida y pesada. El chico bajó la cabeza y no supo qué responder.

—Tiíta —dijo, al fin—, estoy muy arrepentido; pero no pensé...

—Eso es, hijo, que no piensas nunca sino en tu propio egoísmo. Pensaste, en cambio, quedarte en la isla de Jackson para reírte de nuestra pena, y no se te ocurrió la idea del ridículo que iba a hacer con la pamplina de tu sueño. Tampoco piensas en tener piedad de nosotros ni en evitarnos penas.

—Ya sé, tía, que fue una maldad, pero lo hice sin intención. Le juro que no vine a burlarme aquella noche.

—¿Pues a qué viniste?

—A decirle que no llorasen por nosotros, porque no nos habíamos ahogado.

—No sabes lo contenta que estaría, Tom, si te creyera capaz de un buen pensamiento. Por desgracia, bien sabes tú que no es así.

—Es cierto lo que le digo, tía, y que me quede en el sitio si miento.

—Pues estás mintiendo, y con eso no consigues sino agravar tus culpas.

—No digo más que la pura verdad. Vine porque no quería que pasara usted malos ratos.

—Daría cualquier cosa por creerte, porque esto me compensaría de tus innumerables pecados. Incluso no me importaría el que hubieras cometido la diablura de escaparte, pero para que tuviese fe, tenías que haber hablado y, por desgracia, no lo hiciste.

—El caso es, tía, que cuando oí que hablaban ustedes de los funerales me vino a la cabeza la idea de escondernos en la iglesia, y no pude resistir la tentación. Así es que decidí callar y me guardé la corteza en el bolsillo.

—¿Qué corteza?

—Una en que había escrito que nos habíamos hecho piratas. ¡Ojalá se hubiera usted despertado cuando la besé! Le juro que lo deseaba de veras.

El ceño de la tía se dulcificó y un súbito enternecimiento asomó a sus ojos.

—¿De verdad que me besaste, Tom?

—Pues sí; la besé.

—¿Estás seguro?

—Sí, tía; sí, completamente seguro.

—¿Y por qué me besaste?

—Porque la quiero y sentía mucho el verla llorar.

Las palabras del chico parecían sinceras y la anciana señora no pudo ocultar su emoción.

—Pues bésame otra vez, hijo mío. Y ahora vete a la escuela, y no molestes más.

El muchacho se fue y la tía sacó de un armario los restos de la chaqueta de Tom. Vaciló antes de registrarla, y murmuró:

—No, no me atrevo. ¡Pobrecito! Me figuro que ha mentido; pero esta vez la mentira es piadosa, porque sabe que me consuela. Espero que el Señor le perdone, en gracia a su buena intención. Después de todo, prefiero no mirar.

Guardó de nuevo la chaqueta y se quedó pensativa. Dos veces retiró la mano que había alargado para tomar la prenda. Pensaba que a veces conviene mentir para evitar una pena. Por fin, tras muchas vacilaciones, se decidió a registrar el bolsillo. A través de sus lágrimas leyó lo escrito por Tom en la corteza. ¡Ahora sí que perdonaría al chico todos los pecados del mundo!

CAPÍTULO XX

Tom carga voluntariamente con las culpas de Becky

El espíritu de Tom quedó en paz después del beso de su tía. Había algo en la expresión del rostro de la vieja señora que limpió de telarañas el corazón del muchacho. Cuando iba camino de la escuela, tuvo la suerte de tropezar con Becky. El humor que tuviera en el momento era lo que determinaba siempre sus actos. Al ver a la niña, corrió hacia ella y le dijo:

—Me he portado muy mal esta mañana, Becky, pero no lo volveré a hacer mientras viva. ¿Quieres que hagamos las paces?

La chiquilla se detuvo y, mirándole con desdén, repuso:

—Te agradeceré, señor Tomás Sawyer, que te quites de mi presencia. No pienso hablarte jamás.

Con la cabeza levantada, continuó su camino. Tom quedó estupefacto, sin ánimos para responder con un: «¡A mí qué me importa!» entró en el patio de la escuela temblando de rabia. ¡Ojalá hubiera sido un chico, para haberle dado una tunda de palos! Pasó a su lado y le dirigió una mortificante indirecta. Ella respondió con otra, y la brecha que los separaba se convirtió en abismo. A Becky, consumida por el rencor, se le hacía interminable la hora que faltaba para que comenzase la lección. Sentía verdadera impaciencia por presenciar la azotaina que le aguardaba a Tom por el estropicio cometido en la gramática. Si alguna vez le cruzó por la imaginación la idea de acusar a Alfredo, la injuria de Tom se la desvaneció por completo.

Pero la pobre niña no sabía lo que a ella misma le esperaba. Al maestro Dobbins le había llegado la edad madura con una ambición no satisfecha. El gran deseo de su vida había sido llegar a médico, pero su pobreza no le había permitido pasar de maestro de una escuela de pueblo. Cuando las tareas de la enseñanza se lo permitían, sacaba de su pupitre un libro misterioso cuya lectura le absorbía por completo. Como guardaba el libro bajo llave, no había chico en la escuela que no sintiese ardientes deseos de saber qué era aquello, pero nunca se les presentaba ocasión de satisfacer su curiosidad. Los alumnos sustentaban diversas hipótesis sobre la naturaleza del libro, pero como ninguna de ellas coincidía, no había forma de llegar a la verdad. Ocurrió que, al pasar Becky por las inmediaciones del pupitre, situado cerca de la puerta, vio que la llave estaba puesta en la cerradura. La ocasión era única. La niña, echando una rápida mirada en torno suyo, se apoderó del codiciado secreto. El título nada le dijo: Anatomía, por el doctor Fulánez. Pasó más hojas y se encontró con una bonita lámina en colores, en la cual aparecía una figura humana completamente desnuda. Una sombra cubrió repentinamente la página: Tom estaba allí contemplando él también la estampa. La niña se apresuró a cerrar el libro, y en sus prisas tuvo la mala suerte de rasgar la página. Metió de nuevo el volumen en su escondrijo, y arrebatada de coraje y de vergüenza, se echó a llorar.

—Eres un indecente que viene a espiar lo que una hace y a averiguar lo que está mirando.

—¿Cómo iba yo a saber lo que estabas haciendo?

—¡Vergüenza te debía dar! Yo sé que vas a acusarme. ¿Qué haré? Me van a pegar y será la primera vez que me castigan en la escuela.

Dio una patada en el suelo y prosiguió:

—¡Si quieres portarte como un bandido, haz lo que te dé la gana! Pero espera y verás... ¡Te odio!

Y salió de la clase llorando a lágrima viva. Tom quedó inmóvil, perplejo ante aquella explosión. Pensaba que las chicas eran raras y estúpidas. ¡Conque no le habían pegado nunca en la escuela! ¡Vaya, vaya! Así eran todas de alfeñiques, y más cobardes que las gallinas. Después de todo, no tendría que acusarla al maestro Dobbins, porque había otros procedimientos para vengarse. El profesor preguntaría a los alumnos quién había roto el libro, y nadie contestaría. Entonces indagaría uno por uno, y cuando llegara el turno a las chicas, se sabría la verdad, porque a las niñas se les nota siempre en la cara... Después le pegarían, ¡vaya si le pegarían! Becky se había metido en un callejón sin salida. Pero le estaba bien empleado: a ella le hubiera también divertido verle a él en el mismo aprieto. No le quedaba otro remedio que aguantarse...

Tom marchó a reunirse con sus bulliciosos compañeros. Poco después llegó el maestro y comenzó la clase. El chico prestaba escasa atención al estudio, porque cada vez que miraba hacia el lugar de las niñas, el rostro de Becky le turbaba. Recordando lo sucedido, no quería compadecerse de ella, pero sin poder remediarlo sentía que la piedad era más fuerte que el deseo de venganza. Cuando estaba más agobiado con sus dudas y vacilaciones, se descubrió el estropicio de la gramática. Becky mostró de pronto un interés extraordinario ante el magno acontecimiento. Tom no podría salir del apuro sólo con negar que había vertido la tinta: la negativa no haría más que agravar la falta. La niña pensó que iba a alegrarse, pero no fue así. Llegado el momento sintió un vivo impulso de levantarse y acusar a Alfredo, pero se contuvo, pensando para sus adentros: «Estoy segura de que él me acusará de haber roto la estampa, por tanto, yo no diré palabra, ni siquiera para salvarle la vida».

Tom recibió la paliza y volvió a ocupar su asiento sin excesiva pesadumbre, convencido de que tal vez, sin darse cuenta, hubiera vertido él mismo la tinta al dar una voltereta. Había negado por costumbre, y persistido en la negativa por una cuestión de principio.

Una hora larga, interminable, transcurrió. El maestro daba cabezadas en lo alto de su pupitre; el monótono bisbiseo de los chicos que estudiaban le incitaba al sueño. De pronto el señor Dobbins se irguió en su asiento bostezando, abrió el pupitre y permaneció indeciso, dudando entre tomar o dejar su libro favorito. Los alumnos levantaron distraídamente la mirada; solamente dos de entre ellos siguieron los movimientos del maestro sin pestañear. El buen señor, después de acariciar durante un rato el volumen, decidió acomodarse en la silla para leer. Tom lanzó una mirada en dirección de Becky. Recordó haber visto en cierta ocasión un conejo perseguido, frente al cañón de una escopeta. El animalito tenía la misma expresión que la niña. Al instante olvidó pasados rencores. Había que tomar una resolución rápida, pero la inminencia del peligro paralizaba su inventiva. De pronto, sobrevino la inspiración: se lanzaría como el rayo y huiría con el volumen en la mano. La oportunidad se le vino abajo: el profesor había abierto el libro, y ya no había forma de salvar a Becky. Instantes después el maestro se irguió amenazador. Los alumnos, sobrecogidos, guardaban silencio: el señor Dobbins se disponía a fulminarlos con su ira.

—¿Quién ha rasgado este libro?

Nadie chistó. El maestro examinó cara por cara, buscando en los rostros infantiles indicios de culpabilidad.

—Benjamín Rogers, ¿has sido tú quien ha roto este libro?

El interpelado negó.

—¿Has sido tú, Joe Harper?

Otra negativa y nueva pausa. La lenta tortura del procedimiento aumentó el nerviosismo de Tom. El maestro recorrió con la mirada las filas de los chicos, y después de unos instantes de reflexión, se volvió hacia las niñas.

—¿Amy Lawrence?

La aludida negó con la cabeza.

—¿Gracia Miller?

El mismo gesto negativo.

—¿No habrás sido tú, Susana Harper?

Tampoco había sido Susana, y la niña que estaba al lado de ella era Becky. La temida catástrofe hizo temblar a Tom de pies a cabeza.

—Rebeca Thatcher... —Tom la miró; su rostro estaba lívido—. ¿Has sido tú? No, mírame a la cara —la niña levantó las manos en actitud de súplica—. ¿Has sido tú quien ha rasgado la página?

Una idea surgió repentinamente en el cerebro de Tom. Se puso en pie y gritó:

—¡He sido yo!

La clase entera quedó mirándole fijamente, asombrados todos ante tamaña locura. El muchacho permaneció unos instantes inmóvil, y cuando se adelantó para recibir el castigo, vio tal adoración, sorpresa y gratitud en los ojos de Becky, que le compensó con creces la paliza. Enardecido por la grandeza de su acción, sufrió sin una queja el más terrible vapuleo que en su larga vida de maestro había administrado el señor Dobbins. Con no menos indiferencia recibió la orden de permanecer dos horas más como castigo, una vez terminada la clase. De sobra sabía que al término de su cautiverio le esperarían a la puerta, sin una sola lamentación por lo tedioso de la espera.

Tom se acostó aquella noche madurando proyectos de venganza contra Alfredo Temple. Arrepentida y contrita, Becky se lo había contado todo sin omitir su propia traición. No obstante, la sed de venganza fue disipándose y relegada al olvido por más gratos pensamientos. Al fin se durmió, y las palabras de Becky sonaban vaga y dulcísimamente en el oído:

—¿Cómo pudiste, Tom, ser tan generoso?

CAPÍTULO XXI

Fin de curso.—La cúpula dorada del maestro

Se aproximaban las vacaciones y el maestro, siempre severo, se volvía más irascible y tiránico que nunca, sin duda por el gran empeño que ponía en que los colegiales hicieran un lucido papel el día de los exámenes. Con frecuencia aplicaba a los chicos más pequeños la palmeta y las disciplinas, y solamente los escolares más adelantados y las señoritas de dieciocho o veinte años escapaban al vapuleo. El señor Dobbins administraba las palizas con vigor, pues aunque tenía bajo la peluca el cráneo mondo y reluciente, todavía se sentía joven y sin ningún síntoma de fatiga. Conforme se acercaba el gran día, todo el despotismo acumulado salía a la superficie, y parecía que gozaba, maligna y rencorosamente, en castigar las faltas más pequeñas. De ahí que los chicos menores pasaran los días sumidos en el terror y las noches ideando venganzas. No desperdiciaban ocasión de jugar al maestro una mala pasada, pero éste llevaba siempre la delantera. El castigo que seguía a cada jugarreta resultaba tan terrible y desproporcionado, que los chicos salían derrotados y maltrechos. Al fin, tras mucho conspirar, dieron con un proyecto que les pareció deslumbrante. Confiaron su plan al chico del pintor y, bajo juramento solemne, invocaron su ayuda.

Tenía el muchacho hartas razones para prestarla con gusto, pues el maestro se hospedaba en su casa y le había dado infinitos motivos para aborrecerle. La mujer del maestro se disponía a pasar unos días en el campo, y con esto se allanaban las dificultades. El señor Dobbins solía prepararse para las grandes ocasiones bebiendo un poco más de la cuenta, y el chico del pintor prometió que, en el momento álgido de la borrachera, el mismo día de los exámenes, él se las arreglaría para sorprenderle mientras la víctima dormitaba en su sillón. Luego despertaría con el tiempo justo de salir precipitadamente hacia la escuela.

Las cosas sucedieron a su debido tiempo. A las ocho, la escuela estaba profusamente iluminada y adornada con guirnaldas de follajes y flores. El maestro se hallaba colocado en lo alto de una plataforma, con el encerado a sus espaldas, y parecía un poco más blando que de costumbre. Tres hileras de bancos a los lados y seis de frente fueron ocupados por las autoridades del pueblo y los padres de los alumnos. A la izquierda del maestro había un gran tablado provisional, en donde se sentaban los escolares que participaban en los ejercicios: filas de párvulos recién lavados, incómodos con tanto perifollo; bigardos encogidos y zafios; bancos de niñas y jovencitas vestidas con blancas muselinas, preocupadas de sus brazos desnudos, de las joyas de sus abuelas, de sus cintas de colores y de las flores que lucían en el pelo. El resto de la sala estaba ocupado por los colegiales que no tomaban parte en el acto.

Éste dio comienzo con la aparición de un niño pequeño que balbuceó con voz apenas perceptible: «Les producirá asombro que un niño de corta edad salga al tablado a enfrentarse con el público...». Las palabras iban acompañadas de gestos espasmódicos y mecánicos. El chiquillo salió del trance con cara de susto, a pesar de los aplausos que corearon su reverencia de muñeco de cuerda. Le siguió una niñita temblorosa que tartamudeó aquello de «María tuvo un corderito...». Hizo un gracioso saludo, que le valió también una salva de aplausos, y se sentó con el rostro enrojecido y la expresión satisfecha.

Cuando llegó el turno a Tom Sawyer, éste avanzó con desparpajo y soltó el discurso de rigor: «Dadme la libertad, y si no, dadme la muerte». Había comenzado con grandes aspavientos y bríos, y a la mitad se atascó. Sobrecogido por el pánico, las piernas le flaquearon y le faltó el aliento. A pesar de la simpatía que inspiraba, el auditorio guardó silencio. Observó que el maestro fruncía el ceño y esto colmó su desconcierto. Luchó durante un rato, pero al cabo se retiró, completamente derrotado. Se oyó un tímido aplauso que no tuvo eco.

Siguieron unas cuantas composiciones del género declamatorio:

> El niño en la cubierta
> envuelta entre las llamas...

y también aquello de

> Desplomose el asirio...

Después vino el concurso de ortografía y la clase de latín quedó a gran altura.

El número más importante del programa estaba integrado por unas composiciones originales, de las cuales eran autoras las señoritas. Éstas, adelantándose hasta el borde del tablado, leían, después de carraspear un poco, su trabajo primorosamente envuelto en cintas de seda, cuidando de marcar bien la puntuación y los acentos. Los temas eran los mismos que habían utilizado sus madres y sus abuelas en ocasiones análogas y, queriendo ir aún más lejos, los manoseados por el sexo femenino desde el tiempo de las Cruzadas. La amistad, Recuerdos del pasado, La Religión en la

Historia, Ventajas que proporciona la Cultura, Comparación entre las distintas formas de gobierno, Melancolía, Amor filial, Anhelos del corazón, etc.

Lo que prevalecía en todas estas composiciones era una cultivada y gozosa melancolía. Otras características eran la prodigalidad del léxico rebuscado y una tendencia a la frase manida y a la moraleja final que arrastra su desmedrada cola hasta el término de cada una de ellas. El asunto era lo de menos, pero había que realizar un verdadero esfuerzo para presentarlo de modo que pareciera edificante a los espíritus mojigatos y devotos. La falta de sinceridad de estas moralejas no bastaba para desterrarlas de las fiestas escolares, en las cuales prevalecían todavía. No hay escuela en nuestro país en que las alumnas no se crean obligadas a dar remate a sus composiciones con el triunfo de la virtud, hasta el punto de que la chica más antirreligiosa y casquivana se complace en la moraleja final más pía y beatífica. Pero volvamos a los exámenes. La primera labor literaria que fue leída llevaba por título: ¿La vida es eso? He aquí unos párrafos de muestra:

> En los senderos de la vida, ¡con qué ardiente ilusión saborea de antemano la imaginación juvenil el goce de los placeres mundanos! La fantasía se complace en pintar cuadros de color de rosa y la frívola esclava de la moda se ve a sí misma en medio de la multitud, siendo el centro de todas las miradas. Ve su grácil figura envuelta en níveas gasas girando entre las parejas de baile, y, entre todas ellas, sus ojos resultan más brillantes y su paso más ligero.
>
> El tiempo transcurre veloz en tan deliciosas fantasías y llega la ansiada hora de penetrar en el olímpico universo de sus ardientes ensueños. ¡Qué maravillosa se presenta ante sus ojos hechizados la bellísima escena digna de un cuento de hadas! Pero en breve espacio de

tiempo descubre que bajo tan seductora apariencia todo es vanidad. La adulación que antes seducía su alma, ahora hiere sus oídos; el salón de baile ha perdido su encanto, y, enferma y con el corazón destrozado, huye convencida de que los placeres terrenales son incapaces de satisfacer los anhelos del alma.

En tono parecido seguían las demás composiciones. De cuando en cuando, en medio de la lectura, se alzaban rumores de aprobación, acompañados de frases murmuradas en voz baja: «¡Qué encanto!», «¡Qué elocuencia!», «¡Cuánta verdad hay en ello!». Si la moraleja final contenía un tono aflictivo, los aplausos con que se la premiaba resonaban atronadores.

Una muchacha delgada, de gesto melancólico, con una interesante palidez delatora de su escasa salud, leyó un poema cuyas estrofas van a continuación:

> Adiós, ¡oh mi Alabama!, la que quería tanto,
> por un plazo muy breve de ti me alejaré;
> con tu dulce recuerdo se desborda mi llanto
> y en mi memoria triste tu nombre grabaré.
> He vagado muy sola bajo tus enramadas,
> y al borde de tus ríos me he sentado a leer,
> mientras sonaba el ronco fragor de tus cascadas
> y en el alba lucía un tenue rosicler.
> No siento la vergüenza de mi dolor profundo,
> ni de volver transida mis ojos por doquier;
> pues no es extraña tierra la que cubre mi mundo,
> ni extranjeros aquellos por quienes suspiré.
> Mi hogar y mi alegría en tu límite hallaba;
> abandono tus valles y tus cimas también.
> Fríos están mis ojos, ¡oh mi dulce Alabama!,
> y por tu culpa heladas tengo el alma y la tête...

A punto fijo, nadie sabía lo que significaba aquella tête; no obstante, el poema fue calurosamente aplaudido. Surgió una nueva señorita de morena tez, ojos y cabellos negros, que tras unos momentos de silencio y con dramática expresión comenzó a leer en tono solemne y pausado:

UNA VISIÓN

Lóbrega y tempestuosa se presentaba la noche. Allá, en el trono infinito, no fulgía una sola estrella; pero el ronco fragor de la tormenta vibraba constantemente en los oídos y los relámpagos y rayos cruzaban raudos por la nebulosa bóveda del cielo burlándose del poder ejercido sobre su catastrófica potencia por el ilustre Franfilin. Hasta los vientos ululantes, abandonando sus místicas mansiones, se lanzaron rugientes para aumentar el horrísono espectáculo. En aquellos momentos caóticos y tenebrosos, mi alma suspiraba por la piedad humana, y entonces...

Mi amiga más querida, mi consuelo en la pena,
a mi lado se puso y fue mi guía buena...

Movíase como uno de esos seres iluminados que recorren los alegres senderos de un fantástico Edén, y que ven con su imaginación los jóvenes románticos; como una reina de belleza cuyo sólo ornato fuera su hermosura. Tan leve era su paso que no lo percibía el oído, y a no ser por el mágico estremecimiento que producía su contacto, se hubiera deslizado al igual que otras recatadas beldades, desapercibida y no buscada. Una extraña tristeza se extendió sobre su rostro, como lágrimas de hielo sobre las vestiduras de diciembre, cuando me señaló hacia los elementos en lucha, invitándome a contemplar dos seres que surgían...

Esta especie de pesadilla constaba de diez páginas manuscritas, y la moraleja final era tan aleccionadora para los que no pertenecían a la secta presbiteriana, que se llevó el primer premio. La composición fue considerada como el trabajo más meritorio de todos cuantos habían sido leídos en el transcurso de la velada. Al entregar el premio a la autora, el alcalde pronunció un vibrante discurso, en el que dijo que aquello era lo mejor y más significativo que había oído en su vida, y que el propio Daniel Webster se hubiera sentido orgulloso al estampar en él su firma.

Haremos notar, de pasada, que el número de composiciones en que las expresiones belleza y hermosura sobrepasaba un límite prudencial, lo mismo que página de la vida, fue en aquel día señalado más extraordinario que en otros festivales semejantes.

* * *

Una vez terminada la parte del programa dedicado a la literatura, el maestro, meloso y afable, vuelto de espaldas al auditorio, comenzó a trazar un mapa de América en el encerado para los exámenes de geografía.

Pero como tenía la mano temblorosa, surgió tan lamentable caos en la pizarra, que un rumor de risas apagadas corrió por toda la sala. Quiso enmendar su engendro pasando la esponja por algunas líneas y trazándolas de nuevo, pero como le saliera cada vez peor, las risas y burlas fueron en aumento.

Resuelto a no dejarse vencer por el regocijo, puso toda su atención en la tarea, y como sintiera fijas las miradas en él, creyó haber triunfado en su empeño. No obstante, las risas aumentaban. El desdichado ignoraba que en el techo, justamente encima de su cabeza, había un escotillón que comunicaba con la buhardilla. De repente, por ese escotillón, surgió un gato suspendido de una cuerda. El animal llevaba un trapo alrededor de la cabeza, sin duda para que no se oyesen sus maullidos, y, dando zarpazos en el aire, arañaba la cuerda. El jolgorio crecía y el gato se hallaba a escasísima distancia de la cabeza del maestro.

Al llegar a ella, hincó las uñas en la peluca, y como de pronto tirasen hacia arriba, desapareció veloz con el trofeo entre las garras. La cabeza monda del dómine surgió cubierta de extraño resplandor. El chico de su patrón se la había pintado con purpurina...

Con el divertido suceso terminó el acto. Era el comienzo de las vacaciones y los alumnos estaban vengados[4].

---

[4] Las supuestas composiciones citadas en este capítulo están tomadas al pie de la letra de un volumen titulado *Prosa y Poesía por una señora del Oeste*. Se ajustan con exactitud al patrón adoptado por las colegialas, y, por su realismo, resultan mucho más divertidas en su candorosa ingenuidad que si hubiese trazado tan sólo una imitación más o menos afortunada.

CAPÍTULO XXII

Huck Finn lee la Biblia

Tom ingresó en la nueva Orden de los Cadetes de la Templanza, atraído por lo decorativo de sus insignias. Hizo promesa de no fumar, de no mascar goma ni de jugar en tanto que perteneciera a la Orden. Pronto se dio cuenta de que comprometerse a no hacer una cosa es el medio más seguro para que se desee hacer precisamente lo contrario. Tom sentía constantemente ganas de beber y de jugar, y el deseo se hizo tan insoportable que sólo contenía la esperanza de que, no abandonando la Orden, pudiera en breve lucir la banda roja. A las cuarenta y ocho horas de esclavitud olvidó que se aproximaba el día de la Independencia y fijó todas sus esperanzas en la probable muerte de Grazer, el viejo juez de paz que estaba gravemente enfermo, y al cual, dado lo encumbrado de su posición, se le harían grandes funerales. Tres días estuvo Tom preocupado con la enfermedad del juez y continuamente inquiría noticias de su estado. A veces la impaciencia le consumía y sacaba sus insignias para probárselas delante del espejo. Pero al fin el juez dio en mejorar y poco tiempo después entraba en período de franca convalecencia. Tom se indignó, sintiéndose víctima de una ofensa personal. Presentó la dimisión, y aquella misma noche el juez sufrió una recaída y murió en pocas horas. Tom juró que nunca más volvería a fiarse de un hombre tan informal. El entierro fue magnífico y los cadetes desfilaron con una marcialidad como para matar de envidia al dimisionario. Tom recobró su libertad, lo cual significaba ya algo. Pudo jurar y beber de nuevo; pero con gran asombro por su parte, se dio cuenta de que nada de esto le interesaba ya. Solamente el hecho de que nadie se lo prohibiera apagó sus deseos, restando encantos a tamaños placeres.

Asimismo, las vacaciones esperadas con tanto anhelo transcurrían tediosas y vulgares. Probó a escribir un diario; pero, en vista de que nada le sucedía, abandonó la idea. Por vez primera en la temporada llegó al pueblo un coro de negros que causó sensación. Tom y Joe Harper organizaron una murga y estuvieron entretenidos durante un par de días.

Hasta el glorioso aniversario de la independencia se malogró, pues debido a la lluvia hubo que suprimir la procesión cívica, y el hombre más eminente de la tierra, en opinión de Tom, que era el señor Benton, senador de los Estados Unidos, resultó un desencanto por su falta de estatura.

Llegó también un circo ambulante, y los chicos jugaron a los títeres en tiendas hechas de retazos de esteras viejas. Tres alfileres costaba la entrada de los varones y dos la de las mujeres. Pasados unos días, los muchachos olvidaron el circo. Estuvieron de paso un frenólogo y un hipnotizador, y se marcharon dejando al pueblo más aburrido y monótono que nunca. Hubo alguna reunión de chicos y chicas, pero tan escasas y tediosas, que no volvieron a repetirse.

Becky Thatcher se había marchado con sus padres a pasar las vacaciones en su casa de Constantinopla. Así, pues, la vida de Tom carecía de alicientes.

El terrible secreto del asesinato era una agonía sin fin, un verdadero cáncer que le roía con su dolorosa persistencia.

Y luego vino el sarampión. Durante quince días interminables estuvo el chico prisionero, muerto para el mundo y sus acontecimientos. Se sentía tan enfermo, que nada le interesaba ya. Cuando al fin pudo levantarse y empezó a andar, decaído y mustio, por el pueblo, una triste mudanza se había operado sobre los seres y las cosas. Una ola de piedad y de religión había invadido el ambiente, y Tom recorría desolado la aldea con la vaga esperanza de tropezarse con algún rostro pecador; pero sólo encontró amargos desengaños. Halló a Joe enfrascado en estudiar la Biblia y, volviéndole la espalda, se alejó por no contemplar más el desilusionante espectáculo. Buscó a Ben Rogers y vio que se dedicaba a visitar pobres cargado con una cesta llena de piadosos folletos. Jim Hollis le dirigió unas frases en las que abundaban las consideraciones sobre si el sarampión no sería un aviso de la divina Providencia. Los chicos con quienes iba tropezando no hacían sino añadir peso a su ya agobiadora desventura. Desesperado, buscó refugio en la amistad de Huckleberry Finn, y éste lo recibió con una cita bíblica. Sintió que el corazón se le encogía y, arrastrándose hasta su casa, se metió apresuradamente en la cama convencido de que, solo entre todos, estaba perdido y condenado para siempre.

Aquella noche sobrevino una terrible tormenta con lluvia, relámpagos y horrísonos truenos. Se tapó la cabeza con la sábana y esperó angustiado su sentencia final, convencido de que el cataclismo se desencadenaba por su culpa, por haber abusado de la divina misericordia. En realidad, aquello era demasiado espectacular, algo así como si para matar un insecto se empleara toda una batería. Poco a poco fue cediendo la tormenta sin que nada espantable sucediera. El primer impulso del muchacho fue el de dar gracias a Dios prometiéndole enmienda, después se decidió a esperar, porque... tal vez no hubiera más tormentas.

Al día siguiente Tom había recaído y se avisó de nuevo al médico. Las tres semanas que permaneció en la cama se le hicieron eternas, y cuando al fin volvió a la vida, no supo si alegrarse al recordar la soledad en que se encontraba, aislado de todos sus amigos. Salió a la calle mohíno y pensativo y encontró a Jim Hollis actuando de juez ante un jurado infantil que acusaba a un gato de asesinato ante el cuerpo de la víctima: un infeliz pajarillo. Poco más allá topó con Joe Harper y Huck Finn, que, ocultos en una apartada calleja, devoraban un melón robado. ¡Pobres chicos! ¡Ellos también, como Tom, habían recaído!

CAPÍTULO XXIII

La salvación de Muff Potter

El proceso por asesinato que se celebraría ante los tribunales despertó, por fin, a la aldea de su letargo. Llegó a ser el tema único de las conversaciones, y ni Tom podía sustraerse a él. Cualquier alusión al crimen le producía escalofríos, porque la conciencia y el miedo le persuadían de que todo ello no eran sino anzuelos que se le tendían. Aunque lógicamente nadie pudiera sospechar su conocimiento del crimen, no por eso se sentía tranquilo ante los comentarios y las suposiciones. Como vivía en perpetuo temor, una tarde fue con Huck a un lugar apartado para tratar del asunto. No dejaba de ser un gran alivio el poder quitarse la mordaza durante un rato y compartir la carga con otro desdichado. Quería, además, asegurarse de que Huck no había cometido ninguna indiscreción.

—¿Has hablado, Huck, con alguien de aquello?

—¿De qué?

—Ya sabes a qué me refiero.

—¡Ah! Desde luego que no.

—¿No has dicho una palabra?

—Ni media. ¿Por qué lo preguntas?

—Porque tenía miedo.

—Está bien. Pero ya sabes que no viviríamos ni dos días si eso se descubriera.

Tom, más tranquilo, continuó después de una breve pausa:

—¿No es cierto, Huck que por nada ni por nadie hablarás?

—¿Hacerme a mí hablar? Solamente si tuviera ganas de que el mestizo aquel me ahogara.

—Bueno; yo creo que estamos seguros mientras no abramos el pico. Pero vamos a jurarlo otra vez; es preferible.

—Conforme.

Y con gran solemnidad hicieron un nuevo juramento.

—¿Qué es lo que dicen por ahí, Huck? Yo he oído muchas cosas.

—¿Decir? No hablan más que de Muff Potter todo el tiempo. Muff Potter por aquí, Muff Potter por allá... Estoy siempre sudando de miedo; así es que prefiero esconderme en algún sitio donde no puedan encontrarme.

—Pues lo mismo me pasa a mí. Me parece que a ése lo liquidan. ¿No te da lástima de él algunas veces?

—Desde luego. No vale para nada; pero tampoco hizo nunca mal a nadie. No hacía más que ir de pesca para ganar un poco y emborracharse además de holgazanear yendo de un lado para otro. Pero al fin todos hacemos lo mismo, incluso los predicadores y otras gentes por el estilo. También tenía cosas buenas: un día me dio medio pez, aunque apenas bastaba para uno solo, y, a veces, cuando yo no tenía suerte, me echaba una mano.

—Pues a mí me arreglaba las cometas y me enganchaba los anzuelos a la caña. ¡Si al menos pudiéramos sacarlo de allí!

—¡Quiá! No podemos hacer nada, Tom, y además lo atraparían otra vez.

—Es verdad. Pero no puedo oír con tranquilidad el que hablen de él como si fuera el mismísimo demonio sin que el pobre tenga la culpa de nada.

—Igual me sucede a mí cuando oigo decir que es el mayor criminal de la tierra y que es una lástima que no le hayan ahorcado antes.

—Sí, claro; yo he oído que si lo dejasen libre, lo lincharían.

—Naturalmente...

Los dos chicos sostuvieron una larga conversación que les sirvió de escaso provecho. Al atardecer se encontraron dando vueltas en derredor de la cárcel solitaria, acaso con la vaga esperanza de que un milagro resolviera sus dificultades. Pero nada sucedió: ni ángeles ni hadas parecieron interesarse por el desventurado prisionero. Como otras muchas veces, los chicos se aproximaron a la reja de la celda y ofrecieron a Potter tabaco y unas cuantas cerillas. El preso estaba instalado en la planta baja y carecía de guardianes.

Aquel día les remordió más dolorosamente la conciencia ante las muestras de gratitud del desdichado Potter. Y cuando éste habló se sintieron traidores y cobardes hasta un grado indecible:

—Habéis sido muy buenos conmigo, muchachos, más que las otras gentes del pueblo. Y no creáis que lo olvido, no; porque muchas veces me digo que yo arreglaba las cometas y otras cosas a todos los chicos y les señalaba los sitios donde había buena pesca. Era amigo de todos y ahora nadie se acuerda del pobre Muff que está en desgracia, y los únicos que piensan en él son Tom y Huck. Yo tampoco me olvido de vosotros, y si hice aquello fue porque estaba loco y borracho y sólo así pudo ser. Ahora me van a colgar por ello y está bien que lo hagan. Pero es mejor no hablar más de esto; no quiero veros tristes, porque sois amigos míos. Os aconsejo que no os emborrachéis para que no tengáis nunca que veros aquí. Echaos un poco a ese lado para que pueda veros mejor. Es un consuelo ver caras amigas cuando se es tan desgraciado, y vosotros sois los únicos que venís por aquí. ¡Caras amigas! ¡Caras amigas! Subid uno sobre los hombros del otro para que pueda tocarlas. Así está bien. Dadme la mano; la vuestra cabe por la reja, pero la mía no. Son manos muy pequeñas que han ayudado a Muff Potter y seguirían ayudándole si pudieran.

Tom llegó a su casa tristísimo y sus sueños fueron una continua pesadilla. Durante los dos días siguientes rondó en torno a la sala donde se reunía el tribunal, atraído por un irresistible impulso de entrar, pero sin atreverse a ello. A Huck le sucedía lo mismo. Ambos chicos procuraban esquivarse; pero una dramática atracción los reunía de nuevo. Tom aguzaba el oído cuando algún desocupado abandonaba la sala, e invariablemente oía malas noticias. El cerco se estrechaba cada vez más implacable sobre la cabeza del infeliz Potter. Al cabo de dos días se murmuraba en el pueblo que el Indio Joe sostenía con firmeza su primera declaración y que no cabían ya dudas sobre el veredicto que pronunciaría el jurado.

Tom se retiró muy tarde aquella noche y entró en su habitación por la ventana. Estaba muy excitado y transcurrieron muchas horas antes de que pudiera conciliar el sueño. A la mañana siguiente el pueblo entero acudió a la casa donde se reunía el tribunal. Era el día decisivo; hombres y mujeres estaban representados por igual en el apretado auditorio. Tras una larga espera entró el jurado y ocupó sus puestos. Instantes después, Potter, pálido y desencajado, deshecho y sin esperanzas, fue introducido con las manos esposadas y sentado en un sitio donde todos los curiosos pudieran contemplarlo.

En no menos conspicuo lugar se veía al Indio Joe con su acostumbrado gesto impasible. Hubo que esperar al juez, y cuando éste hizo su entrada, el sheriff declaró abierta la sesión. Siguieron los cuchicheos de rigor entre los abogados y el manejo y puesta en orden de los papeles. Los preparativos, tardanzas y pausas preparaban un ambiente de expectación realmente impresionante.

Acudió el primer testigo, quien declaró que había encontrado a Muff Potter lavándose en el arroyo durante las horas primeras de la madrugada, el mismo día en que fue descubierto el crimen. Después, esquivándole, se había alejado del lugar. Después de hacer algunas preguntas, el fiscal dijo que podía interrogar el defensor. El acusado levantó los ojos, pero los bajó de nuevo cuando oyó a su abogado que decía:

—No tengo nada que preguntar.

Luego compareció un testigo cuya declaración versó sobre la navaja hallada al lado del cadáver. De nuevo el fiscal invitó a la defensa, y el abogado repitió que nada tenía que interrogar.

Un tercer testigo juró que había visto frecuentemente la navaja en manos de Muff Potter. El defensor también se abstuvo esta vez de interrogarle. El público, enojado, se impacientaba. ¿Se proponía el defensor tirar la vida de su defendido sin hacer un esfuerzo por salvarle?

Varios testigos hablaron sobre la sospechosa actitud observada por Potter cuando fue conducido al lugar del crimen. Todos abandonaron el estrado sin que el defensor les dirigiera la palabra.

Los detalles, realmente abrumadores para el acusado, sobre lo ocurrido aquella mañana en el cementerio, fueron relatados ante el tribunal por testigos fidedignos; pero ninguno de ellos fue interrogado por el defensor de Potter. El asombro y el disgusto del público se tradujo en insistentes murmullos que provocaron una protesta del tribunal. El fiscal tomó la palabra:

—Bajo el juramento de ciudadanos cuya palabra está por encima de cualquier sospecha, hemos probado, sin que haya posibilidad de duda, que el autor de este crimen horrendo es el desdichado preso que se sienta en el banquillo. No tengo nada que añadir a la acusación.

El desgraciado Potter, sollozando, se cubrió la cara con las manos, mientras movía todo el cuerpo en un inconstante balanceo. En la sala reinaba un angustioso silencio; los hombres estaban conmovidos y la compasión de las mujeres se exteriorizaba en lágrimas. El abogado defensor habló:

—En mis primeras observaciones, al comienzo de este juicio, dejé entrever mi propósito de demostrar que mi defendido había realizado su crimen bajo la influencia ciega e irresponsable del delirio producido por el alcohol. Mi intención es ahora la de no alegar esa circunstancia —y dirigiéndose al alguacil—: Que comparezca inmediatamente Tom Sawyer.

La perplejidad y el asombro se reflejaron en todos los rostros, sin exceptuar el de Potter. Todas las miradas se posaron en el chico cuando éste, levantándose, fue a ocupar su puesto en el estrado. Estaba como fuera de sí, y una expresión de terror se reflejaba en su mirada. Tuvo que jurar como los demás antes de ser interrogado.

—Tomás Sawyer, ¿dónde estabas el diecisiete de julio a eso de la medianoche?

Tom miró el rostro impasible del Indio Joe y se le trabó la lengua. El público contenía el aliento y el chico continuaba mudo por la emoción. Pasado un instante, pudo el niño recuperar parte de sus fuerzas y logró que su voz llegase a los oídos de la gente.

—Estaba en el cementerio a eso de las doce.

—Un poco más alto, por favor. No tengas miedo. Dices que estabas...

—Sí; en el cementerio...

En los labios del Indio Joe se dibujó una sonrisa de desdén.

—¿Estabas cerca de la sepultura de Horse Williams?

—Sí, señor.

—Habla un poco más alto. ¿A qué distancia estabas?

—Tan cerca como estoy de usted.

—¿Te habías escondido?

—Sí, señor.

—¿Dónde?

—Detrás de los olmos que hay junto a la sepultura.

El Indio Joe se estremeció ligeramente.

—¿Había alguien contigo?

—Sí, señor. Fui allá con...

—Espera un momento. No te preocupes ahora de decir el nombre de tu acompañante, pues en el momento oportuno comparecerá también. Llevabais algo en la mano. ¿Qué era?

Tom vaciló, avergonzado.

—Dilo, muchacho, sin miedo. La verdad es siempre digna de respeto. ¿Qué llevabas al cementerio?

—Pues..., pues... un gato muerto.

Se oyeron risas reprimidas, a las que puso término el tribunal.

—A su debido tiempo se mostrará el esqueleto del gato. Ahora, muchacho, dinos todo tal como sucedió, a tu manera, sin callar nada. Y sobre todo sin miedo.

Tom dio comienzo a su relato, vacilante al principio; pero, a medida que hablaba, sus palabras fluían con mayor soltura. Al cabo de un rato sólo se oía su voz y todas las miradas se clavaban en él. Con la respiración contenida, el público, pendiente de las frases del niño, se dejó arrastrar por el dramático interés del relato. La tensión llegó a su punto culminante cuando el chico dijo:

—El doctor agarró la tabla y Muff Potter cayó al suelo. Entonces el Indio Joe saltó con la navaja en al mano y...

Veloz como una centella el mestizo se lanzó por una ventana y, empujando a los que intentaban detenerle, desapareció rápidamente.

CAPÍTULO XXIV

Días buenos y noches terroríficas

De nuevo recuperaba Tom su categoría de héroe, de muchacho ilustre, mimado por los viejos y envidiado por los jóvenes. Su nombre quedó inmortalizado en letra impresa, pues el periódico de la localidad dio cuenta de su hazaña. Hubo quien auguró que llegaría a presidente en caso de que se librara de la horca.

Como sucede siempre, la gente, tornadiza y falta de lógica, halagó y festejó a Muff Potter con la misma saña con que antes lo había perseguido. Pero, después de todo, tal conducta es humana y, por tanto, no merece críticas.

Aquellos días transcurrieron venturosos para Tom; en cambio sus noches eran de terrible pesadilla. La mirada preñada de amenazas del Indio Joe turbaba su sueño y no había forma de que asomara la nariz fuera de su casa en cuanto oscurecía. El infeliz Huck se hallaba en idéntico estado de angustia, pues Tom se había confiado al abogado la víspera de la declaración y temía que su participación en el asunto llegara a saberse, a pesar de que la fuga del mestizo le había evitado el tormento de declarar ante el tribunal. Había, sin embargo, conseguido que el abogado guardase el secreto; pero ¿qué adelantaba con eso? Desde que el remordimiento había arrastrado a Tom a casa del defensor y allí había desembuchado la terrible historia rompiendo macabros juramentos, la confianza de Huck en el género humano se había desvanecido por completo. Durante el día, la gratitud de Potter recompensaba con creces la decisión de Tom; pero por las noches se arrepentía de no haber permanecido silencioso. Por una parte temía que no se lograse capturar al indio; por otra, le atemorizaba la idea de que le echaran mano. No respiraría tranquilo hasta que el hombre muriera y él mismo viera su cadáver.

Se había rebuscado por todo el país y ofrecido recompensa por la captura, a pesar de lo cual el mestizo continuaba sin aparecer. Un detective, pasmo y asombro de las gentes, vino desde San Luis, y tras meterse en todas partes, sacudir la cabeza y meditar con sombrío ceño, consiguió uno de esos éxitos comunes a los de su profesión.

La policía había dado con una pista. Pero como esto era insuficiente, al marcharse el detective Tom se sintió tan poco seguro como antes.

Los días transcurrieron lentamente y cada uno de ellos iba dejando atrás, un poco aligerado, el peso de sus preocupaciones.

CAPÍTULO XXV

En busca del tesoro escondido

Llega un momento en la vida de todo chico normal en que siente un inmenso deseo de ir donde sea, en busca de un oculto tesoro. De pronto, un día Tom se sintió acuciado por semejante deseo. Salió con intención de buscar a Joe Harper y fracasó en su empeño. Después trató de arrastrar en su aventura a Ben Rogers, pero éste se había ido de pesca. Por último, tropezó con Huck Finn, el gran Manos Rojas, y pensó que éste le serviría para el caso. Se fueron a un lugar apartado y allí trataron confidencialmente del asunto. Huck estaba siempre dispuesto a colaborar en cualquier empresa que prometiese diversión sin exigir capital, ya que le sobraba el tiempo para todo.

—¿Dónde vamos a cavar? —fue su primera pregunta.

—¡Bah! En cualquier sitio.

—¿Es que hay tesoros por todas partes?

—No; suelen estar escondidos en sitios raros; unas veces, en islas; otras, en cofres apolillados, bajo las ramas de un árbol muy viejo, justamente donde la sombra cae a medianoche; pero la mayor parte de las veces se encuentran en los pisos de las casas encantadas.

—¿Y quién los mete allí?

—Los bandidos. ¿Quién iba a ser? ¿Los inspectores de las escuelas dominicales?

—No sé. Si fuera mío el tesoro, no lo escondería, sino que lo gastaría para divertirme de lo lindo.

—Lo mismo haría yo. Pero los ladrones no piensan igual; les gusta dejarlo siempre escondido.

—¿Y no vuelvan nunca a buscarlo?

—No; creen que van a volver, pero luego se mueren o se les olvidan las señales. De todos modos, después de estar allí mucho tiempo, se pone roñoso y siempre hay alguien que encuentra un papel amarillento donde diga la manera de encontrar las señales. Lo malo es que hay que estar mucho tiempo descifrándolo, porque está lleno de signos y jeroglíficos.

—Jero... ¿Cómo dices?

—Jeroglíficos. Dibujos y cosas que parecen no decir nada.

—¿Tienes tú alguno de esos papeles, Tom?

—No.

—Pues entonces, ¿cómo vamos a encontrar las señales?

—No hacen falta. Suelen enterrarlo bajo el suelo de casas donde hay duendes o en una isla o debajo de un árbol seco. Y puesto que ya hemos buscado por la isla de Jackson, podríamos volver por allí. Junto al arroyo de la destilería tenemos la casa encantada y muchísimos árboles con las ramas secas...

—¿Y estará debajo de todo eso?

—¡Qué cosas dices!

—¿Cómo vamos entonces a saber dónde es?

—Cavaremos en todos sitios.

—Pero eso se llevará todo el verano.

—Bueno, ¿y qué más da? Suponte que encuentras un caldero de cobre con cien dólares, todos llenos de moho, o un arca apolillada llena de diamantes...

A Huck le brillaron los ojos de codicia.

—¡Magnífico! Que me den los cien dólares y no necesito los diamantes.

—Bueno, pero puedes estar seguro de que yo no voy a tirar los diamantes, que valen hasta veinte dólares cada uno. Por el peor pagan lo menos un dólar.

—¿De verdad?

—Claro; pregúntale a cualquiera. ¿Has visto alguno, Huck?

—No, que yo recuerde.

—Pues los reyes los tienen a espuertas.

—Es que yo no conozco a ningún rey.

—Naturalmente. Pero si fueras a Europa los verías a montones, saltando por todas partes.

—¿De veras saltan?

—No, hombre, no; eres tonto.

—Entonces, ¿por qué lo dices?

—Es un modo de hablar, ¡caramba! Lo que quiero decir es que te los tropezarías por todas partes, como la cosa más natural del mundo. Igual que Ricardo el de la joroba.

—Ricardo, ¿qué apellido tenía?

—Ninguno; los reyes no tienen más nombre que el de pila.

—¡Qué barbaridad!

—Pues así es.

—La verdad es que si eso les gusta, hacen bien. Pero yo no quisiera ser rey y tener un solo nombre, como si fuera un negro. Dime ahora dónde vamos a cavar primero.

—Pues no lo sé. Podríamos empezar por el árbol viejo que hay en la cuesta de la destilería.

—Me parece bien.

Armados de un pico roto y de una pala, emprendieron la caminata de tres millas. Llegaron jadeantes y sofocados y se tendieron a la sombra de un olmo para descansar y fumarse de paso una pipa.

—Esto me gusta —comentó Tom.

—Y a mí también.

—Escucha, Huck; si encontrásemos un tesoro, ¿qué harías con la parte que te correspondiera?

—Comería pasteles a diario y me bebería una gaseosa. Además, iría a todas las funciones de los circos ambulantes.

—¿No has pensado en ahorrar?

—¿Ahorrar? ¿Para qué?

—Para cuando pase el tiempo tener algo con que vivir.

—¡Bah! Eso no vale para nada. Mi padre volvería al pueblo y se quedaría con ello si yo no anduviera listo. Ya verías lo que le iba a durar. Y tú, Tom, ¿qué vas a hacer con lo que te corresponda?

—Comprarme otro tambor, una espada de verdad, una corbata colorada, y luego me casaría.

—¿Te casarías?

—Naturalmente.

—A ti te falta un tornillo.

—Aguarda un poco y verás...

—Eso es lo peor que puedes hacer, Tom. Fíjate en papá y mamá. Toda mi vida los he visto pegándose.

—¡Vaya una cosa! Mi novia no es de ésas.

—Yo creo que todas son iguales; todas nos tratan a patadas. Más vale que lo pienses bien. ¿Cómo se llama la chica?

—No se trata de una chica; es una niña.

—Da lo mismo. Unos dicen chica y otros niña; pero la cuestión es saber cómo se llama.

—Ya te lo diré algún día; ahora no puedo.

—Bueno, déjalo. Ahora que si te casas, me voy a quedar más solo que nunca.

—Eso no, Huck; porque vendrás a vivir conmigo. Ahora levántate, que vamos a empezar a cavar.

Durante media hora manejaron el pico, y, tras mucho sudar, nada consiguieron. Desalentado, Huck protestó:

—¿Están siempre tan profundos los tesoros?

—A veces; pero, generalmente, no. Creo que no hemos acertado con el sitio.

Eligieron otro y comenzaron de nuevo su trabajo, esta vez con menos brío. No obstante, la obra progresaba y continuaron cavando en silencio. Al fin, Huck, enjugándose con la manga el sudor de la frente y apoyado en el pico, dijo:

—¿Dónde cavaremos después que hayamos encontrado éste?

—Puede que la emprendamos con el árbol que hay más allá del monte Cardiff, por detrás de la casa de la viuda.

—Seguro que ése es de los buenos; pero ¿no nos lo quitará la viuda?

—¡Quitárnoslo! Es posible que lo intente; pero el tesoro es de quien lo encuentra... aunque no sea el dueño del terreno.

Tranquilizados respecto a la propiedad, prosiguieron su trabajo. Pasado un rato, Huck dijo:

—¡Maldita sea! ¿No crees que nos hemos equivocado otra vez de lugar?

—Es raro y no acabo de entenderlo. Puede que consista en las brujas, que a veces se entremeten.

—¡Quiá! Las brujas no pueden hacer nada durante el día.

—Es verdad; no se me había ocurrido. Pero ¡qué tontos somos! Ya sé en lo que consiste. Hay que averiguar dónde cae la sombra de la rama a medianoche. ¡Allí es donde tenemos que cavar!

—¡Qué caramba! Hemos perdido lastimosamente el tiempo. Tendremos que volver de noche, y esto está demasiado lejos. ¿Podrás tú salir?

—Creo que sí. Y ha de ser esta misma noche, porque si alguien ve los hoyos, se figurará que hay algo y se echará sobre ello.

—Bueno; yo andaré por los alrededores de tu casa y maullaré.

—Conforme. Vamos a esconder las herramientas entre las matas.

Los chicos fueron a la hora convenida y se sentaron a esperar en la oscuridad. El lugar estaba solitario a aquella hora misteriosa. Los espíritus murmuraban entre las hojas, los fantasmas acechaban por los rincones y en la lejanía aullaba un perro, contestándole una lechuza con su fúnebre graznido. Ambos chicos hablaban poco, intimidados por la solemnidad y el misterio. Cuando creyeron llegada la medianoche, señalaron la sombra proyectada por la luna y comenzaron sus excavaciones. La esperanza y el interés los empujaba y el hoyo se hacía más y más profundo. Cada vez que el pico tropezaba con algo, el corazón les daba un vuelco; luego resultaba ser una piedra o una raíz.

—Es inútil, Huck; nos hemos equivocado de nuevo.

—No es posible, porque señalamos la sombra justo donde estaba.

—Ya lo sé; pero es que hay otra cosa.

—¿Cuál?

—Que no sabíamos la hora con exactitud. Puede que fuera demasiado temprano o excesivamente tarde.

Huck dejó caer la pala.

—Eso mismo. Tendremos también que abandonar éste. Y el caso es que nunca sabremos la hora justa, y a mí me da miedo la noche con brujas y fantasmas rondando detrás de mí y no me atrevo a volver la cabeza por si otros vienen delante. Desde que estoy aquí se me ha puesto la carne de gallina.

—A mí me pasa igual, Huck. Cuando alguien entierra un tesoro mete en el agujero un difunto para que lo guarde.

—¡Dios mío!

—Es lo que he oído decir siempre.

—Tom, a mí no me gusta andar jugando con los muertos. Aun sin querer se enreda uno con ellos.

—A mí también me da miedo hurgarlos. Figúrate que alguno sacase fuera la calavera y se metiese con nosotros.

—Cállate, Tom. Eso es horrible.

—Yo tampoco estoy tranquilo.

—Escucha: vamos a alejarnos de este lugar y buscar por otro lado.

—Mejor será.

—¿Dónde vamos?

—A la casa encantada.

—¡Atiza! No me gustan nada las casas con duendes. Son mil veces peores que los difuntos. Puede que los muertos hablen; pero no se aparecen envueltos en un sudario cuando uno está descuidado sacando la cabeza y rechinando los dientes. Ni yo ni nadie podría ver eso con calma.

—Es cierto, pero los fantasmas sólo aparecen por las noches y no nos han de impedir que cavemos de día.

—Sabes de sobra que nadie se acerca a la casa encantada ni de noche ni de día.

—Lo que pasa es que huyen de donde se ha matado a alguno. Fuera de aquella casa no se ha visto nada de particular, sólo una luz azul que asoma por la ventana; pero no fantasmas de los corrientes.

—Pues si tú ves la luz azul que anda de un lado a otro, puedes apostar a que hay un fantasma detrás. La razón misma lo demuestra, porque sólo los fantasmas las utilizan.

—Desde luego. Pero como no salen de día, ¿por qué vamos a tenerles miedo?

—Bueno. Si tú quieres iremos a la casa encantada, aunque creo que corremos peligro.

Comenzaron a bajar la cuesta. Allá abajo, en medio del valle iluminado por la luna y en completo aislamiento, se veía la casa encantada con las cercas derruidas, las puertas cubiertas de vegetación, la chimenea caída y hundida una parte del alero. Los chicos la contemplaron fijamente, temerosos de ver surgir la luz azulada por detrás de la ventana. Al poco rato, hablando en voz muy baja, como correspondía a la hora y al lugar, torcieron a la derecha con objeto de alejarse lo más rápidamente posible del ruinoso edificio. Y atravesando los bosques que embellecían la ladera opuesta del monte Cardiff, emprendieron el camino del pueblo.

CAPÍTULO XXVI

Ladrones de verdad se llevan el tesoro

Al mediodía fueron los dos amigos al árbol seco en busca de sus herramientas. Tom estaba impaciente por ir a la casa encantada; Huck también, aunque en grado prudencial. De pronto dijo:

—¿Sabes, Tom, qué día es hoy?

El interpelado repasó mentalmente los días de la semana y miró asustado a su compañero.

—¡Anda! La verdad es que no se me había ocurrido.

—Tampoco a mí; pero me acordé de repente que estamos a viernes.

—¡Qué lata! Hay que tener mucho cuidado. Tal vez nos hemos escapado de algo gordo por no haberlo hecho ese día.

—Seguramente. Hay días de suerte, pero no son los viernes.

—Todo el mundo lo sabe; no creas que eres el primero que lo descubre; también anoche tuve un mal sueño: soñé con ratas.

—Eso es señal de disgustos. ¿Reñían?

—No.

—Pues es buena señal. Cuando no riñen, quiere decir que el disgusto está cerca, pero nada más. Siendo un poco listo, se puede uno librar de ello. Vamos a dejarlo. ¿Sabes jugar a Robin Hood?

—Yo, no. ¿Quién es Robin Hood?

—Uno de los más grandes hombres que tuvo Inglaterra y el mejor de todos. Era un bandido.

—Yo también quisiera serlo, ¡canastos! ¿Y a quién robaba?

—Únicamente a los sheriffs, obispos, reyes, ricachos y gentes por el estilo. Nunca se metía con los pobres, y siempre iba a partes iguales con ellos, repartiendo hasta el último centavo.

—Debía de ser un tío de una vez.

—Ya lo creo. Era una persona noble como ya no las hay. Con una mano atada a la espalda podía con todos los hombres de Inglaterra. A milla y media de distancia, y sin fallar una sola vez, atravesaba con su arco de tejo una moneda de diez centavos.

—¿Qué es un arco de tejo?

—No lo sé; pero seguramente una especie de arco. Si daba a la moneda en el borde, se tiraba llorando y maldiciendo. Jugaremos a Robin Hood. Ya verás, es muy divertido; yo te enseñaré.

—¡Muy bien! ¡Muy bien!

Jugaron a Robin Hood toda la tarde, no sin echar de cuando en cuando una mirada ansiosa a la casa de los duendes mientras planeaban sus aventuras para el día siguiente. Al ponerse el sol emprendieron el regreso entre las sombras proyectadas por los árboles y pronto desaparecieron en los bosques del monte Cardiff.

El sábado, poco después del mediodía, se reunieron de nuevo junto al árbol seco. Después de fumar una pipa, cavaron un poco ahondando en el último hoyo, sin grandes esperanzas y solamente por la creencia de Tom de que para hallar el tesoro había que derrochar constancia y no exponerse a que cuando se estuviera próximo a tocarlo otro viniera detrás y se lo llevara con un solo golpe de pico. Pero esta vez, sin embargo, les falló la perseverancia y tuvieron que marcharse con las herramientas al hombro, convencidos de haber cumplido con todos los requisitos y exigencias inherentes al oficio de cazadores de tesoros.

Al llegar junto a la casa encantada, el fantasmal silencio que allí reinaba bajo el sol abrasador y la soledad y desolación del lugar amedrentaron a los chicos, que tuvieron miedo de aventurarse dentro. Al cabo de unos instantes se deslizaron hasta la puerta y miraron temblorosos hacia el interior. La primera visión que se ofreció a sus ojos fue una habitación con los muros sin revoco, falta de pavimento y en la cual crecía la hierba. La chimenea estaba rota, las ventanas sin cierres y la escalera ruinosa; por todos los rincones colgaban las telas de araña. Entraron de puntillas, con el corazón palpitante, hablando en voz baja y el oído alerta para emprender la huida.

Poco a poco fueron familiarizándose con el ambiente y pudieron examinar con calma el lugar, admirados de su propia audacia. Animados ya, pensaron en subir al piso alto. Aunque la ascensión suponía tener cortada la retirada, se decidieron al fin y tiraron las herramientas en un rincón. Allí encontraron las mismas señales de abandono y ruina. Vieron una especie de armario que les pareció misterioso; lo abrieron y no había nada dentro. Envalentonados, decidieron bajar para comenzar de nuevo su trabajo.

De pronto, Tom se llevó un dedo a los labios.

—¡Chisss!

—¿Qué pasa? —indagó Huck, pálido de terror—. ¡Chisss! ¡Ahí! ¿Lo oyes?

—Sí. ¡Corramos, Dios mío!...

—Estate quieto. No te muevas; vienen derechos hacia la puerta.

Tendidos en el suelo, con los ojos puestos en los boquetes del entarimado, aguardaron mudos por el terror. Por fin, Tom susurró:

—Se han detenido. No, ya vienen...; ahí están. No hables, Huck. ¡Si pudiéramos estar lejos de aquí!

Entraron dos hombres, y los chicos reconocieron en uno de ellos a un español viejo y sordomudo que había andado por el pueblo aquellos días. El otro era desconocido: un ser harapiento y sucio, de fisonomía repugnante. El español iba envuelto en un sarape. Las barbas, blancas y enmarañadas, igual que las greñas que le asomaban por debajo del sombrero. Ocultaba los ojos con unas antiparras verdes. Hablaban en voz baja y se sentaron en el suelo frente a la puerta y de espaldas al muro. Poco a poco el harapiento fue elevando el tono de su conversación.

—No —dijo—. Lo he pensado bien y no me gusta. Creo que es peligroso.

—¡Peligroso! —refunfuñó el español, con gran sorpresa de los niños, que lo creían sordomudo—. Eres un gallina...

La exclamación los dejó atónitos. Era nada menos que el Indio Joe, el cual, tras un largo silencio, prosiguió:

—No es más peligroso que el golpe que dimos allá arriba y ya ves que nada ha sucedido.

—Es distinto. Está lejos y completamente aislado. Nadie lo sabría en el caso de que nos hubiera fallado.

—Bueno; pero ¿hay algo más arriesgado que venir aquí de día? Cualquiera que nos viese sospecharía de nosotros.

—Ya lo sé. Pero no hay nada tan a mano después de aquel golpe idiota. Quiero abandonar esta ratonera. Ya quise que nos marcháramos ayer; pero no podíamos asomar las narices teniendo cerca aquellos condenados chicos que jugaban allí.

Los aludidos se estremecieron al oír esto y pensaron en que la suerte les había favorecido haciéndoles recordar que era viernes. ¡Lástima no haber esperado un año! Los hombres sacaron unos comestibles y se dispusieron a almorzar. Permanecieron silenciosos y meditabundos. De pronto, Joe rompió el silencio:

—Escúchame, muchacho: debes volverte a tu tierra y esperar allí hasta que yo te llame. Voy a arriesgarme a volver al pueblo por una sola vez y ver qué pasa. Daremos el golpe mortal cuando yo esté seguro de que las cosas se presentan bien. Después iremos juntos a Texas.

La proposición parecía aceptable. Joe continuó:

—Estoy muerto de sueño. Ahora te toca vigilar.

Se acomodó entre las hierbas y a poco comenzó a roncar. Su compañero lo movió y los ronquidos cesaron por completo. El centinela, después de dar unas cuantas cabezadas, se durmió profundamente. Los chicos respiraron satisfechos.

—¡Ahora es la nuestra! —exclamó Tom—. ¡Vámonos!

—Yo no puedo —respondió Huck—, porque me moriría de susto si despertasen.

Tom insistió; pero Huck no se decidía. Al fin se levantó con cuidado y echó a andar solo. Pero al dar el primer paso crujió de tal forma el pavimento, que se tendió de nuevo paralizado por el terror. Como no osara repetir el intento, allí quedaron contando los minutos hasta creer que el tiempo se había estancado. Con alegría observaron que al fin el sol se había ocultado en el horizonte.

Uno de los hombres cesó de roncar. El Indio Joe, incorporándose, miró en torno suyo y dirigió una malévola sonrisa a su compañero, el cual tenía la cabeza hundida entre las rodillas. Empujándole con el pie, le dijo:

—¡Pues sí que eres un buen vigilante! Por fortuna nada ha sucedido.

—¡Demonio! No creía que me iba a pillar el sueño.

—Has dormido un buen rato. Ahora, compadre, ha llegado el momento de ponerse en marcha. ¿Qué vamos a hacer con lo poco que nos queda en la bolsa?

—No sé; pero pienso que debemos dejar esto aquí como otras veces. No nos sirve para nada hasta que no vayamos hacia el Sur. Y seiscientos cincuenta dólares en plata pesan demasiado para cargar con ellos.

—Está bien. Después de todo, no importa volver por aquí.

—Claro; pero habrá que venir de noche como hacíamos antes.

—Escúchame. Es posible que pase mucho tiempo antes de que se presente una buena ocasión para dar ese golpe, y pueden también ocurrir accidentes, porque el lugar es peligroso. Lo mejor es enterrarlo profundamente.

—¡Excelente idea! —repuso el compadre.

Arrodillado, levantó uno de los ladrillos del fogón y extrajo un talego que sonaba de un modo grato. Repartió entre los dos unos cuantos dólares y entregó la bolsa a Joe, que, de rodillas en un rincón, perforaba el suelo con un cuchillo.

Los chicos olvidaron sus temores y angustias mientras seguían con ávida mirada los movimientos de los ladrones. ¡Qué insospechada suerte! Seiscientos dólares era una cantidad suficiente para enriquecer a media docena de colegiales. Aquello sí que era una auténtica y feliz caza de tesoros; ya no tropezarían más con la enojosa incertidumbre de no saber dónde cavar el pico. Se hacían guiños y señales con la cabeza para expresarse mutuamente la satisfacción que a ambos les embargaba por estar allí.

De pronto, el cuchillo del indio tropezó con algo.

—¡Caramba! —exclamó.

—¿Qué es?

—Nada, una tabla podrida. ¡Quiá! Es una caja. Ayúdame un poco y veremos de qué se trata. Pero no hace falta; he hecho un agujero.

Metió la mano y extrajo el objeto.

—¡Pero si es dinero!

Ambos examinaron con atención las monedas de oro. Allí arriba los dos chicos se mostraban tan contentos y excitados como ellos.

El compañero del indio observó:

—Esto lo arreglamos en un momento. Entre la basura he visto un pico viejo, al otro lado de la chimenea.

Volvió con las herramientas de los muchachos. El indio tomó el pico, lo examinó minuciosamente y, sacudiendo la cabeza y murmurando entre dientes, se puso a manejarlo. La caja salió a la superficie. Era pequeña, reforzada con herrajes y con señales de haber sido sólida antes de que el tiempo la averiase. Los dos hombres contemplaron en silencio el tesoro.

—Amigo, aquí hay miles de dólares —exclamó el indio.

—Siempre se murmuró que la partida de Murrel anduvo por aquí un verano —repuso el desconocido.

—Desde luego, y esto tiene todas las señales.

—Ahora ya no tendrás que dar el golpe aquel.

El mestizo frunció el ceño.

—No me conoces ni estás enterado del asunto. No es solamente el robo; se trata, además, de una venganza. Un fulgor maligno brilló en sus ojos. Necesito tu ayuda. Cuando esté todo, iremos a Texas. Vete a tu casa con tu mujer y tus hijos, y estate preparado para cuando yo te llame.

—Está bien, si tú lo mandas. Y ¿qué hacemos con esto? ¿Volverlo a enterrar?

—Sí... No, de ningún modo. Ya no me acordaba; este pico tiene tierra pegada, y esto es reciente. ¿Qué hacen aquí estas herramientas? ¿Quién las ha traído y dónde andará su dueño? ¡Quiá! ¡Enterrar esto aquí y que luego vean el piso removido! No puede ser; lo llevaremos a mi escondrijo.

Oyendo esto, los chicos pasaron de la desenfrenada alegría a un indescriptible terror.

—Claro que sí —repuso el dócil compañero—. Deberíamos haberlo pensado antes. ¿Te parece bien el número uno?

—No; el dos debajo de la cruz. El otro sitio es demasiado conocido.

—Muy bien. Ahora, que es casi de noche, podemos irnos.

El Indio Joe inspeccionó desde todas las ventanas. Después dijo:

—¿Quién habrá traído aquí estas herramientas? ¿Crees que puede haber alguien arriba?

Los chicos quedaron sin aliento. El Indio Joe, con el cuchillo en la mano, se detuvo indeciso. Luego dio media vuelta y se dirigió a la escalera. Los chicos se acordaron del armario, pero estaban sin fuerzas, completamente agotados. La escalera crujía con los pasos del indio y la angustia despertó sus muertas energías. A punto de ocultarse en el armario, se oyó un chasquido y la escalera se vino abajo. El indio se desplomó en densa polvareda. Se incorporó rápido, y lanzando juramentos, dijo a su compañero:

—Después de todo, ¿para qué? Si hay alguien arriba, que continúe; a nosotros nos tiene sin cuidado. Y si le apetece bajar para buscarnos camorra, que lo haga. Dentro de quince minutos es de noche y puede seguirnos si ése es su deseo. Quien trajo aquí estas cosas seguramente nos tomó por duendes o demonios, y apuesto algo bueno a que todavía no ha cesado de correr.

Continuó gruñendo y después convino con su amigo en aprovechar para la huida los escasos minutos que les quedaban de luz. Al cabo de un rato salieron de la casa protegidos por la oscuridad, y se encaminaron hacia el río, llevando la preciada caja.

Tom y Huck se levantaron desfallecidos y un tanto calmados, y a través de los resquicios que dejaban los troncos que hacían las veces de muro, siguieron con la vista a los bandidos. Imposibilitados para seguirles la pista, se conformaron con bajar de su escondrijo con los huesos sanos, y atravesando el monte, tomaron la senda que conducía al pueblo. Hablaban poco, pero en su fuero interno maldecían la hora en que se les ocurrió dejar allí sus herramientas. A no ser por esta desgraciada coyuntura, Joe, sin sospechar lo más mínimo, hubiera escondido el tesoro, y una vez satisfecha su venganza, lo habría recogido, sufriendo el chasco de comprobar que su dinero había volado. ¡Qué mala suerte haber abandonado el pico y la pala! Resolvieron estar al acecho para cuando el falso español volviera al pueblo a fin de realizar sus proyectos de venganza. Entonces, por encima de todo, lo seguirían hasta el número dos. A Tom se le pasó por la imaginación algo terrible.

—Ha dicho venganza. ¿Y si esto fuera contra nosotros, Huck?

—¡Qué cosas se te ocurren! —contestó su amigo a punto de desmayarse.

Discutieron el asunto, y al llegar al pueblo estaban ya de acuerdo en suponer que, sin duda, se refería a otro, acaso sólo a Tom, puesto que era él el único que había declarado. ¡Menguado consuelo hallarse solo ante el peligro! Cualquier compañía hubiera sido bien recibida en aquellos momentos...

CAPÍTULO XXVII

La pista temerosa

La obsesionante aventura perturbó el sueño de Tom aquella noche. Cuatro veces tuvo en sus manos el tesoro y otras tantas se evaporó entre sus dedos al despertar y darse cuenta de la realidad de sus desdichas. Cuando, despabilado, recordaba al amanecer los incidentes del magno suceso, parecíanle extrañamente lejanos, como si hubiesen ocurrido en otro mundo o en un pasado muy remoto. Acaso la fabulosa aventura fuera tan sólo un sueño. Un decisivo argumento le inclinaba a creer que así fuera: la cantidad de dinero entrevista era demasiado cuantiosa para tener existencia real. Jamás habían contemplado sus ojos cincuenta dólares juntos, y como todos los chicos de su edad y condición, imaginaba que las cantidades de cientos y de miles no eran sino modos de expresión, ya que tales sumas no podían existir en la tierra. ¿Cómo era posible que cien dólares en dinero contante y sonante pudieran estar en posesión de una sola persona? De haber analizado sus ideas, se habría dado cuenta de que un tesoro escondido consistía tan sólo en un puñado de monedas reales, y en una fanega de otras vagas, maravillosas e impalpables.

No obstante, los incidentes de su aventura fueron dibujándose con mayor relieve a fuerza de pensar en ellos, y terminó por desechar la idea de que había soñado. Era preciso acabar de una vez con tal incertidumbre; comería un poco y luego iría en busca de Huck. Lo encontró sentado al borde de una balsa, abstraído y melancólico, con los pies metidos en el agua. Tom decidió que su amigo tomara la iniciativa en la conversación sobre el tema. De no hacerlo, era señal inequívoca de que se trataba de un sueño.

—¡Hola, Huck!

—¡Hola!

Transcurrieron unos minutos de silencio.

—Escucha, Tom; si hubiésemos dejado las herramientas en el árbol podrido, habríamos tomado el dinero. ¡Maldita sea nuestra suerte!

—Entonces no fue un sueño... ¡Ojalá lo fuera, y que me maten si no es verdad lo que digo!

—¿El qué no es un sueño?

—Lo de ayer. Ya no sé qué pensar.

—Si no se llegan a romper las escaleras ya hubieras visto si era un sueño. He pasado la noche con horribles pesadillas, porque veía al maldito español con las gafas corriendo detrás de mí. ¡Así lo ahorquen!

—No, que no lo ahorquen; que lo encuentren es preferible. ¡Descubrir el dinero!

—Pienso que no hemos de dar con él. La ocasión de encontrar un tesoro sólo se presenta una vez, y nosotros la hemos perdido. ¡El temblor que me iba a sacudir si volviera a ver a ese hombre!

—A mí también; pero, a pesar de todo me gustaría seguirle hasta dar con su número dos.

—Eso es, el dos... He pensado en ello, pero no caigo. ¿Qué crees tú que será?

—Pues no lo sé. Es demasiado misterioso. ¿Será el número de una casa?

—A lo mejor... Pero no; no es posible. En este poblacho las casas no tienen número.

—Es verdad. Déjame pensar un poco. Ya está; es el número de un cuarto, en una posada. ¿No te parece?

—¡Has dado en el clavo! Como sólo hay dos posadas, vamos a averiguarlo a escape.

—Quédate aquí, Huck, hasta que yo vuelva.

Tom se alejó. No gustaba de que le vieran con frecuencia en compañía de su amigo. Regresó al cabo de media hora con la noticia de que en la mejor de las posadas, el número dos se hallaba ocupado por un joven abogado. En la más modesta, el número dos encerraba un misterio. El hijo del posadero le contó que la habitación estaba constantemente cerrada y que nunca había visto entrar ni salir a nadie, a no ser de noche. Ignoraba las razones de que así fuera, y aunque a veces le picaba la curiosidad, prefería creer en algo misterioso; por ejemplo, que el cuarto estaba encantado, ya que había visto una luz la noche precedente.

—Eso es lo que he podido averiguar, Huck. Me parece que éste es el número tras el cual andamos.

—Seguramente. Y ahora, ¿qué vas a hacer?

—Déjame pensar.

Tras una larga meditación, continuó:

—Te lo diré. La puerta trasera de ese número es la que da al callejón sin salida que hay entre la posada y la escombrera del almacén de ladrillos. Busca todas las llaves que encuentres y yo tomaré las de mi casa; en cuanto llegue una noche oscura, iremos a probarlas. Además, has de estar al acecho del Indio Joe, puesto que dijo que volvería a vengarse. Si lo ves, le sigues, y si no va al número dos, es que nos hemos equivocado de sitio.

—¡Dios mío! No me gusta ir solo detrás de él.

—Pero como será de noche, puede que ni siquiera te vea, y si te ve, tampoco sospechará de ti.

—Bueno. Pues si está muy oscuro, puede que me atreva a seguirle, aunque no sé, no sé... De todos modos, lo intentaré.

—A mí no me importaría ir tras él si fuera completamente de noche. A lo mejor no puede vengarse y va derecho a tomar su dinero.

—Tienes razón. ¡Pues claro que lo seguiré, aunque se hunda el mundo!

—¡Así se habla! No te amilanes, Huck, que yo también he de ser valiente...

CAPÍTULO XXVIII

En el cubil del Indio Joe

Aquella noche, Tom y Huck se prepararon para la gran empresa. Rondaron por las cercanías de la posada hasta pasadas las nueve, vigilando uno el callejón y el otro la puerta de la posada. Nadie entró ni salió por la calleja, y ninguno con pinta de español traspasó la puerta. La noche se presentaba magnífica, y Tom marchó a su casa, después de convenir en que cuando oscureciese del todo, Huck maullaría para que juntos pudieran probar las llaves. La noche permanecía clara y luminosa, y Huck, abandonando la guardia, fue a cobijarse en un tonel vacío, al filo de las doce.

Ni el martes ni el miércoles les favoreció tampoco la suerte. La noche del jueves se mostró más acogedoramente tenebrosa, y Tom se evadió en el momento oportuno con una desvencijada linterna de hojalata envuelta en una botella. Ocultó la linterna en el tonel de Huck y ambos chicos montaron la guardia. Una hora antes de la medianoche se cerró la taberna, y sus luces —únicas que por aquellos contornos se veían— quedaron apagadas. No había rastro del español, ni ningún ser viviente había pasado por la calleja. Todo se mostraba propicio al misterio; la oscuridad y la calma sólo se interrumpían de tarde en tarde por el rumor de la lejana tormenta.

Tom sacó la linterna: la encendió dentro del tonel, envolviéndola cuidadosamente en la toalla, y ambos aventureros avanzaron en las tinieblas con dirección a la posada. Huck permaneció de centinela mientras Trom avanzaba a tientas por el callejón. Transcurrió un largo rato, y la espera pesó como una losa de plomo sobre el corazón de Huck. Deseaba vislumbrar algún destello procedente de la linterna de Tom, señal indudable de que su amigo vivía.

Las horas se le hacían eternas. Acaso le habría dado un mareo, o tal vez estuviera muerto por habérsele paralizado el corazón de miedo. Arrastrado por la ansiedad, Huck se aproximó al callejón lleno de temor y esperando a cada instante algún suceso catastrófico. Apenas respiraba y el corazón se le saltaba del pecho. De pronto, vio un rayo de luz y Tom pasó ante él como una centella.

—¡Corre! —exclamó—. ¡Date prisa si quieres salvarte!

No hubo necesidad de repetirlo; bastó la primera advertencia. Huck corría como un gamo, y ninguno de los dos se detuvo hasta que llegaron al cobertizo de un matadero abandonado en las afueras del pueblo. La tormenta estalló y comenzó a llover de modo torrencial. Recobrado el resuello, Tom dijo:

—¡Qué horror, Huck! Probé dos llaves con mucho cuidado, pero hacían tal ruido, que por poco me caigo de miedo. Además, no giraban en la cerradura. Sin darme cuenta, agarré el picaporte y ¡la puerta se abrió sola! Entré de puntillas, quité la toalla de la linterna, ¡y lo que vi, Dios mío de mi vida!

—¿El qué? ¿Qué viste Tom?

—De poco le piso la mano al indio...

—¿De verdad?

—Sí, de veras. Estaba tumbado en el suelo, con su parche en el ojo y los brazos abiertos.

—¿Y tú qué hiciste? ¿Se despertó?

—No, nada más rebulló un poco. Me figuro que estaba borracho. Entonces agarré la toalla y salí corriendo.

—Yo hubiera olvidado la toalla.

—Pues yo no. ¡Habría que oír a mi tía si llego a perderla!

—Dime, Tom. ¿Viste la caja?

—No tuve tiempo de mirar, pero no vi la caja ni la cruz, y sí una botella y un vaso de estaño en el suelo, al lado de Joe. Había otras muchas botellas esparcidas y también dos barriles. ¿No comprendes ahora lo que le pasa al cuarto?

—¿Qué le pasa?

—Pues que está encantado por el whisky. A lo mejor en todas las posadas de templanza[5] tienen un cuarto encantado. ¿No crees?

—Puede que sí. Pero ¿quién iba a pensarlo? Mira, Tom, yo creo que ahora que está el indio borracho debemos quitarle la caja.

—Anda; haz tú la prueba.

Huck se estremeció.

—La verdad es que no me atrevo.

—No yo tampoco. Una sola botella no es suficiente para Joe. Si tuviera tres a su lado, sí que me atrevería.

Meditaron largo rato, y, al fin, dijo Tom:

—Yo creo, Huck, que no debemos intentar eso hasta que no estemos seguros de que Joe se ha marchado. Resultaría peligrosísimo. Pero si vigilamos todas las noches, alguna vez lo veremos salir y nos apoderaremos de la caja más listos que el rayo.

—Conforme. Yo vigilaré todas las noches, sin dejar una, si tú haces la otra parte del trabajo.

—Me parece muy bien. Tú no tienes que hacer sino maullar, y si estoy dormido, tiras una china a la ventana y me despierto.

—¡Magnífico!

---

[5] Establecimientos donde se suponía que no se consumían bebidas y que gozaban por ello de ciertos privilegios y exenciones de algunos impuestos.

—Ahora, Huck, ha pasado ya la tormenta y tengo que volver a casa. Dentro de un par de horas empezará a amanecer. Tú te quedas vigilando, ¿quieres?

—He prometido hacerlo y lo haré. Dormiré de día y rondaré vigilando la posada toda la noche.

—¿Dónde vas a dormir?

—En el pajar de Ben Rogers. Ya sé que él me deja, y también el negro Jake, el esclavo de su padre. Le llevo agua cuando la necesita, y siempre que se lo pido y lo tiene me da algo de comer. Es un negro muy bueno, y me quiere porque no me doy importancia con él. A veces, nos hemos sentado juntos a comer, pero no se lo digas a nadie. Cuando se tiene hambre, hay que hacer cosas que uno no haría de ordinario.

—Bueno, Huck; si no te necesito durante el día, dejaré que duermas; ya sabes que no quiero molestarte. Y si descubres algo por la noche, echas a correr y pegas un maullido.

CAPÍTULO XXIX

Huck salva a la viuda

En la mañana del viernes llegó a los oídos de Tom una importantísima noticia: la familia del juez Thatcher había regresado al pueblo aquella misma noche. Tanto el Indio Joe como el tesoro pasaron a segundo término, y Becky ocupó el lugar preferente en la atención de nuestro héroe. Se vieron enseguida y disfrutaron lo indecible jugando al escondite y a las cuatro esquinas con unos cuantos condiscípulos. La felicidad de ambos tuvo digno remate: Becky consiguió de su madre el permiso para celebrar al día siguiente la merienda campestre, prometida desde tiempo atrás e indefinidamente aplazada. El gozo de los niños no conoció límites; se invitó a los amigos, y entre la gente menuda cundió una fiebre de preparativos y de júbilo anticipado. Tom, nervioso, permaneció despierto hasta muy tarde, esperanzado por oír el maullido de Huck y poder espantar a Becky y a cuantos concurrieran a la merienda. Su esperanza quedó frustrada; no hubo señal aquella noche.

Llegó, al fin, la mañana, y una ruidosa pandilla se reunió en casa del juez. Las personas mayores no solían tomar parte en estas excursiones por no aguar la fiesta de los pequeños, a quienes se consideraba seguros bajo la protectora vigilancia de unas cuantas señoritas y jóvenes de dieciocho a veinte años. La vieja barca de vapor que cruzaba el río fue alquilada para la fiesta, y la alegre comitiva, cargada de cestas con la merienda, llenó la calle principal. Sid estaba enfermo y no pudo asistir; Mary se quedó en casa para hacerle compañía. La señora Thatcher advirtió a su hija:

—Como no volveréis hasta muy tarde, será preferible que pases la noche con alguna de las niñas que viven cerca del embarcadero.

—Me quedaré con Susy Harper, mamá.

—Me parece bien. Procura ser buena y no dar molestias a nadie.

Ya en marcha, Tom aconsejó a Becky:

—¿Sabes lo que te digo? Pues que en vez de ir a casa de Joe Harper, vayamos a casa de la viuda de Douglas, en el monte. Siempre tiene muchos helados y nos dará algunos. Además, se alegrará de vernos.

—¡Sí que será divertido!

Reflexionó un momento y añadió:

—Pero ¿qué me va a decir mamá?

La niña rumió un rato la sugerencia, y dijo vacilante:

—Me parece que no está bien, pero...

—No hay pero que valga. Tu madre no se enterará y no veo mal en ello. Lo único que quiere es que estés en lugar seguro, y apuesto cualquier cosa a que si se le llega a ocurrir, ella misma te lo hubiera aconsejado.

La hospitalidad de la viuda resultaba tentadora. Al fin Tom ganó la batalla y ambos decidieron guardar silencio con respecto al programa nocturno. Tom recordó que acaso Huck hiciera la señal aquella noche. La idea aguó no poco su entusiasmo, pero, con todo, no quiso renunciar a la diversión que se prometía en casa de la viuda. Si aquella noche no hubo señal, era más que probable que tampoco la hubiera la noche siguiente. Más que el incierto tesoro, le atraía el placer seguro, y niño al fin, decidió no pensar por el momento en la codiciada caja que encerraba las monedas.

A tres millas de distancia del pueblo se detuvo la barcaza, soltando las amarras a la entrada de una frondosa ensenada. Los chicos saltaron a tierra, y por los bosques y altos peñascales resonaron los gritos y risas infantiles. Después de muchas carreras, los expedicionarios regresaron cansados al punto de reunión, y como estaban hambrientos, devoraron en un santiamén las sabrosas meriendas. Tras un largo descanso bajo los corpulentos robles, alguien propuso:

—¿Quién quiere venir a la cueva?

Como todos estaban dispuestos, se pusieron en marcha con unas cuantas bujías en la mano. La entrada de la cueva estaba en la ladera, y la abertura tenía la forma de una A. Encontraron abierta la sólida puerta de roble, y penetraron en una pequeña cavidad helada, construida por la Naturaleza con muros de roca caliza que rezumaban humedad. Resultaba impresionante el misterio de aquel rincón sombrío, mientras afuera el valle cubierto de vegetación resplandecía con el sol. Pasada esta primera impresión, comenzó de nuevo el infantil alboroto. Si alguien encendía una vela, todo el mundo se lanzaba sobre ella hasta que la bujía rodaba por el suelo o se apagaba de un soplo, entre grandes risas y alborotos. Acabados los juegos, los excursionistas se aprestaron a subir la abrupta cuesta de la galería principal, y la hilera de luces vacilantes permitía entrever los altos muros de roca casi hasta el punto en que se unían a la bóveda. La galería era estrecha, y a ambos lados se abrían angostas resquebrajaduras. La cueva de McDougal era un vasto laberinto de pasillos que comunicaban unos con otros sin conducir a ninguna parte. Era creencia popular el que pudiera recorrerse la intrincada red de grietas y fisuras sin llegar nunca a ningún término. La caverna era desconocida; la mayor parte de la gente se conformaba con recorrer un trecho y nadie quería aventurarse más allá de la parte ya explorada.

La comitiva avanzó un buen trecho por la galería principal, y luego los grupos y parejas se adentraron por las cavernas laterales, correteando por las lóbregas galerías para sorprenderse unos a otros en las encrucijadas donde aquéllas se unían. Durante mucho tiempo pudieron jugar al escondite sin encontrarse y sin salir del terreno conocido.

Poco a poco fueron llegando todos a la entrada de la cueva, sin aliento, riendo y cubiertos de pies a cabeza de manchones de cera y barro. Quedaron sorprendidos al ver que, por no haberse dado cuenta del tiempo transcurrido, se les había echado la noche encima. Hacía media hora que sonaba la campana del barco llamando a los pasajeros, pero nadie, a excepción del capitán de la pequeña embarcación, tenía ninguna prisa.

Huck había montado ya su guardia cuando las luces de la barca brillaron frente al muelle. Ningún ruido se sentía a bordo; la gente joven, a consecuencia de la fatiga, se comportaba con formalidad. Huck se preguntó qué clase de barco sería aquél, y por qué razón no atracaba en el muelle. Olvidada su momentánea curiosidad, reconcentró la atención en sus propios asuntos. La noche se ponía entoldada y oscura. Dieron las diez y cesó el ruido callejero; luces dispersas temblaron en las tinieblas; los transeúntes rezagados se recogieron en sus casas y la población se entregó al sueño, dejando al pequeño vigilante a solas con los fantasmas. Al dar las once se apagaron las luces de las tabernas, y todo quedó envuelto en una oscuridad total. Huck esperó algún tiempo, que se le hizo interminable y tedioso, sin que nada ocurriera. Su fe comenzó a debilitarse. La larga espera, ¿serviría en realidad para algo? ¿No sería preferible renunciar y marcharse a dormir?

De pronto, un leve ruido le obligó a reconcentrar su atención. Sintió que la puerta de la calleja se abría suavemente, y de un salto se metió en la escombrera del almacén. Dos hombres pasaron rozándole, y uno de ellos llevaba un bulto debajo del brazo. La caja, seguramente... Así, pues, desaparecía el tesoro. ¿Para qué, entonces, llamar a Tom? Era una insensatez;

aquellos hombres se fugaban y jamás volverían a verlos. Pero no; valiéndose de la oscuridad, podría seguirlos hasta donde fueran. Salió de su escondrijo y con los pies descalzos se deslizó en silencio, dejándoles la delantera precisa para no perderlos de vista.

Subieron por la calle paralela al río y torcieron por un callejón transversal. Luego, avanzando en línea recta, llegaron a la senda que conduce al monte Cardiff y se metieron en ella. Pasaron por la vieja casa del galés, a mitad de la subida del monte, y, sin vacilar, siguieron cuesta arriba. Huck pensó que enterrarían el tesoro en la cantera abandonada. Continuaron hasta la cumbre, se metieron por un estrecho sendero entre matorrales, y al punto se los tragó la sombra. Huck, seguro de que no podían verle, acortó la distancia. Corrió durante un rato; luego, acortó el paso ante el temor de acercarse demasiado, y, por último, se detuvo. No se oía ruido alguno y sólo percibía los latidos de su corazón. Le pareció de mal agüero el ulular de una lechuza, y como no sentía ya los pasos, creyó que todo estaba perdido. Iba a emprender veloz carrera, cuando oyó una tos a poca distancia. Temblando de miedo, permaneció quieto; tan débil se encontraba, que creyó que se desplomaría en el suelo. Conocía bien el sitio; estaba a unos pasos del portillo que conducía a la finca de la viuda de Douglas. Huck pensó que enterrarían allí el tesoro y que no sería difícil encontrarlo.

De pronto, sonó la voz, muy amortiguada, del Indio Joe:

—¡Maldita sea! Debe de tener visita, porque se ven luces, a pesar de lo tarde que es.

—Pues yo no las veo.

Esta vez hablaba el desconocido de la casa encantada. Un escalofrío corrió a lo largo de la espalda de Huck. ¡Así, pues, se trataba de la famosa venganza! Su primer impulso fue huir, pero recordó que la viuda se había portado bien con él más de una vez. Quizá aquellos hombres tuvieran intención de matarla. Lo mejor sería prevenir a la mujer; pero, ¿y si lo atrapaban a él? Por su cerebro pasaron veloces estas y otras consideraciones. La respuesta del mestizo no se hizo esperar:

—No las ves porque tienes las matas delante. Ven por aquí. ¿Ves algo ahora?

—Sí. Parece que hay gente con ella y más vale dejarlo.

—¡Dejarlo, cuando me voy de este país para siempre! Acaso no se presente más otra ocasión como ésta. Ya te he dicho mil veces que me tiene sin cuidado su dinero; puedes, si quieres, quedarte con él. Pero su marido me hizo todo el daño que pudo, y, sobre todo, fue al juez de paz y éste me condenó por vagabundo. Y no es esto todo: ordenó que me azotaran delante de la cárcel, como si fuera un negro, y todo el pueblo fue a ver cómo me daban con el látigo. Sí, con el látigo, ¿entiendes? Murió sin pagármelas, pero ahora me cobraré en su viuda.

—No hagas eso, por favor. ¡No la mates!

—¿Quién habla de matar? A él sí que lo mataría si lo tuviera a mano; pero a ella no. Cuando uno quiere vengarse de una mujer, no la mata; basta con estropearle la cara. ¡Le desgarraré las narices y le cortaré las orejas, como si fuera una cochina!

—¡Por Dios! Eso es...

—Lo mejor que puedes hacer es guardarte tus opiniones. Pienso atarla a la cama, y si se desangra y muere, tanto peor para ella, que yo no he de llorar por su desgracia. Y puesto que eres mi amigo, has de ayudarme en este asunto, que para eso has venido. Acaso yo no pueda manejarme solo, pero si tú te vuelves atrás, te mato a ti también, ¿lo entiendes? Y en ese caso, como os mataré a los dos, nadie sabrá quién fue el asesino.

—Está bien, si no hay otro remedio. Y cuanto antes, mejor, porque estoy temblando...

—¿Ahora que está con gente? Ten mucho cuidado, porque si no, voy a sospechar de ti. No corre prisa: esperaremos a que se apaguen las luces.

Se hizo de nuevo el silencio. Huck, medrosamente, dio un paso atrás conteniendo el aliento. De pronto, una rama crujió debajo de sus pies. Escuchó sin atreverse a respirar; no se oía nada, y la quietud era absoluta. Satisfecho de su suerte, dio media vuelta entre los matorrales y echó a andar más ligero, aunque con infinitas precauciones. Hasta que llegó a la cantera no se sintió seguro; una vez allí echó a correr cuesta abajo en dirección a la casa del galés. Llamó a la puerta y a poco las cabezas del viejo y de sus dos hijos asomaron por diferentes ventanas.

—¿Qué escándalo es ése? ¿Quién llama y qué es lo que quiere?

—¡Ábrame pronto, que corre mucha prisa!

—¿Quién es usted?

—Huckleberry Finn. ¡Abran pronto!

—¡Huckleberry Finn! El nombre no inspira demasiada confianza. Pero abridle la puerta, muchachos, y veamos qué desea.

—¡Por Dios, no me descubran! —fueron sus primeras palabras—. No lo digan, porque me matarán, pero la viuda ha sido buena conmigo y quiero que se sepa. Lo diré si me prometen no hablar.

—Bueno, muchacho. Para ponerte así, algo tendrás que decir. Habla, pues, que aquí nadie ha de soplar nada.

Minutos después el viejo y sus dos hijos, bien armados, penetraban en el sendero de los matorrales, en lo alto del monte. Huck los acompañó hasta allí, y agazapado tras de un peñasco, se dispuso a escuchar. Tras un angustioso silencio, sonó una detonación y un grito hizo eco al disparo.

Huck no quiso saber más. Dio un brinco y echó a correr monte abajo como una liebre perseguida.

CAPÍTULO XXX

Tom y Becky se quedan en la cueva

Antes que el alba despuntara, Huck subió a tientas por el monte y llamó suavemente a la puerta del galés. La gente de la casa dormía con sueño intranquilo, a causa de los emocionantes sucesos de aquella noche. Desde una ventana surgió una voz:

—¿Quién llama?

Huck, en tono medroso, respondió:

—Abran, por favor. Soy Huck Finn.

—Bien venido, muchacho. Ya sabes que de día y de noche se abrirá esta puerta para ti.

Palabras inusitadas para un chico vagabundo, cuyos oídos no estaban acostumbrados a las amables expresiones. La puerta se abrió y el viejo y sus hijos le ofrecieron una silla.

—Bueno, chaval, espero que estés bien y traigas buen apetito, porque el desayuno estará tan pronto apunte el sol, y hoy tendremos de lo mejor. Los chicos y yo te esperábamos a dormir.

—Eché a correr porque me asustaron los tiros, y he venido a estas horas para enterarme de lo ocurrido, y al mismo tiempo no tropezarme con aquellos condenados, por muy muertos que estén.

—Bien, hijo, bien. Tienes cara de haber pasado mala noche, pero ahí tienes una cama en la que te puedes acostar después del desayuno. Pues no: no están muertos, y bien que lo sentimos. Por lo que tú nos dijiste, sabíamos dónde estaban; así es que nos fuimos acercando poco a poco en puntillas. El sendero estaba muy oscuro, y, en el momento preciso, sentí ganas de estornudar. ¡Mala suerte! Traté de contenerme, pero no me sirvió de nada. Yo iba delante con la pistola preparada, y al estornudar sentí que se movían los muy canallas. Entonces grité: «¡Fuego, muchachos!», y disparé contra el sitio de donde partía el ruido. Los chicos también dispararon, pero los bandidos corrieron como exhalaciones, y nosotros tras ellos a través del bosque. Creo que no dimos en el blanco. Ellos también descargaron sus pistolas, pero las balas pasaron rozándonos sin hacernos daño. En cuanto dejamos de oír sus pasos, abandonamos la caza y fuimos a avisar a la policía. Juntaron un pelotón con objeto de vigilar la orilla del río, y, tan pronto como amanezca, el sheriff ordenará una batida por el bosque. Mis hijos irán con ellos, pero es una lástima que no sepamos las señas particulares de esos bribones, porque eso ayudaría a encontrarlos. Imagino que tú no podrías ver en la oscuridad la pinta que tenían, ¿no es cierto?

—Pues sí, porque los vi en el pueblo y fui detrás de ellos.

—¡Magnífico! Dime cómo son... Anda, muchacho.

—Uno de ellos es un español viejo y mudo que andaba a veces por aquí, y el otro es mal encarado, todo harapiento.

—Basta, chico; ya los conocemos. Los encontramos un día en el bosque, detrás de la finca de la viuda, y al vernos, se alejaron con disimulo. Vamos, hijos, a contárselo al sheriff; ya desayunaremos mañana.

Marcharon los hijos del galés. Huck se puso en pie y exclamó:

—¡Por favor, no digan a nadie que yo di el soplo!

—Se hará lo que tú quieras, Huck, pero que conste que te debemos agradecimiento por tu acción.

—No, no... prefiero que se callen.

—Desde luego, puedes estar seguro de que ni mis hijos ni yo diremos nada. Pero, ¿por qué no quieres que se sepa?

Huck se limitó a decir que sabía cosas de uno de aquellos hombres y que temía que lo mataran si hablaba demasiado. El viejo prometió guardar el secreto, y añadió:

—¿Cómo se te ocurrió la idea de seguirlos? ¿Es que te parecieron sospechosos?

Huck permaneció callado, preparando una respuesta cautelosa, y luego respondió:

—Pues verá usted. La gente dice que soy un chico imposible y yo me tengo que aguantar. A veces ocurre que no puedo dormir pensando en ello y tratando de seguir un camino mejor. Y eso fue lo que sucedió anoche. Anduve por la calle dándole vueltas al asunto, y cuando llegué al almacén de ladrillos que hay junto a la taberna de la Templanza, me recosté con la espalda pegada a la pared y me puse a meditar. En aquel momento llegaron esos dos hombres con un bulto debajo del brazo, y yo pensé que habrían robado algo. Uno iba fumando y el otro le pidió fuego; se pararon delante de mí y a la lumbre de los cigarros pude ver que el alto era el español, sordomudo, con la barba blanca y el parche en el ojo, y el otro un facineroso y lleno de jirones.

—¿Y pudiste darte cuenta de todo eso sólo con la lumbre de los cigarros?

Huck, azorado por la pregunta, respondió:

—No lo sé, pero creo que sí...

—Ellos siguieron andando, y tú...

—Yo seguí detrás. Iban tan recelosos, que quise darme cuenta de lo que traían entre manos. Los seguí hasta el portillo de la finca de la viuda, y allí, oculto en la oscuridad, oí al de los harapos que intercedía por la mujer, mientras el español juraba que había de cortarle la cara, como ya le dije...

—¡Cómo! Pero ¿es que el mudo hablaba?

Huck se embrollaba por momentos. A toda costa quería evitar que el viejo se diera cuenta de la verdadera personalidad del español; pero, a pesar de sus esfuerzos, no conseguía salir del atolladero. El anciano galés no le quitaba ojo.

—No tengas miedo —le dijo—, porque por nada del mundo te haría el menor daño. Al contrario, lo que yo pretendo es protegerte. Ese español no es sordo ni mudo; se te ha escapado sin querer y ya no puedes enmendarlo. Tú sabes algo de ese hombre y no lo quieres decir. Pero confía en mí y dime lo que sea, que no he de hacerte traición.

Huck clavó su mirada en los ojos sinceros y honrados del viejo. Luego, inclinándose, murmuró en su oído:

—Claro que no es español... ¡es el Indio Joe!

El galés saltó del asiento.

—Ahora me lo explico todo. Cuando hablaste de rasgar la nariz y cortar las orejas, creí que era producto de tu fantasía, porque los blancos no acostumbran vengarse de ese modo. Pero, si se trata de un indio, la cosa varía.

Mientras desayunaban continuaron la charla, y el galés dijo que, antes de acostarse, él y sus hijos habían examinado a la luz de un farol el portillo y sus inmediaciones, por ver si encontraban manchas de sangre. Nada sospechoso hallaron, pero encontraron un bulto grande.

—¿Y qué había dentro? —preguntó con ansiedad el chico. Tenía los ojos fuera de las órbitas y respiraba con dificultad. El galés, asustado, mirándole fijamente, respondió:

—Pues herramientas de las que utilizan los ladrones. Pero ¿qué es lo que te pasa?

Huck se reclinó en el respaldo de la silla, jadeante, con una expresión feliz en la mirada. El viejo, observándole con curiosidad, continuó:

—Sí, chico, sí; herramientas de ladrón. Parece que estás más contento. ¿Por qué te pusiste así? ¿Qué creías que íbamos a encontrar en el bulto?

Huck se había metido en un callejón sin salida. Los ojos escrutadores no se apartaban de él, y hubiera dado cualquier cosa por dar una respuesta razonable. Sólo se le ocurrió la contestación más absurda, y como no tuvo tiempo de meditarla, la soltó a la buena de Dios.

—A lo mejor, libros de la escuela dominical.

El infeliz Huck no estaba para sonreír, pero el viejo soltó una alegre carcajada que le sacudió de los pies a la cabeza. En su opinión, era preferible la risa al dinero, ya que disminuía sensiblemente la cuenta del médico. Luego añadió:

—¡Pobre muchacho! Estás pálido y cansado y no es de extrañar que divagues y se te vaya la cabeza. Pero si descansas y duermes quedarás como nuevo.

A Huck le desesperaba su conducta poco inteligente y el haber dejado traslucir su nerviosidad en forma harto sospechosa. Había que desechar la idea de que el bulto traído de la posada pudiera ser el tesoro, en vista de la conversación sorprendida junto al portillo de la viuda. Pensando en el dinero, la mención del paquete le hizo perder la serenidad. No obstante, la casi certeza de que aquello no era el codiciado tesoro, le devolvió en parte el perdido bienestar. Todo parecía marchar por buen camino: las monedas estarían en el número dos, y una vez detenidos y encarcelados los hombres, él y Tom se apoderarían de ellas sin dificultad alguna.

Nada más terminar el desayuno, llamaron a la puerta. Huck se levantó de un salto con intención de esconderse, temeroso de que se le implicara en los sucesos de la noche.

El galés abrió y penetraron en la estancia unos cuantos señores y señoras, entre ellas la viuda de Douglas. El chico observó que algunos grupos subían la cuesta para contemplar el portillo, señal de que la noticia se había propagado. El viejo relató a sus visitantes todo lo sucedido. La viuda, por su parte, no se cansaba de expresar su gratitud a los que la habían salvado.

—No hable usted más del asunto, señora. Hay alguien a quien tiene usted que estar más agradecida que a nosotros, pero no quiere que se diga su nombre. De no ser por él, nada hubiéramos podido hacer.

Esto, como es de suponer, despertó tan viva curiosidad que disminuyó un tanto la que inspiraba el principal suceso. El galés, con picardía, no quiso descubrir el secreto, que continuó, por el momento, envuelto en el misterio. La viuda comentó:

—Leyendo en la cama, me quedé dormida y, a pesar del bullicio, no se interrumpió mi sueño. ¿Por qué no me despertaron ustedes?

—Creímos que no valía la pena. No era fácil que aquellas gentes volvieran, pues se habían quedado sin herramientas, y ¿para qué asustarla a usted? Mis tres negros quedaron guardando la casa toda la noche y ahora acaban de regresar.

Llegaron más visitantes y hubo que repetir la historia hasta la saciedad.

Todos fueron temprano a la iglesia, a pesar de que la escuela dominical se cerraba durante las vacaciones. No se hablaba sino del emocionante suceso, comentándose el que no se hubiera encontrado el menor rastro de los malhechores. Cuando terminó el sermón, el juez Thatcher se acercó a la señora Harper.

—Pero ¿es que mi Becky va a estar el día entero durmiendo?

—¿Su Becky? —repitió extrañada la señora.

—Sí —contestó el juez, alarmado—. ¿No ha pasado la noche en su casa?

—No, señor.

La esposa del juez palideció y se dejó caer sentada sobre un banco. En aquel momento pasó la tía Polly charlando animadamente con una amiga.

—Buenos días, señoras —dijo—. Uno de mis chicos no aparece, y supongo que, habiendo pasado la noche en casa de una de ustedes, habrá tenido miedo de presentarse en la iglesia. Ya le ajustaré las cuentas.

La señora Thatcher, lívida, hizo un gesto negativo con la cabeza.

—Nosotros no le hemos visto —dijo, por fin, la madre de Joe, un tanto inquieta.

Una viva ansiedad se dibujó en el rostro de tía Polly.

—Dime, Joe Harper, ¿has visto a Tom esta mañana?

Joe procuró hacer memoria, pero no estaba seguro. Conforme salía la gente de la iglesia, se extendían los cuchicheos, y en todos los rostros se reflejaba la preocupación. Interrogados los niños y los vigilantes, todos estuvieron de acuerdo en decir que no se habían dado cuenta de si faltaban Tom y Becky en el viaje de regreso. La noche estaba muy oscura y nadie se preocupó de averiguar si alguno faltaba. Uno de los chicos mostró el temor de que acaso se hubieran quedado los dos niños en la cueva. Al oír esto, la madre de Becky, se desmayó y tía Polly rompió a llorar, retorciéndose las manos en su desesperación.

La alarma cundió rápidamente por el pueblo. Las campanas comenzaron a voltear y todo el mundo se echó a la calle. Los sucesos del monte Cardiff se hundieron en pasajero olvido; nadie volvió a acordarse de los bandidos, y se ensillaron caballos, se tripularon lanchas, la barca de vapor fue requisada, y al cabo de un rato más de doscientos hombres recorrían la carretera encaminándose hacia la cueva.

Durante la tarde interminable, el pueblo permaneció deshabitado y muerto. Varias vecinas visitaron a las familias de los desaparecidos, expresando su simpatía con lágrimas, que en estos casos resultan más elocuentes que las palabras.

Todo el mundo esperaba con ansia las noticias, pero lo único que se supo, cuando ya clareaba el día, es que faltaban velas y comestibles. La señora del juez y tía Polly estaban como alocadas. El señor Thatcher enviaba desde la cueva mensajes con objeto de animarlas, pero la desesperación de las señoras no disminuía.

El viejo galés regresó al amanecer muerto de fatiga y cubierto de barro y de gotas de cera. Encontró a Huck en la cama que le habían prestado, delirando en un grave acceso de fiebre. Como los médicos del pueblo estaban en la cueva, la viuda de Douglas se hallaba a la cabecera del enfermo. Dijo que ignoraba si el chico era bueno o malo, pero, al fin, como hijo de Dios, no podía dejársele abandonado. El galés dijo que no le faltaban buenas cualidades, a lo que replicó la viuda:

—Así es, en efecto. Es la marca del Señor, que no deja de ponerla en toda criatura que sale de sus manos.

En las primeras horas de la tarde, grupos de hombres fatigados fueron llegando al pueblo. Los vecinos más vigorosos continuaban la búsqueda, y se aseguraba que se estaban registrando profundidades remotas de la cueva que hasta entonces habían permanecido inexploradas. No quedó recoveco ni hendidura que no fuera minuciosamente examinado; por el laberinto de galerías se veían interminables luces que oscilaban, mientras los gritos y los disparos de armas de fuego repercutían en los oscuros subterráneos. En un sitio alejado, donde no solían llegar los turistas, se hallaron los nombres de Tom y Becky, trazados con humo sobre la roca, y a poca distancia, un trozo de cinta manchada de cera. Deshecha en lágrimas, lo reconoció la madre de Becky, diciendo que sería el único recuerdo que le quedaría de su hija y el más preciado de todos por ser el último.

De cuando en cuando, en las profundidades de la cueva brillaba un débil destello de luz, y los hombres corrían esperanzados. Nuevo desengaño: los niños no aparecían y el resplandor provenía del farol de alguno de los exploradores.

Tres días con sus correspondientes noches transcurrieron interminables. Perdida la esperanza, los ánimos comenzaron a decaer. El descubrimiento casual de que el dueño de la posada de la Templanza escondía licores en su establecimiento, apenas interesó a la gente, a pesar de la enorme importancia de la noticia. En un momento de lucidez, Huck, con voz débil, habló de las posadas y, temiendo lo peor, preguntó si se había descubierto algo, desde que él estaba enfermo, en la famosa Templanza.

—Sí —contestó la viuda—. Algo se ha descubierto.

Huck se incorporó con el terror pintado en el rostro.

—¿Y qué es?

—Bebidas..., en vista de lo cual han cerrado la posada. Y ahora, acuéstate otra vez. ¡Qué susto me has dado!

—Por favor, dígame una sola cosa: ¿fue Tom Sawyer quien las descubrió?

La viuda se echó a llorar.

—Calla, calla, hijito. Ya te he dicho que no hables, que estás malo.

Huck pensó que, en efecto, sólo habían descubierto las botellas, porque, de ser el oro, se hubiera armado gran jaleo. Así, pues, el tesoro estaba irremisiblemente perdido. Pero, ¿por qué lloraba la viuda? La cosa no dejaba de intrigarle. Los pensamientos, atravesando con esfuerzo la mente de Huck, le produjeron sueño.

Y contemplándole con ternura, la viuda murmuró para sus adentros:

—Vamos, ya se ha dormido el infeliz. Está convencido de que fue Tom Sawyer quien descubrió las bebidas. ¡Ojalá lo descubrieran a él! Pero todo el mundo ha perdido la esperanza, y pocos hombres tienen todavía fuerza para continuar explorando la cueva.

CAPÍTULO XXXI

Encuentro y pérdida

Volvamos ahora a las aventuras en que tomaron parte Tom y Becky. Con los demás excursionistas corrieron los oscuros subterráneos de la cueva visitando sus conocidas maravillas de nombres pomposos y sugerentes, tales como «El Salón», «La Catedral», «El Palacio de Aladino» y otros por el estilo. Luego jugaron al escondite y los niños tomaron parte en el juego con tanto ardor, que fatigados, se internaron por un sinuoso pasadizo, alzando las velas para leer la enmarañada profusión de nombres, fechas, direcciones y frases que ilustraban los muros de piedra. Escribieron sus nombres bajo una roca salediza y prosiguieron su marcha. Charlando como cotorras, no se dieron cuenta de que habían llegado a una parte de la cueva que exhibía sus muros limpios de inscripciones. Estaban en un lugar donde el agua, impregnada de calcáreo sedimento, había formado con el transcurso de los siglos una cascada ondulante en la piedra imperecedera. Tom deslizó su menudo cuerpo por detrás de los encajes pétreos para que Becky pudiera admirarlos con los reflejos de la vela. Una empinada escalera natural encerrada en la estrechez de dos muros incitó a los niños a explorar su misterio. Hicieron una señal que pudiera servirles más tarde de guía y avanzaron por la rampa escalonada. Tan pronto torciendo a la derecha como a la izquierda, fueron hundiéndose en las ignoradas profundidades de la caverna; hicieron más señales y tomaron una ruta lateral en busca de nuevos panoramas con que poder asombrar a los que habían quedado cerca de la entrada. Llegaron a una gruta de cuyo techo pendían multitud de estalactitas, brillantes y de gran tamaño. Dieron la vuelta a la cavidad, sorprendidos y admirados, y siguieron por uno de los numerosos túneles que allí desembocaban. Desde allí fueron a parar a un maravilloso manantial, cuyo cauce estaba cubierto de una escarcha fulgurante. El manantial cruzaba una caverna, cuyo techo parecía sostenido por fantásticos pilares de estalactitas. Bajo la bóveda, innumerables murciélagos se habían agrupado en pintorescos racimos. Asustados por el resplandor de las velas, bajaron en bandadas, chillando y precipitándose contra las luces. Tom, conocedor de sus costumbres, tomó a Becky y tiró de ella hacia la primera abertura que encontró. Precaución nada inútil, pues un murciélago apagó la vela que llevaba en la mano. Los tenebrosos bichos persiguieron a los niños durante un buen trecho; los fugitivos, escondiéndose en los pasadizos, consiguieron, al fin, verse libres del asedio. Poco después tropezaron con un lago subterráneo que extendía su superficie lejos, hasta desvanecerse en la oscuridad. A Tom le hubiera gustado explorar sus orillas; pero pensó que sería preferible descansar un rato antes de emprender la exploración. No obstante, el profundo silencio y la quietud que reinaban en el lugar influyeron poderosamente en el ánimo de los niños.

—No me he dado cuenta hasta ahora —dijo Becky—; pero me parece que hace mucho tiempo que no se oye a los demás.

—Yo creo que estamos mucho más abajo que ellos, pero no sé si al Norte, al Sur o en qué dirección. Desde aquí no podemos oírlos.

La niña mostró cierto desasosiego.

—¿Cuánto tiempo llevamos aquí, Tom? Más vale que volvamos ya.

—Sí, será lo mejor.

—¿Sabes el camino? Para mí es un enredijo muy complicado.

—Creo que daré con él; pero lo malo son los murciélagos. Si nos apagaran las velas sería horrible. Vamos a intentar volver por otro sitio sin pasar por donde están.

—Bueno; espero que no nos perderemos. ¡Qué miedo tengo!

Y la niña se estremeció ante la pavorosa perspectiva. Echaron a andar por una galería y caminaron largo rato en silencio, mirando cada nueva abertura por si alguna de sus características les fuera familiar. Cada vez que Tom exploraba el camino, Becky no apartaba los ojos de su cara buscando en ella un signo tranquilizador. El chico, dándose cuenta, gritaba alegremente:

—¡Nada; no hay que tener miedo! Esta no es, pero ya daremos con otra en seguida.

Pero sus esperanzas disminuían y se internaba por otras galerías completamente al azar. A pesar de sus continuos «¡No importa!», el miedo le oprimía de tal modo el corazón, que las palabras perdían su tono valeroso, sonando como si dijera: «¡Todo está ya perdido!» Becky no se apartaba de su lado, luchando por contener las lágrimas.

—Tom —dijo al fin—. No hagas caso de los murciélagos y volvamos por donde hemos venido. Creo que cada vez nos perdemos más.

Tom se detuvo de pronto.

—¡Escucha! —gritó.

Reinaba un silencio absoluto, y tan profundo, que hasta el rumor de sus respiraciones resonaban en aquella quietud. Tom lanzó un grito estridente. La llamada fue despertando ecos por las grietas y se desvaneció en la lejanía con un rumor semejante al burbujeo de una risa burlona.

—No, Tom; no vuelvas a hacer eso. ¡Es horrible! —exclamó la infeliz.

—Sí, Becky, es horrible; pero así puede que nos oigan.

Y volvió a gritar, esta vez con más desesperación que la primera. Aquel puede, más escalofriante que la risa, era la confesión de su disminuida esperanza. Los niños permanecieron quietos, aguzando el oído; todo fue inútil. Tom volvió sobre sus pasos y, a los pocos momentos, la indecisión de su actitud reveló a Becky otro hecho fatal: Tom no daba con el camino de vuelta.

—¿Por qué no has hecho alguna señal?

—Becky, he sido un idiota, y no pensé que tendríamos necesidad de volver al mismo sitio. No doy con el camino. ¡Es tan difícil!

—¡Estamos perdidos, perdidos sin remedio! ¡Ya no saldremos nunca de aquí! ¿Por qué nos hemos separado de los otros?

Se tiró al suelo, prorrumpiendo en tan frenético llanto, que Tom, anonadado creyó que Becky moriría o perdería la razón. Se sentó a su lado y la rodeó con sus brazos, y ella, con la cabeza reclinada en su pecho, dio rienda suelta a sus temores, a su inútil arrepentimiento, y el eco lejano convertía en mofadora risa sus sollozos. Tom procuraba animarla; pero ella respondía que su desesperanza había llegado al límite. Lleno de remordimiento, culpábase a sí mismo de haber provocado una situación terrible. Esta actitud levantó el decaído ánimo de la niña, que prometió levantarse y seguirle hasta donde alcanzasen sus fuerzas. Al fin ella era tan culpable como él.

Emprendieron de nuevo la marcha sin rumbo alguno, al azar. Era su único recurso: andar, moverse indefinidamente. Durante un rato revivió la esperanza, y no porque hubiera razón alguna para ello, sino porque es natural cuando los resortes vitales no se han gastado por la edad y no se ha llegado a la resignación y al fracaso. Tom tomó la vela de Becky y la apagó de un soplo. Aquella economía era necesaria; Becky comprendió y su esperanza se extinguió de nuevo. Tom tenía una vela entera y unos cuantos cabos en el bolsillo, y aun así era preciso economizar.

No tardó el cansancio en hacerse sentir. Los niños trataron de olvidarlo; no podían pensar en sentarse en el suelo. Pero al fin Tom se acomodó a su lado y juntos hablaron del pueblo, de los amigos que allí tenían, de las camas tan cómodas y, sobre todo, de la luz. La niña lloraba y Tom intentaba consolarla; pero los consuelos resultaban vanos.

Al fin el cansancio la rindió y poco a poco fue quedándose dormida. Tom se alegró y se quedó mirando la cara dolorosamente contraída de la niña. Al cabo de un rato vio cómo quedaba serena bajo la influencia de sueños placenteros, y hasta comenzó a dibujarse una sonrisa en sus labios. Lo apacible del semblante de Becky trajo una gran sensación de paz y de consuelo al espíritu de Tom, sumiéndole en gratos recuerdos de un tiempo ya pasado. Y mientras el chico soñaba, Becky despertó riendo; pero la risa se heló al instante en los labios para trocarse en sollozo.

—No sé cómo he podido dormir. ¡Ojalá no hubiera despertado nunca! No, Tom, no me mires así; no volveré a decirlo.

—Me alegro que hayas dormido, Becky. Ahora estarás menos cansada y encontraremos el camino.

—Probaremos otra vez, Tom. ¡Si supieras qué país más bonito he visto mientras dormía! Puede que vayamos allí...

—No, Becky; a lo mejor, no. Ten valor y vamos a seguir buscando.

Se levantaron y de nuevo se pusieron en marcha terriblemente descorazonados. Trataron de calcular el tiempo que llevaban encerrados en la cueva, porque les parecía que habían transcurrido días y hasta semanas. Y, sin embargo, era evidente que no, puesto que todavía no habían consumido las velas. Al cabo de un rato, que se les hizo eterno, Tom dijo que era preciso andar calladamente para poder oír el goteo del agua, pues era preciso encontrar el manantial. Hallaron uno a poca distancia y, en vista de que estaban desfallecidos, decidieron tomarse otro descanso. Becky creía que podría ir un poco más lejos y quedó sorprendida al ver que Tom opinaba de modo diferente. Con un poco de barro fijó la vela en el muro y así permanecieron callados por algún tiempo. El silencio fue interrumpido por Becky:

—Tengo mucha hambre, Tom.

El chico extrajo algo del bolsillo.

—¿Recuerdas esto? —dijo.

Haciendo un ligero esfuerzo, Becky sonrió.

—Es nuestro pastel de boda.

—Sí, y más valía que fuera grande como un tonel, porque es todo lo que tenemos.

—Lo separé de la merienda para soñar con él, como hace la gente mayor cuando se casa. Pero ahora va a ser...

La frase quedó sin terminar. Tom partió en dos mitades el pastel y Becky comió con apetito la suya, mientras el chico se limitaba a morder ligeramente la que le correspondía. Unos tragos de agua fresca completaron el festín. La chiquilla quiso iniciar la marcha de nuevo, y Tom, al cabo de un rato de silencio, dijo:

—Becky, ¿tendrás valor para oír una cosa?

La niña, muy pálida, respondió afirmativamente.

—Pues entonces escucha: tenemos que quedarnos aquí, donde hay agua para beber. Este cabo es el último resto de nuestras velas.

Becky se deshizo en lágrimas y lamentaciones. El chico intentó en vano consolarla.

—Yo creo, Tom —dijo al cabo de un rato—, que cuando nos echen de menos nos buscarán.

—Claro que nos buscarán.

—¿Crees que lo estarán haciendo ya?

—Seguramente.

—¿Y cuándo nos echarán de menos?

—Cuando vean que no hemos vuelto en la barca.

—Entonces será de noche, y ¿piensas que se darán cuenta?

—No lo sé; pero, de todos modos, tu madre notará tu falta en cuanto estén todos de vuelta.

La angustia reflejada en los ojos de Becky hizo comprender a Tom la pifia cometida. Becky no debía pasar aquella noche en su casa. Los dos niños permanecieron callados y pensativos. Una nueva explosión de llanto recordó a Tom algo terrible: lo más probable es que transcurriera la mañana del domingo antes de que la madre de Becky descubriera que su hija no estaba en casa de los Harper. Los chiquillos miraban fijamente el trocito de vela que se consumía por momentos; el diminuto pabilo quedó solo al fin, mientras la llama vacilante se alzaba y encogía entre la tenue columna de humo, sumiendo a la caverna en una total y espantable oscuridad.

Pasado un cierto tiempo, Becky recobró los sentidos y se encontró llorando entre los brazos de Tom. Les pareció que habían transcurrido años, y desvanecido el pasajero sopor, se hallaron de nuevo atenazados por la angustia. Tom intentó recordar el día de la semana. Tal vez hubiera ya pasado el domingo, acaso el lunes también. Becky no podía hablar; perdida la esperanza, la pesadumbre la tenía anonadada. Tom aseguró que, dado el tiempo transcurrido, habrían notado ya su falta y los estarían buscando. Si gritaba, con seguridad alguien oiría sus voces. Hizo la prueba; pero el eco lejano retumbó en la oscuridad de un modo tan siniestro, que no osó repetir el experimento.

Pasaron muchas horas más y el hambre atormentaba a los prisioneros. Como tenían en reserva el trozo de pastel correspondiente a Tom, lo repartieron entre los dos; tan exigua cantidad no bastó para calmar su apetito:

Al cabo de un rato de silencio, dijo de pronto Tom:

—¡Chis! ¿No oyes?

Con el aliento contenido escucharon: se oía algo parecido a un grito remoto y débil. Tom contestó a la llamada, y tomando a Becky de la mano, ambos echaron a andar a tientas en dirección del sonido. Se detuvieron, escuchando de nuevo; otra vez el mismo alarido, ahora más cercano.

—¡Son ellos! —exclamó Tom—. ¡Ya están ahí! ¡Corre, Becky, que vienen a salvarnos!

Enloquecidos por la alegría, los niños avanzaban despacio, temerosos de precipitarse en algún hoyo o despeñadero. A poco llegaron ante uno que los obligó a detenerse. Tom, de bruces en el suelo, estiró el brazo cuanto pudo y no logró hallar el fondo. La prudencia le aconsejó quedarse allí hasta que llegaran los salvadores. Escucharon con ansia: los gritos se hacían más y más remotos, hasta que se extinguieron por completo. El desengaño fue mortal; Tom gritó hasta enronquecer; pero todo resultó inútil. Quería infundir alguna esperanza a Becky; pero transcurrida una espera, que se les hizo eterna, nada volvieron a oír. Palpando en las tinieblas, regresaron al manantial y, transcurrido algún tiempo, durmieron para despertar más hambrientos y espantados que nunca. Tom calculó que habría llegado el martes.

De pronto le vino a las mientes una idea. Por allí cerca existían unas galerías cuya exploración le ayudaría a soportar la abrumadora pesadumbre del tiempo. Sacó del bolsillo la cuerda de la cometa, la ató a un saliente de la roca y avanzó con Becky soltando el ovillo según caminaban a tientas. A los pocos pasos se dio cuenta de que la galería terminaba en un corte vertical. Arrodillado, estiró el brazo cuanto pudo, con objeto de darse cuenta de la profundidad de la grieta. Luego, corriéndose hacia el muro, hizo un esfuerzo para alcanzar con la mano y medir la anchura. En aquel momento, una mano que sostenía una vela surgió por detrás de un peñasco. Tom lanzó un grito de alegría, inmediatamente ahogado por el terror; tras la mano aparecía la figura del Indio Joe... El chico, paralizado por el miedo, no pudo moverse; pero a los pocos instantes sus ojos vieron con indecible placer que el mestizo huía precipitadamente. A Tom le pareció increíble y milagroso que el indio no hubiera reconocido su voz ni le hubiese matado por su delación ante los tribunales. Sin duda, el eco la había desfigurado. Pero el susto había agotado sus fuerzas en tal forma, que en caso de que pudiera volver al manantial nada intentaría por verse de nuevo en presencia del bandido. Silenció su aventura y dijo a Becky que había gritado por probar una vez más su suerte.

El hambre y lo angustioso de la situación acabaron por sobreponerse al miedo. Siguieron interminables esperas y largas horas de sueño que terminaban con la tortura del desfallecimiento. Tom no sabía ya si el tiempo transcurrido los había hecho llegar al miércoles o, acaso, al viernes o sábado. Obsesionado con la idea de que sus salvadores hubieran podido abandonar la empresa, propuso a su compañera explorar una nueva galería. Se sentía dispuesto a afrontar el peligro del indio o cualquier otro obstáculo que se le pusiera por delante. Pero Becky estaba muy débil, sumida en mortal indiferencia, resignada a permanecer donde estaba, puesto que, según ella, no había de tardar en morir. Que fuera Tom, si quería, a explorar con la cuerda de la cometa; únicamente le suplicaba que volviera de cuando en cuando para oír su voz y para, llegado el momento, tenerle a su lado con las manos tomadas hasta el instante de acabar para siempre...

Tom la besó, ahogándose de pena, y dijo que no había que perder la esperanza de que la gente diera al fin con ellos o de encontrar un escape por donde salir de la cueva. Con la cuerda en la mano, comenzó a deslizarse a gatas por otro de los pasadizos, martirizado por el hambre y abrumado de terribles presentimientos.

CAPÍTULO XXXII

¡Arriba todo el mundo! ¡Ya han aparecido!

Transcurrió la tarde del martes. Al anochecer, el pueblecito de San Petersburgo seguía de luto, porque los niños no habían aparecido. Se habían hecho rogativas públicas y privadas, poniendo el corazón entero en ellas, a pesar de lo cual ninguna noticia alentadora llegaba procedente de la cueva. La mayor parte de los exploradores habían abandonado el asunto y vuelto a sus ocupaciones habituales con la certidumbre de que no se encontraría a los desaparecidos. La madre de Becky se había puesto gravemente enferma y deliraba con frecuencia. Desgarraba el corazón oírla llamar a su hija. Luego quedaba escuchando largo rato para después, con un sollozo, volver a hundir la cabeza entre las almohadas. A tía Polly, sumida en taciturna melancolía, se le habían tornado los cabellos completamente blancos. En medio de una tristeza general se retiró la gente a descansar aquella noche.

Hacia las doce, un frenético repique de campanas de la iglesia puso en conmoción al vecindario. Al momento las calles se llenaron de gentes a medio vestir que gritaban alborozadas: «¡Arriba! ¡Arriba! ¡Los han encontrado!» Sartenes y cuernos añadieron su estrépito al alboroto, y el vecindario fue formando grupos que se encaminaron hacia el río para ver a los niños desaparecidos, los cuales venían ya en un coche descubierto rodeado de una muchedumbre entusiasta.

La comitiva entró en la calle principal gritando y lanzando atronadores hurras.

El pueblecito aparecía iluminado y nadie pensó en volverse a la cama, porque era la noche más memorable que registraban los anales del apartado lugar. La procesión de vecinos desfiló por la casa del juez Thatcher, besando sin cesar a los recién aparecidos. La dicha de tía Polly era completa, y asimismo la de la señora Thatcher, que aguardaba impaciente la llegada de su marido, que aún permanecía en la cueva, y al cual se había enviado un mensajero a toda prisa con la fausta noticia.

A Tom, tendido en un sofá, le rodeaba un impaciente auditorio, y tuvo que referir varias veces la historia de su pasmosa aventura, introduciendo, como es natural, muchos y muy emocionantes aditamentos. Terminó el relato contando cómo dejó a Becky para hacer una nueva exploración, recorriendo dos pasadizos, hasta que dio fin la cuerda de la cometa, y cómo, cuando ya estaba a punto de dar la vuelta, divisó un puntito remoto que le pareció luz del día. Entonces abandonó la cuerda y se arrastró hasta allí, y sacando la cabeza por un estrecho agujero, vio de pronto el ancho y ondulante Mississipi... De haber sido por la noche, no hubiera divisado el puntito de luz ni explorado más la galería. Refirió cómo, al llegar junto a Becky, le dio con precaución la noticia, y ella le pidió que no la mortificase más; estaba muy cansada y sólo quería ya acabar cuanto antes. Intentó persuadirla, y la niña estuvo a punto de morir de alegría cuando, arrastrándose con gran esfuerzo, pudo ver el punto de claridad azulada. Logró salir por el agujero y ayudó a su amiga; sentados en el suelo lloraron un buen rato con lágrimas de alegría. A poco se acercaron unos hombres en un bote, y ellos los llamaron, diciéndoles que se morían de hambre. Los hombres al principio no querían creerles, porque, según decían, se hallaban cinco millas más allá del valle en que estaba enclavada la cueva. Al fin los recogieron en la lancha y en una casa les dieron de comer y los obligaron a descansar unas horas antes de emprender el regreso al pueblo.

Al amanecer, por medio de las cuerdas que habían tendido para que les sirviera de guía, fue encontrado en la cueva el juez Thatcher con sus gentes y se les comunicó la grata noticia.

Tom y Becky pudieron comprobar que tres días con sus noches correspondientes pasando hambre y fatigas, dejaban sus huellas. Permanecieron en cama dos días consecutivos, sin ánimos para nada. Tom se levantó un rato el jueves; salió a la calle el viernes, y el sábado estaba como nuevo. Becky continuó en cama unos días más, y cuando se levantó parecía haber sufrido una larga y grave enfermedad.

La dolencia de Huck fue comunicada a Tom y éste le hizo una visita; pero no le dejaron entrar por el momento en la habitación del enfermo. Al cabo de unos días pudo verle, aunque le advirtieron que nada debía decir de su aventura ni hablar de cosas que pudieran excitar al paciente. La viuda de Douglas estuvo presente en las visitas para comprobar que se cumplían sus preceptos. Tom supo los sucesos del monte Cardiff y también que el cadáver del hombre harapiento fue hallado junto al embarcadero; sin duda se había ahogado cuando intentaba huir.

Dos semanas después de haber salido de su aventura, fue Tom a visitar a Huck, y lo encontró sobradamente restablecido para poder hablar de cualquier tema. En opinión de Tom, algunos le interesarían en alto grado. Como la casa del juez Thatcher le venía de camino, el chico se detuvo en ella con objeto de ver a Becky. El juez y sus amigos le interrogaron, y uno de ellos le preguntó con ironía si tendría inconveniente en volver a la cueva. Tom repuso que, en efecto, volvería con gusto.

—Pues mira —dijo el juez—, seguramente eres el único que tiene ese capricho. Pero hemos pensado en ello y no volverá nadie a perderse allí.

—¿Y eso?

—Porque hace dos semanas se ha forrado la puerta con chapa de hierro y colocado tres sólidas cerraduras, de las cuales tengo yo la llave.

Tom palideció intensamente.

—¿Qué te sucede, muchacho? ¡Que traigan a escape un vaso de agua!

Le rociaron la cara, y el juez prosiguió:

—Vamos, ya parece que estás mejor. ¿Qué ha sido eso?

—¡Señor juez, el Indio Joe está encerrado en la cueva!

CAPÍTULO XXXIII

Muerte del Indio Joe

En pocos minutos cundió la noticia, y una docena de botes se pusieron en marcha detrás del vapor, que iba repleto de pasajeros. Tom ocupaba el mismo bote que conducía al juez. Al abrir la puerta de la cueva, y en la densa penumbra de la entrada, un lastimoso espectáculo se ofrecía a la vista. Joe, el indio, estaba tendido en el suelo, muerto, con el rostro pegado a la juntura de la puerta, como si sus ojos hubieran estado fijos hasta el último instante en la luz y en la gozosa libertad del mundo exterior. Tom se sintió conmovido, porque la experiencia propia imaginaba lo que habría sufrido aquel desventurado. A pesar de su compasión, le invadía una bienhechora sensación de descanso y de seguridad, que le hizo darse cuenta del miedo que le había agobiado desde el día en que levantó su voz acusadora contra el proscrito criminal.

Junto al cadáver, con la hoja partida, se veía el cuchillo del bandido. La viga de la puerta había sido cortada poco a poco, astilla por astilla, con infinito trabajo; esfuerzo inútil, ya que la roca formaba un umbral al exterior, y sobre el duro material la herramienta no hubiera servido para nada. Pero aun descontando el obstáculo de la piedra, el cuchillo resultaba un chisme ineficaz, pues el cuerpo macizo de Joe no hubiera podido pasar por debajo de la puerta. Sin duda alguna, había utilizado su cuchillo por hacer algo, por no sentir pasar el tiempo, por dar empleo a su energía impotente y enloquecida. A veces se encontraban cabos de vela en los intersticios de la roca, restos de los excursionistas; pero en aquel momento no había ni uno solo: el prisionero se los había comido. También debió de cazar algún murciélago, que devoró, dejando solamente las uñas. El desdichado había muerto de hambre junto a una estalactita formada por el agua desde siglos y siglos... El hombre había roto el cono de piedra y colocado sobre el muñón un canto con un hueco en el que recibir la gota que con precisión matemática caía cada veinte minutos. Aquella gota se desprendía ya cuando las pirámides de Egipto estaban recién construidas; cuando se rindió la ciudad de Troya; cuando se colocaron los cimientos de Roma; cuando Cristo fue crucificado; cuando el Conquistador fundó el imperio británico; cuando Colón cruzó los mares en una carabela. Está cayendo ahora y seguirá desprendiéndose cuando todo se haya desvanecido en la lejanía de la Historia y las cosas se hayan perdido para siempre en la densa noche del olvido. ¿Tiene lo existente acaso una finalidad y una misión? ¿Ha caído la gota pacientemente durante cinco mil años para satisfacer la necesidad de este efímero ser humano y tendrá algún fin importante que llenar dentro de diez mil años? No importa: hace ya mucho tiempo que el desdichado mestizo colocó la piedra con objeto de recoger unas gotas, y todavía hoy atrae la mirada del turista cuando va a contemplar las maravillas de la cueva de McDougal. La «Copa del Indio Joe» ocupa un lugar importante entre las curiosidades de la caverna, y ni siquiera «El Palacio de Aladino» puede competir con ella.

El bandido fue enterrado cerca de la entrada de la cueva, y la gente acudió en carros y embarcada desde el pueblo y desde todos los caseríos y granjas del alrededor. Acudieron los niños y los grandes con toda clase de provisiones de boca, y todos aseguraron que lo habían pasado muy bien en el entierro: mucho mejor que si lo hubieran visto ahorcar.

Todo esto impidió que tomase incremento algo que estaba ya iniciado: la petición de indulto en favor del indio. Ésta contaba ya con numerosas firmas y se habían celebrado unos cuantos mítines, a cual más elocuente y lacrimoso, eligiéndose un comité de mujeres sentimentales encargadas de ver al gobernador e implorar de él que, dejando de lado su deber, se condujera con una estúpida benevolencia. Es cierto que el Indio Joe había matado a cinco habitantes de la localidad pero, ¿qué importancia tenía eso? Tratándose del mismísimo Satanás, no hubieran faltado gentes de tierno corazón para estampar sus firmas al pie de una solicitud de indulto.

Al día siguiente del entierro, Tom condujo a su amigo Huck a un lugar solitario, donde pudieran charlar sin testigos de asuntos muy importantes. La viuda de Douglas y el galés habían enterado a Huck de todo lo concerniente a la aventura de Tom; pero éste dijo que había algo acerca de lo cual nada había indicado, y precisamente de esto quería hablarle ahora. A Huck se le entristeció el semblante.

—Ya sé de lo que se trata —dijo—. Tú fuiste al número dos y no encontraste más que el whisky. Aunque nadie me ha dicho nada, en cuanto oí hablar de la bebida me figuré que eras tú, y también pensé que no habías tomado el dinero, porque si no, te hubieras puesto, de un modo u otro, al habla conmigo y me lo hubieras contado, aunque callaras para los demás. Ya me daba el corazón que nunca conseguiríamos el tesoro.

—No, Huck; yo no acusé al dueño de la posada, pues ya sabes que nada le había ocurrido cuando fui de merienda con los chicos. ¿Recuerdas que ibas a quedar de centinela aquella noche?

—¡Es verdad! Parece que eso sucedió hace ya un siglo. Fue la noche en que seguí al indio hasta la casa de la viuda.

—¿Lo seguiste tú?

—Sí; pero no lo digas. A lo mejor Joe tiene amigos por ahí y no quiero que se venguen jugándome una mala pasada. Si no hubiera sido por mí, a estas horas estaría en Texas tan tranquilo.

Huck contó, en tono confidencial, los detalles de su aventura, de la cual solamente conocía Tom la parte que le había referido el galés.

—Bueno —añadió después—; el que ha tomado el whisky echó también mano al dinero, por lo cual no lo veremos nosotros.

—El dinero, Huck, no ha estado nunca en el número dos.

—¿Qué dices? —exclamó Huck mirando ansiosamente la cara de su compañero—. ¿Has dado ya con la pista del tesoro?

—El tesoro está escondido en la cueva.

Los ojos de Huck brillaron de alegría.

—Repítelo de nuevo, Tom.

—Te digo que está en la cueva.

—Pero ¿hablas en broma o en serio?

—Completamente en serio. ¿Quieres venir a la cueva y ayudarme a sacarlo de allí?

—¡Claro que sí! Vamos cuando quieras, siempre que esté en un sitio fácil y no nos perdamos.

—Tomarlo es lo más fácil del mundo.

—¡Qué bien! ¿Y por qué crees tú que el dinero está allí?

—Espera a que lleguemos. Si no doy con él, te doy mi tambor y todo lo que tengo.

—Bueno. ¿Cuándo nos vamos?

—Ahora mismo. ¿Te encuentras con fuerza suficiente?

—Depende. ¿Está muy lejos la cueva? Ya hace tres o cuatro días que me levanto; pero no creo que pueda andar más de una milla.

—Hay una distancia de cinco millas por el camino que todo el mundo conoce; pero yo sé llegar por un atajo completamente desconocido. Si quieres, te llevaré hasta allí en un bote. Dejaremos que vaya solo a favor de la corriente y luego lo traeré yo remando. Tú no necesitas moverte.

—Vámonos enseguida. Tom.

—Bueno. Nos hará falta pan y un poco de comida, las pipas, dos saquitos, unas cuerdas de cometa y unos cuantos fósforos, de esos nuevos que hay ahora. ¡Si supieras cuánto los eché de menos la otra vez!

Poco después del mediodía los chicos pidieron prestado un bote pequeño, propiedad de un vecino que estaba ausente, y emprendieron la excursión a la cueva. Al llegar a unas millas más allá del «Barranco de Cueva», Tom dijo:

—¿Ves ese risco que parece todo igual, según se baja desde el «Barranco de Cueva»? No hay en él una sola casa, nada sino matorrales, todos semejantes. Pues más arriba en aquel sitio blanco, está una de mis señales. Ahora vamos a desembarcar allí.

Los dos chicos saltaron a tierra.

—Mira, Huck: desde donde estás podrías tocar el agujero con una caña de pescar. Pero ¿a que no das con él?

Huck buscó por todas partes, pero no encontró nada. Tom, con gesto de triunfador, se metió entre la espesura de unas matas.

—¡Aquí lo tienes, Huck! Es el agujero más disimulado que hay por estos contornos. No se lo digas a nadie; siempre he querido ser bandolero; pero sabía que se necesitaba algo así, y la dificultad estaba en dar con ello. Ahora ya lo tenemos y hay que guardar el secreto. Sólo se lo diremos a Joe Harper y Ben Rogers, porque es preciso formar una cuadrilla ¡La cuadrilla de Tom Sawyer! ¿Verdad, Huck, que suena bien?

—¡Ya lo creo! ¿Y a quién vamos a robar?

—Pues a casi todo el mundo. Secuestrar personas es lo más corriente.

—¿Y matarlas?

—No siempre. Es preferible tenerlas en la cueva hasta que paguen un rescate.

—¿Qué es eso?

—Dinero. Se pide a los parientes que reúnan todo el que puedan, y después de tenerlos durante un año prisioneros, se les mata si no pagan. A las mujeres no se las mata; se las perdona la vida teniéndolas encerradas. Suelen ser guapas y ricas y están siempre asustadas. Se les roba los relojes y todo lo que llevan; pero uno se quita siempre el sombrero y se les habla con finura. No hay nadie tan fino como los bandoleros; eso lo leerás en cualquier libro. Al final, las mujeres se enamoran de ellos, y después de dos semanas de cueva dejan de llorar y ya no hay forma de que se marchen. Si se las echa fuera, vuelven otra vez; eso también lo dicen los libros.

—Pues entonces es lo mejor del mundo; mejor aún que ser pirata.

—Sí; para ciertas cosas es preferible, porque se está más cerca de casa, de los circos y de todo.

Realizados los preparativos indispensables, penetraron por el boquete, yendo Tom delante de su amigo. Llegaron trabajosamente hasta el final del túnel; después ataron las cuerdas y prosiguieron la marcha. A los pocos pasos estaban en el manantial y Tom sintió que un escalofrío le recorría el cuerpo. Enseñó a Huck el trocito de mecha pegado todavía al muro y contó cómo la niña y él habían estado contemplando la agonía de la llama hasta que se apagó.

Continuaron hablando en voz baja, porque lo silencioso y tétrico del lugar sobrecogía el ánimo. Penetraron en uno de los pasadizos explorados por Tom y llegaron hasta el borde cortado a pico. A la luz de las velas pudieron ver que no se trataba de un despeñadero, sino sencillamente de un declive de tierra arcillosa de unos veinte o treinta pies de profundidad. Tom murmuró:

—Ahora, Huck, voy a enseñarte una cosa.

Y levantando la vela, prosiguió:

—Estírate lo que puedas y mira al otro lado de la esquina. ¿Qué ves en aquel peñasco grande, pintado con humo de vela?

—¡Es una cruz, Tom!

—¿Dónde crees que está el famoso número dos? ¡Pues debajo de la cruz! ¿Lo ves? Allí fue donde vi al Indio Joe asomar la mano que llevaba la vela...

Huck quedó mirando el místico emblema y luego dijo con voz temblorosa:

—¡Vámonos de aquí, Tom!

—Pero ¿es que te figuras que vamos a abandonar el tesoro?

—Sí; tal vez sea preferible dejarlo, porque el espíritu de Joe anda seguramente por estos lugares.

—No seas tonto, Huck. Rondará por el sitio donde murió, a la entrada de la cueva, bastante lejos de aquí.

—No, Tom; andará rondando sus dólares. Tú y yo sabemos lo que les gusta a los fantasmas.

Tom pensó que tal vez Huck tuviera razón. Mil temores le asaltaban; pero de pronto se le ocurrió una feliz idea.

—¡Qué bobos somos, Huck! El espíritu del Indio Joe no puede rondar donde haya una cruz.

El argumento, irrefutable, produjo su efecto.

—No se me había ocurrido; pero es verdad. Ha sido una suerte que esté ahí la cruz. Bajaremos y nos pondremos a buscar la caja.

Tom descendió el primero, socavando la arcilla para formar unos peldaños. Huck fue detrás. Cuatro galerías se abrían en la caverna donde estaba la roca grande. Los chicos recorrieron tres de ellas sin obtener resultado; pero en la más cercana a la base de la roca encontraron un escondrijo con mantas extendidas por el suelo. Había además unos tirantes viejos, cortezas de tocino y los huesos mondos y raídos de dos o tres gallinas.

Lo que no hallaron fue la caja con el tesoro por más que rebuscaron. Tom reflexionó durante unos minutos. El indio había dicho bajo la cruz, y aquello estaba cerca. Bajo la roca misma no podía ser, porque no quedaba hueco entre ésta y el piso. Rebuscaron durante algún tiempo, y al fin se sentaron. Estaban desalentados, y a Huck no se le ocurría ya ninguna idea nueva.

—Mira, Huck —dijo Tom al cabo de un rato—, hay pisadas y gotas de cera por este lado de la piedra. ¿Por qué razón no se ve nada de esto en otros sitios? Apuesto cualquier cosa a que el dinero está ahí mismo; voy a cavar en la arcilla.

—Me parece una magnífica idea —contestó Huck, reanimándose.

La navaja Barlow entró en acción, y apenas había ahondado unos centímetros cuando tocó madera.

—¡Eh, Huck! ¿Lo oyes?

El interpelado comenzó a escarbar con furia. Pronto descubrieron unas tablas que ocultaban una ancha grieta natural prolongada bajo la roca. Tom se introdujo en ella alumbrándose con la vela, y anunció a su compañero que no veía el fin de aquello. Ambos se metieron por debajo de la roca. La estrecha cavidad descendía gradualmente, y siguieron su quebrantado curso; al doblar una rápida curva, Tom exclamó:

—¡Huck! ¡Ven aquí y mira!

Era la caja del tesoro, sin duda alguna, en medio de una diminuta caverna y al lado de un barril de pólvora. Había, además, dos fusiles con fundas de cuero, tres pares de mocasines viejos, un cinturón y otras varias cosas, todo ello empapado por la humedad de las goteras.

—¡Por fin lo tenemos! —gritó Huck, hundiendo las manos en las monedas—. Somos ricos, Tom.

—Yo siempre creí, Huck, que todo esto sería para nosotros. Parece demasiado bueno para ser verdad; pero el caso es que aquí lo tenemos. Ahora, sin pérdida de tiempo, vamos a sacarlo fuera. Déjame ver si puedo yo solo con la caja.

Ésta pesaba tanto que Tom no pudo cargar con ella.

—Ya me figuraba yo que pesaba mucho cuando se la llevaron de la casa encantada. He hecho bien en traer las talegas.

Metieron el dinero en los sacos y subieron con ellos hasta la roca donde estaba trazada la cruz.

—Ahora busquemos las escopetas y todo lo demás —dijo Huck.

—No; es preferible dejarlas allí porque nos harán falta cuando nos dediquemos a bandidos. Además, celebraremos en ese magnífico lugar nuestras orgías.

—¿Qué es eso?

—Pues no lo sé. Pero los bandoleros siempre las celebran y no vamos a ser menos nosotros que ellos. Vámonos ya, Huck, que llevamos aquí mucho tiempo y se nos hace tarde. Además, tengo hambre. En el bote podremos fumar y comer un poco.

Miraron cuidadosamente en torno del matorral y se tranquilizaron viendo que aquello estaba solitario. Almorzaron en el bote y, cuando el sol descendía en el ocaso, emprendieron el camino de regreso. Tom fue bordeando la orilla y, charlando alegremente con su amigo, desembarcaron ya de noche.

—Ahora, Huck —dijo Tom—, vamos a esconder el dinero en el desván de la viuda. Yo iré por la mañana a contarlo para hacer el reparto y después buscaremos un lugar en el bosque donde esté seguro. Tú te quedas aquí cuidando de los sacos mientras yo voy corriendo a traer el carrito de Benny Taylor. No tardo un minuto.

Desapareció, y al poco se presentó con el carro. Colocó en él su tesoro, lo tapó cuidadosamente con unos trapos y echaron a andar arrastrando la preciosa carga. Al llegar frente a la casa del galés se detuvieron para descansar, y, cuando se disponían a seguir su camino, el viejo asomó a la puerta.

—¡Eh! ¿Quién anda por ahí?

—Huck y Tom Sawyer.

—¡Magnífico! Venid conmigo, muchachos, que os están esperando. Vamos de prisa; yo os llevaré el carro. Pero esto pesa más de lo que parece. ¿Qué lleváis aquí, ladrillos o hierro viejo?

—Hierro viejo —repuso Tom.

—Ya me parecía a mí. Los chicos de este pueblo gastáis más trabajo y tiempo en buscar chatarra para venderla en la fundición, que gastaríais en ganar algo más trabajando como Dios manda. Pero así es la vida. ¡De prisa, niños, de prisa!

Los muchachos quisieron saber la causa de aquel apresuramiento.

—No os preocupéis; ya lo sabréis cuando lleguemos a casa de la viuda.

Huck comentó con cierta escama, acostumbrado como estaba a toda clase de falsas acusaciones:

—No hemos hecho nada malo, señor Jones.

El galés se echó a reír.

—No sé nada, Huck, no sé nada. ¿No sois buenos amigos la viuda y tú?

—Sí; al menos ella se portó siempre bien conmigo.

—Pues entonces no tienes nada que temer.

En la obtusa mente de Huck la pregunta levantaba un sinfín de dudas. Pensando en ello fue empujado, en unión de su amigo, al salón de recibir de la viuda. Jones dejó el carro junto a la puerta y entró acompañado de los chicos.

La sala, profusamente iluminada, reunía a todas las personas importantes del pueblo. Allí estaban las familias Thatcher, Harper, Rogers, tía Polly, Sid, Mary, el reverendo pastor, el director del periódico local y otros muchos, todos elegantemente vestidos. A pesar de sus trazas, la viuda recibió a los dos niños con exquisita amabilidad. Iban tan cubiertos de barro y sebo, que tía Polly enrojeció de vergüenza y, con el ceño fruncido, hizo señas amenazadoras a Tom. A los chicos no les llegaba la camisa al cuerpo.

—En vista de que Tom no estaba en su casa —dijo el galés— desistí de traerlo; pero en mi misma puerta tropecé con los dos y aquí están ambos...

—Hizo usted muy bien —repuso la viuda—. Venid conmigo, niños.

Los llevó a una alcoba y les dijo:

—Aquí os podéis lavar y vestir. Estos dos trajes nuevos y las camisas y calcetines son para Huck; pero ahora podéis utilizarlos los dos. No; no me des las gracias; el señor Jones ha comprado uno y yo el otro. Si os vestís de prisa, os esperaremos, y en cuando os hayáis lavado y vestido vais al salón.

Y con estas palabras desapareció.

CAPÍTULO XXXIV

Un aluvión de oro

Mientras se vestían, Huck le dijo a Tom:

—Podríamos descolgarnos si encontrásemos una soga. La ventana no está demasiado alta.

—¿Y para qué quieres descolgarte, demontre?

—Porque no puedo aguantar a esta clase de gente. Yo no bajo, Tom.

—Calla, que no tiene ninguna importancia. A mí me sale por una friolera, y estaré todo el tiempo a tu lado.

Sid asomó la cabeza.

—Escucha, Tom: la tía te está aguardando toda la tarde. Mary te había sacado ya el traje de los domingos, y todo el mundo estaba enfadado contigo. Eso que llevas pegado a la ropa, ¿no es barro y cera de las velas?

—Ándate con ojo, Sid, y no te metas en lo que no te importa. Y ahora dinos, ¿por qué han armado aquí todo este jaleo?

—Es una de las muchas fiestas que siempre está dando la viuda. Esta vez es en honor del señor Jones y sus hijos por haberla salvado aquella noche. Y, si te interesa, todavía puedo decirte otra cosa.

—¿El qué?

—Pues que el señor Jones se figura que va a dar el golpe contando a la gente algo que nadie sabe, pero que yo oí el otro día mientras se lo decía en secreto a la tía Polly. Pero el caso es que ha dejado de serlo y que todo el mundo lo sabe, incluso la viuda, aunque ella finja que no se ha enterado. El señor Jones tenía empeño en que Huck estuviera aquí, porque sin él no podría lucir su gran secreto, ¿comprendes?

—Oye, Sid: ¿qué secreto es ése?

—El de Huck siguiendo a los ladrones. Me figuro que Jones pensaba dar el golpe con su sorpresa; pero le va a fallar.

Sid se mostraba ufano.

—¿Has sito tú, Sid, quien lo ha dicho?

—No importa quién fuese. Alguien ha hablado, y con eso basta.

—Solamente hay en el pueblo una persona lo bastante baja para hacer una cosa parecida, y esa persona eres tú, Sid. De haber estado en el pellejo de Huck, te hubieras escurrido por el monte abajo y no hubieras hablado a nadie de los ladrones. No puedes hacer sino cosas feas, y no puedes resistir que elogien a otro por una buena acción. Toma y no des las gracias, como dice la viuda.

Le tiró de las orejas y lo plantó en la puerta con unos cuantos puntapiés.

—Ahora vete —dijo Tom— y cuéntaselo a tu tía si te atreves, que mañana ya te ajustaré las cuentas...

Los invitados se sentaron a la mesa y los niños fueron colocados en otras laterales, siguiendo las costumbres del país y de la época. El señor Jones pronunció su discurso, en el cual dio las gracias a la viuda por el alto honor dispensado a él y a sus hijos; pero que no era dispensado a ellos solos, sino también a otra persona, cuya modestia...

Y hablando, hablando, reveló la participación de Huck en el suceso, adornándolo con el énfasis y la dramática entonación que su escasa habilidad le permitía. Estando todos más o menos al cabo de la calle, la sorpresa del auditorio fue en gran parte fingida. No obstante, la viuda representó bastante bien su papel y amontonó tanta gratitud y elogios sobre la cabeza de Huck, que a éste se le olvidó la incomodidad, apenas soportable, del traje nuevo, y lo que aún más le molestaba: la atención de la gente y el haberse convertido en blanco de todas las miradas.

La viuda dijo también que pensaba cobijar al chico bajo su techo y encargarse de su educación, poniéndole en condiciones de ganarse la vida, aunque fuera modestamente. La ocasión se ofrecía única, y Tom la aprovechó:

—Huck no necesita nada, porque es rico.

Sólo el temor de faltar a los convencionalismos impidió que los comensales rieran la broma como ésta merecía. Siguió un silencio un tanto embarazoso, que Tom rompió:

—Huck tiene dinero, aunque ustedes no lo crean, y lo tiene a montones. Y para que no se rían ustedes, yo se lo demostraré si quieren aguardar unos instantes.

Salió del comedor y la gente quedó mirándose los unos a los otros, entre curiosos y perplejos. Las miradas interrogantes se posaban sobre Huck, el cual permanecía silencioso.

—Sid, ¿qué le sucede a Tom? Este chico me preocupa; no acaba una de entenderle. Yo quisiera...

Tía Polly no pudo terminar su frase. Tom entró abrumado bajo el peso de los sacos, cuyo contenido vació sobre la mesa.

—¡Aquí lo tenéis! ¿Qué os había yo dicho? La mitad es de Huck y la otra mitad es mía.

La sorpresa dejó sin aliento a los espectadores. Todos miraban asombrados pero nadie osaba decir una palabra. Luego, por unanimidad, se pidieron explicaciones a Tom, que las dio gozosamente. El relato fue largo y rebosante de interés; nadie se atrevió a interrumpir con sus comentarios el encanto de la original aventura.

Cuando llegó a su final, el señor Jones comentó:

—Creía yo que tenía preparada una ligera sorpresa para el día de hoy; pero veo que me he equivocado, porque comparada con ésta, he de confesar que la mía carece de importancia.

Se contó el dinero, que ascendía a poco más de doce mil dólares. Ninguno de los presentes había visto reunida una cantidad tan fabulosa a pesar de que muchos de ellos poseían en fincas y propiedades una riqueza aún más considerable.

CAPÍTULO XXXV

El respetable Huck se une a los bandoleros

Como el lector puede imaginar, la inesperada fortuna de Tom y Huck produjo una intensa conmoción en un lugarejo tan insignificante como San Petersburgo. La enorme cantidad, toda en dinero contante y sonante, parecía fantásticamente increíble. Tanto se habló de ella y se la ensalzó en forma tan extraordinaria, que más de un vecino llegó a sentir su razón perturbada. Todas las casas encantadas del lugar y de los pueblos cercanos fueron exploradas hasta en sus menores escondrijos en busca de ocultos tesoros, y las exploraciones no fueron llevadas por chiquillos, sino por hombres talludos que contaban entre los varones más graves y menos noveleros del pueblo. Dondequiera que Tom y Huck se presentaban, eran agasajados y todo el mundo los contemplaba con admiración y embeleso. Los chicos recordaban que en otros tiempos jamás fueron tenidas en cuenta sus opiniones; pero ahora sus dichos se repetían como algo notable, como si nunca dijeran cosas tontas y vulgares. Se rebuscó en su pasado y se descubrieron en él signos infalibles de originalidad, y hasta cierto periódico local publicó datos biográficos de ambas criaturas.

La viuda de Douglas colocó el dinero de Huck a un interés del seis por ciento, y, a instancias de tía Polly, el juez Thatcher hizo otro tanto con el de Tom. Cada uno de los chicos disfrutaba ahora de una renta prodigiosa: un dólar por cada día de trabajo y medio los domingos. Lo mismo ganaba el pastor, o más bien, pretendía ganar, porque siempre esperaba que le aumentarían el sueldo y jamás veía cumplidas sus esperanzas. Con un dólar y cuarto semanales, había de sobra con que mantener y pagar la escuela y hasta quedaba un pequeño remanente destinado al vestido y lavado de la ropa.

El juez Thatcher tenía formado un alto concepto de Tom, pues aseguraba que otro niño cualquiera no hubiera logrado sacar a su hija de la cueva. Cuando Becky contó, en tono confidencial, cómo el muchacho había tomado sobre sus espaldas la paliza que a ella le correspondió en la escuela, el juez se emocionó visiblemente. Luego trató de disculpar el embuste inventado por su amigo para evitarle a ella el castigo, y su padre dijo que aquella mentira no podía ser más noble y generosa, hasta el punto de que podría pasar a la Historia como émula de aquella confesión de George Washington y el hacha. Becky pensó que su padre nunca había parecido tan grande y magnífico como cuando se paseaba por la habitación diciendo tantas cosas buenas de Tom. Tan satisfecha estaba, que corrió en busca de su amigo para contarle las gratas nuevas.

El juez Thatcher esperaba ver a Tom convertido un día en gran abogado o en aguerrido y valiente militar. Dijo que pensaba realizar las gestiones necesarias para que el chico pudiera ingresar en la Academia Militar Nacional. Después procuraría que fuera a la mejor escuela de Derecho, para que de este modo estuviera en disposición de seguir una de las dos carreras, o ambas a la vez.

La fortuna de Huck Finn y el hecho de estar bajo la protección de la viuda de Douglas, lo arrastraron, bien en contra suya, a las altas esferas sociales del pueblo. El sufrimiento era superior a sus fuerzas: la servidumbre de la viuda lo peinaba, pulía y acicalaba con esmero, y por las noches tenía que meterse entre unas sábanas odiosas libres de manchas, en otros tiempos familiares.

Le obligaron a comer con tenedor y cuchillo; a usar plato, vaso y servilleta; tenía que estudiar libros y asistir a la iglesia; hablar con tal corrección que el lenguaje se volvía insulso al brotar de sus labios. Por dondequiera que mirase, las rejas y grilletes de la civilización le cerraban el paso encadenándole de pies y manos.

Durante tres semanas soportó con heroísmo su pesadumbre, pero un día no pudo más y desapareció. Dos días y dos noches lo buscó la atribulada viuda por todas partes. El pueblo entero se interesó por su suerte; se registraron todas las cercanías con cuidado, y hasta se dragó el río en busca del cadáver. El tercer día muy temprano, Tom, con certero instinto, rebuscó entre unos toneles viejos que había detrás del matadero, y en uno de ellos encontró al fugitivo. Huck había dormido allí y acababa de desayunarse con unos comestibles hurtados. Tendido en el suelo, sucio, despeinado y cubierto con los harapos de otros tiempos, fumaba voluptuosamente una pipa. Tom le refirió los grandes trastornos causados por su desaparición y le rogó volviera a su casa. El rostro de Huck perdió su plácida expresión de bienestar y se puso sombrío y melancólico.

—No me hables de eso, Tom. Yo he hecho la prueba y no puede ser. La viuda es buena y cariñosa, pero no la puedo resistir. Me obliga a levantarme a la misma hora todas las mañanas; manda que me laven, peinen y cepillen hasta que echo chispas; no me deja dormir en la leñera y he de vestirme con esta maldita ropa que me asfixia. Por ella no entra el aire, y es tan endiabladamente finústica, que no puedo sentarme ni revolcarme por el suelo. Hace ya años que no sé qué es resbalar por la trampa de un sótano; me llevan a la iglesia a sudar oyendo aquellos sermones que no aguanto. Tampoco puedo cazar moscas ni mascar tabaco, y el domingo entero he de sufrir con los zapatos puestos. La viuda come, se acuesta y levanta a toque de campana, y todo se hace con tanto orden que no hay un solo quisque que lo resista.

—Pues mira, Huck todo el mundo vive de esa manera.

—Pues me tiene sin cuidado, porque yo no soy todo el mundo. Es horrible sentirse encadenado, y como la comida me viene con facilidad, se me han quitado las ganas de comer. Tengo que pedir permiso para todo: para ir de caza, de pesca y hasta para toser. Además, tengo que hablar con tanta finura, que me da asco abrir el pico, y para no morirme, subo un rato al desván y allí me estoy jurando hasta que se me quita el mal sabor de boca. La viuda me prohíbe fumar y dar gritos, y tampoco puedo estar con la boca abierta, ni me deja estirarme ni que me rasque delante de la gente...

Permaneció unos instantes en silencio, y con voz temblorosa por la ira, continuó:

—¡Maldita sea mi suerte! La mujer no para de rezar y yo tenía que largarme, Tom, ¡no había otro remedio! Me iba a mandar a la escuela, y eso sí que no podía sufrirlo. Yo creo que el ser rico no es lo que se dice por ahí. Para ellos significa reventarse, sudar y tener ganas de morir. En cambio, yo estoy satisfecho con estos pingos y dentro de este tonel, y no he de abandonar ya más mis cosas. Ahora, por culpa del maldito dinero, me siento desgraciado. Te regalo mi parte, y tú me das de cuando en cuando diez centavos, pero no muy a menudo, porque sólo me gustan las cosas que cuesta trabajo conseguir. Y ahora vete y háblale a la viuda para que me deje en paz.

—Ya sabes, Huck que eso no puede ser. No está bien, y, además, si tienes paciencia un poco más de tiempo, ya verás cómo acaba por gustarte.

—¡Gustarme! Sí, como me gustaría una estufa encendida si tuviera que sentarme encima. No, Tom; no quiero ser rico ni vivir en esas malditas casas donde se ahoga uno. A mí me gusta el bosque, el río y los toneles vacíos, y en ellos me arreglo. ¡Maldita sea! Ahora que ya teníamos escopetas, una cueva y todo listo para ser bandoleros, viene esta condenación a estropearlo todo...

Tom vio una rendija por donde escapar a los tercos razonamientos de su amigo.

—Mira, Huck —le dijo—, las riquezas no me han de impedir a mí ser bandido.

—¿De verdad? ¿Es que lo dices en serio, Tom?

—Tan de verdad como que estoy aquí sentado. Pero escucha, Huck: no podemos admitirte en la cuadrilla si vives como un golfo, ¿comprendes?

A Huck se le desvaneció la alegría.

—¿Conque no me podéis admitir? Entonces, ¿cómo me dejásteis que fuera pirata?

—Porque no es lo mismo. Un bandido, por regla general, es persona de más tono que un simple pirata. En muchos países salen de la alta nobleza, de duques y otros por el estilo.

—Tom, tú siempre has sido amigo mío. ¿Verdad que no serás capaz de dejarme fuera?

—Yo no quiero dejarte, Huck, pero ¿qué diría la gente? Pues dirían que vaya una cuadrilla, la de Tom Sawyer, con chicos de malos antecedentes. Y eso por ti, y yo no quiero que hablen...

Huck permaneció callado largo rato, librando una batalla en su interior. Al cabo dijo:

—Bueno, me volveré con la viuda un mes más, y veré si puedo aguantarla para que tú me dejes entrar en la cuadrilla.

—¡Estupendo! ¡Trato hecho, Huck! Ven conmigo y yo pediré a la viuda que no sea tan severa contigo.

—¿De veras, Tom? Si cede en las cosas que más me molestan, procuraré fumar a escondidas y juraré cuando nadie me oiga. Así saldré adelante o reventaré. ¿Cuándo vas a reunir a tu cuadrilla de bandoleros?

—Enseguida. Reuniremos los chicos y esta misma noche haremos la iniciación.

—¿Qué has dicho?

—He dicho iniciación.

—¿Y eso qué es?

—Pues es jurar que nos defenderemos los unos a los otros, y que nunca descubriremos los secretos de la cuadrilla, aunque nos hagan picadillo. También juraremos matar al que nos haga daño, y no sólo a él, sino a toda su familia.

—Eso es muy divertido, Tom, verdaderamente divertido.

—Claro que lo es. Y todos esos juramentos los haremos a medianoche, en el sitio más solitario y miedoso que podamos encontrar. Lo mejor sería encontrar una casa encantada, pero ahora están todas en ruinas.

—Bueno, pues con hacerlo a medianoche, seguramente que basta.

—Desde luego. Pero tenemos que jurar sobre una caja de muerto y firmarlo con nuestra sangre.

—¡Magnífico! ¡Si esto es mil veces mejor que ser pirata! No me voy a apartar de la viuda hasta que reviente, y si llego a ser un bandido de primera y todo el mundo habla de mí, se sentirá orgullosa por haber sido ella quien me recogió de la calle.

CONCLUSIÓN

Así termina este relato. Siendo exclusivamente la historia de un chico, tiene forzosamente que concluir aquí, porque de prolongarse más, se convertiría en la historia de un hombre. El que escribe para personas mayores, sabe que puede dar fin a su novela con una boda; pero cuando escribe para niños, ha de pararse donde buenamente pueda.

Muchos de los personajes que pasan a través de este libro viven todavía y están prósperos y dichosos. Acaso valga la pena continuar un día la historia de los más jóvenes para ver qué clase de hombres y de mujeres fueron después. Por tanto, creo más prudente no revelar, por ahora, aquel período de sus vidas.

FIN DE
«LAS AVENTURAS DE TOM SAWYER»

ÍNDICE